Mondsee Philomela

Hamburg. Dem Gelingen seiner zwei Freunde auf der Spur richtet Michael, der Besitzer vom Café Kommunal, in Mondsee Philomela seine Aufmerksamkeit auf den inneren Konflikt des zutiefst verletzten Bedürfnisses nach Autonomie und auf das zehrende Verlangen nach Wiedergutmachung. Die Zurückweisung seitens der Mitmenschen, der Missbrauch sowie der Mangel an Anerkennung sind nur zwei mögliche Gründe, die dem Streben nach Identität den Weg versperren.

Während Johanna als Malerin Zuflucht in ihrer Phantasie sucht, stieg Martin aus seinem Leben als Biologe aus. Und trotzdem die Vergangenheit ihre Schatten auf die Gegenwart wirft, trotzen die Freunde dem Vorwurf der Lebenslüge und führen ihrem natürlichen Willen gefolgt ein für sie im Einklang mit sich bejahenswertes Leben.

Jens Hanisch, 1970 in Dortmund geboren, wuchs in Lüneburg auf. Er wohnte zwanzig Jahre lang in Hamburg und lebt seit 2013 in Norderstedt.

Jens Hanisch
Mondsee Philomela
Roman

Bibliografische Information der Deutschen Nationalbibliothek: Die Deutsche Nationalbibliothek verzeichnet diese Publikation in der Deutschen Nationalbibliografie; detaillierte bibliografische Daten sind im Internet über http://dnb.dnb.de abrufbar.

Neuauflage 2017
© 2013 Jens Hanisch – www.eudämonis.de
Illustration: Jens Hanisch
Herstellung und Verlag: BoD – Books on Demand, Norderstedt

ISBN: 978-3-7448-9323-7

meinen Freunden

„Johannas Leben ist eine einzige Lüge. Eine Illusion", behauptete Christian an jenem Freitagabend im August zu vorgerückter Stunde, als Johanna Hamburg zum ersten Mal verließ. Zu jener Zeit bildete er sich tatsächlich ein, die Ursache für Johannas überstürzte Abreise gekannt zu haben. Er verlieh seinen Worten eine solche Bestimmtheit, als hätte er die Wahrheit in ihrer reinsten Form ins rechte Licht gerückt, von der Martin und ich in demselben Augenblick ebenso wie er hätten überzeugt sein müssen. Knapp zwei Jahre später, an dem Abend, nachdem Johanna zum Flughafen gefahren war und zum zweiten Mal beabsichtigte, für eine unbestimmte Zeit ins Ausland zu fliegen, hätte Christian über sie mit hoher Wahrscheinlichkeit anders geurteilt.

Ich erinnere mich: Martin und Christian saßen am blank polierten Tresen im dämmrigen Licht des Café Kommunal. Ich spülte die übrig gebliebenen Gläser, kurz nachdem Johanna sich bei mir und Martin verabschiedet hatte. Stephan und Verena waren bereits vor Stunden gegangen. Christians Ton überraschte Martin, erstaunt sah er mich an. Johanna war keine fünf Minuten fort, als Christian derart schlecht über sie redete, was er sich in ihrer Gegenwart nie erlaubt hätte. Mit wenigen Worten meinte Christian tatsächlich das auszudrücken zu vermögen, was der Grund ihrer Entscheidung war. Er meinte, ihre Wünsche und Ziele sowie ihre Bedürfnisse auf ein Wort reduziert, überschaubar zusammenfassen zu können: Lebenslüge. Zum ersten Mal, seitdem Martin Christian kannte, sah er ihn ernsthaft feindselig an. – „Warum sprichst du schlecht über Johanna?" fragte ich Christian forsch. „Was hat sie dir getan, dass du plötzlich abwertend über sie urteilst?" „Michael", lallte Christian gelangweilt, das Sprechen fiel ihm wie so häufig schwer. „Ihre Träume, ewig diese Träume, Portugal, die Südsee, stets verweilten ihre Gedanken in der Ferne, an anderen Orten, möglichst weit weg ihrer Heimat ...", er stockte: „Hat dich das nie genervt?" – Groll schwang in seiner Stimme, Neid. Ob mehr aus Verachtung als aus Verletztheit vermochte ich nicht zu sagen. Ob er eifersüchtig war? Darüber nachzudenken hatte Christian nicht die Zeit gefunden. – „Nein", entgegnete Martin ärgerlich, befürchtete jedoch bereits in demselben Augenblick, dass sein Einwand in den Ohren Christians nahezu blauäugig klang. „Was könnte daran falsch sein, sich einen Platz für Träume zu bewahren?" fragte er Christian mit leicht zusammengekniffenen Augen. – Ob Christians bodenloser Anschuldigung schien Martin fest davon überzeugt, dass es zu einer seiner Pflichten gehöre, für Johanna Partei zu ergreifen, für die Johanna, die eines Tages eher zufällig als erwartet in sein Leben trat. Bereits nach wenigen Tagen, nachdem sie Christian kennengelernt hatte, beklagte sie sich betrübt bei Martin über den Mangel, dass Christian sich nicht für einen ihrer Träume interessiere. Christians Vermessenheit, Johanna verstanden zu haben, geschweige denn einst gekannt zu haben, das Recht für sich in Anspruch zu nehmen, über sie zu urteilen, setzte voraus, sich nicht nur dessen bewusst zu sein, was Johanna von sich der Öffentlichkeit preisgab, es setzte voraus, nicht nur über die Kenntnis ihrer Gewohnheiten und Alltäglichkeit sondern auch über die Absichten und Gedanken, ihre Träume, Wünsche und Bedürfnisse zu verfügen. Da Christian zudem nie das Interesse hegte, Johannas Ängste zu erkunden, hätte er ebenso wie niemand nicht den Anspruch erheben dürfen, sich ihrer abfällig zu bemächtigen.

Vom ersten Tag an schloss Johanna Vertrauen zu Martin, obwohl er sie an jenem Abend verletzte. Den Grund ihrer Trauer nannte sie ihm nicht zu jener Zeit, in der sie sich kennenlernten. Erst viel später, als sie nach gut einem Jahr nach Hamburg zurückkehrte, verriet sie ihm, warum sie damals zu weinen begann. Sie saß auf ihrem Bett und lehnte mit dem Rücken an der Wand. Nachdem sie kurz nachgedacht hatte, zog sie die Beine an, umschloss diese mit beiden Armen und begann zu erzählen. An jenem Abend schien es Martin, als breite sie ihre gesamte Welt zu seinen Füßen aus. Wenige Monate später, an dem Tag, an dem Johanna Hamburg zum zweiten Mal verließ, saß Martin noch lange in ihrem Zimmer auf dem Fensterbrett. Er sah hinunter in den Hof, ging in die Küche, setzte Kaffee auf und sah hinunter auf die Straße. Ben, der junge schwarze Labrador, den Johanna erst im März aus dem Tierheim mit zu sich nach Hause genommen hatte, lag auf den kühlen Fliesen und schlief. Als Martin ins Zimmer zurückging und sich mit dem Becher in die untergehende Sonne auf das Fensterbrett setzte, trottete Ben ihm treu ergeben hinterher. Schräg links sah Martin in Stephans dunkle Wohnung, betrachtete den festen Stamm der alten Kastanie im Innenhof und dachte nach. Seiner Enttäuschung suchte er standzuhalten. Später malte er sich aus, welche attraktive Frau Stephan heute wohl im Schlafzimmer seiner Wohnung am Wickel haben würde.

Einige Stunden später im Kommunal bemerkte ich sofort, dass Martin keine Lust hatte, sich mit mir zu unterhalten. Schweigsam saß er am Ende des Tresens und stierte in sein Glas. Er sah sich im Lokal um: Gelangweilte Gesichter, ein ernstes Gespräch, selten ein lautes herzhaftes Lachen. Jeder der Gäste schien überaus wichtig, in jedem Augenblick drohten sie aus Ernsthaftigkeit zu platzen. Stundenlang nuckelten sie an ihren Cocktails, selten waren es zwei. Trotzdem blieb Martin sitzen. Warum? Was erwartete ihn? Die Gewissheit, dass im Laufe dieses Abends nichts geschehen würde, war einsehbarer als sein Wunsch, dass das erwartete Ereignis über ihn hereinbrechen, dass Johanna plötzlich in der Tür stehen und ihm erklären würde, dass sie anders entschieden habe. Ich ließ Martin in Ruhe. Sobald er sein Glas ausgetrunken hatte, schenkte ich ihm nach, leerte den Aschenbecher und wandte mich dann den übrigen Gästen zu. Kurz bevor die letzten Gäste zahlten, betrat Roman das Kommunal. Mit wenigen Worten erzählte ich ihm, was geschehen war. Roman hörte mir aufmerksam zu. Er nickte kurz, nahm sein Glas Rotwein und setzte sich ans Klavier.

Ben saß rechts neben Martin auf dem Boden. Seinen Blick wandte er erwartungsvoll zur Tür. Aufgrund seiner Erfahrung, dass Johanna mit jedem Augenblick durch die Tür hereinkommen würde, um ihn wie üblich abzuholen und mit nach Hause zu nehmen, saß er aufrecht, von seinem Unglück nichts ahnend. In manch Mittagspause besuchten sie Martin im Park: Johanna die Hundeleine in der Hand schwingend, lief Ben schwanzwedelnd auf ihn zu. Sie setzten sich auf die Bank hinters Museum, aßen im Schatten der Bäume schmierige Croques und tranken eiskalte Cola.

Anderntags saßen sie auf dem Holzsteg am Teich, folgten den ruhigen Bahnen der Enten und ließen die Beine baumeln, bis die Sonne unterging. Das letzte Mal jedoch, am Abend ihres Geburtstags, sie saßen bereits seit einigen Stunden auf der Bank, eröffnete Johanna ihm besonnen, dass es sie wieder in die Ferne ziehe. Ihre Worte trafen Martin wie ein Schlag von oben auf den Kopf. Schweigsam hörte er ihr zu, sprachlos vernahm er von fern das Signal eines mit der Flut einlaufenden Schiffes. Die Gründe ihrer Abreise verstand er nur allzu gut, gegen seine Enttäuschung vermochte er sich jedoch nicht zu wehren. Seiner Furcht vor der in Kürze wiederkehrenden Einsamkeit fühlte er sich nicht gewachsen. Er erinnerte sich an die Nachmittage, die sie am Elbufer in Richtung Klein Flottbek gingen: Die Frachter und Containerschiffe fuhren an ihnen flussaufwärts vorbei. Dieser Blick faszinierte Johanna. Stets fühlte sie sich von den Wassermassen überwältigt, die sich viele kilometerweit die Elbe hinauf und hinabschoben. Sehnsucht löste sich in ihr. Am Hang auf dem Rasen im Jenischpark träumte sie von der Ferne, vom Verreisen, vom Wunsch, Hamburg einfach zu verlassen. Ihre Heimat auf unbestimmte Zeit zu verlassen, ging einher mit der Einbildung, dass es ihr irgendwo in der Ferne besser ergehen würde. Stets fragte sie sich, wohin die Schiffe fuhren, suchte die Flaggen zu entziffern, nannte die Länder, die jeweils in Frage kamen, verlor sich träumend in Beschreibungen und Vorstellungen. Im Fernsehen sah sie regelmäßig Reportagen. Später griff sie nicht mehr auf Einbildungen zurück, sondern bediente sich unmittelbar ihrer eigenen Erfahrung. Im Schneidersitz auf ihrem großen Bett breitete sie Atlas, Landkarten und Bildbände vor sich aus. Sie zeigte Martin die Routen, die sie jeweils wählen würde. Auf ihre ruhig unzufriedene Art erzählte sie von den Ländern, der Landschaft, der Bevölkerung, ihrer typischen Lebensgewohnheiten. Sie ging ins Völkerkundemuseum, hielt sich oft stundenlang in der Antikensammlung auf oder besuchte Diavorträge im Amerikahaus. Das Geld, das sie benötigte, um in diese Länder zu reisen, besaß sie zu jener Zeit nicht. Die Hoffnung aber, eines Tages in all diese Länder zu reisen, die gab sie nie auf.

An solch Tagen saß Martin ihr gegenüber auf dem Fensterbrett. Unzählige Bilder hingen an den Wänden: Fotografien, Poster und Postkarten, aber auch Bilder, die Johanna gemalt hatte. Arbeiten, die nicht abgeschlossen waren, an denen Johanna arbeitete, lehnten schräg an der Wand. In der Nacht versperrte für gewöhnlich eine heruntergelassene braune Holzjalousie die Sicht. Die Konturen vom Innern ihres kleinen Zimmers, abgeschirmt vor den ungebetenen Augen Außenstehender, waren damit nur ungenau bis gar nicht zu erkennen. Auf dem Fußboden stand ein Ventilator für heiße Tage, Kleinkram lag achtlos auf dem Boden verstreut. Johannas Zimmer war nie aufgeräumt wie das schräg links nebenan. Ganz offensichtlich mietete die Nachbarwohnung ein anderer, ein ordentlicher Mensch. Auf der Innenseite der Tür eines weiß gestrichenen Wandschranks hingen Aktfotos, schwarzweiß Fotografien gutaussehender Frauen: Die eine Frau, ganz nackt, hob vorm Spiegel stehend beide Arme, um sich ihr dunkelblondes Haar nach hinten zu einem Zopf zu binden; die Brüste der Frau darunter wurden von der Spitze eines weißen Unterhemdes bedeckt, durch die ihre zarten rosa Brustwarzen schimmerten. Im Zimmer nebenan standen ein Tisch, vier Stühle, ein Bücherregal, Sofa, Fernseher und eine Musikanlage. An den Wänden hingen Bilder, gerahmte Kunstdrucke, Kandinsky und Renoir. Hinten in der Ecke des Raums erkannte Martin eine Palme, neben der eine Chromlampe stand.

Sobald eine Frau zu Besuch kam, verschloss Stephan die Tür des Wandschranks. Er wollte niemanden verschrecken und auch nicht in seine Seele blicken lassen. Johanna wusste dies, lange genug wohnte sie mit ihm Wand an Wand. Stephan liebte Frauen, sie waren seine Leidenschaft: Sandra, Maria, Susanne, Michaela und noch viele mehr. Es waren viele, die zu ihm kamen, viel zu viele, alle Namen hatte er sich nicht gemerkt. Jede von ihnen habe etwas Besonderes an sich, für keine entschied er sich endgültig. Stephan liebte Details, die Vielfältigkeit durch die sich jede einzelne auszeichne. Es sei sinnlos, nicht so zu empfinden. Andere Frauen nicht kennenlernen zu wollen, sich für eine zu entscheiden und die übrigen nicht zu beachten, sei verlorene Möglichkeit, Endgültigkeit. Jeder wolle er das Blut aus den Adern saugen und ihr Wesen erforschen, dies behauptete Stephan nicht nur einmal. Johanna vernahm die Geräusche nebenan: Nachts, frühmorgens, manchmal lange vor Mitternacht. Die Wände waren dünn, das Haus wurde wenige Jahre nach dem Ersten Weltkrieg gebaut. Johanna und Stephan trennte lediglich ein halber Backstein. Stets hörte sie andere Frauenstimmen, nicht einmal glich eine Stimme der gegangenen. Auf ihrem Bett liegend, folgte sie gespannt den Ereignissen nebenan. Manchmal war sie genervt, konnte häufig aufgrund der Lautstärke nicht einschlafen: Sie zog sich die Bettdecke über den Kopf, drückte ihr Gesicht ins Kissen und stellte sich zwangsläufig vor, was nebenan geschah. Den Bildern in ihrem Kopf fühlte sie sich wehrlos ausgeliefert. Obwohl Johanna wusste, dass Stephan keine der Frauen zwang, ihm in seine Wohnung zu folgen – „Alle begleiten sie ihn freiwillig." –, zeigte sie sich mehr als nur einmal ob dieser Eigenart aufgebracht. Die einseitigen Interessen, die sich hinter seinem Verhalten verbargen, überzeugten sie kaum. Trotzdem freundete sie sich mit Stephan an. Sie lernte ihn im Vorbeigehen im Hausflur kennen. Als er sich bereit erklärte, ihren tropfenden Wasserhahn zu reparieren, kamen sie ins Gespräch.

Ein Haus lebt aufgrund der Geräusche, der Mensch lebt unter anderem durch seine Einbildung. War Stephan allein, lag er auf seinem Bett, starrte an die Decke und lauschte. Gern hätte er mit seinem Blick ein Loch in die Decke gebohrt. Neugier: Stundenlang saß Stephan auf dem Rand seiner Badewanne, wartete, rauchte und hoffte, irgendwelche akustischen Signale durch den Lüftungsschacht aus den übrigen Stockwerken zu hören. Sofern er welche vernahm, ordnete er diese den Gesichtern zu, die er gelegentlich im Hausflur traf. Stephan mochte diese Beschäftigung, sie langweilte ihn nie. Auf diese Weise meinte er, eine Möglichkeit gefunden zu haben, am Leben anderer Menschen teilhaben zu können. Mit der Vorstellung, in einem Einfamilienhaus am Stadtrand zu leben, hätte er sich nur schwer abfinden können. Hiermit verband er: keine Menschen, Leere, Einsamkeit, keine Phantasien und verlorene Einbildungen. In der Wohnung über ihm wohnte eine junge blonde Frau. Stephan kannte sie nicht, schätzte sie auf Ende zwanzig. Um halb elf, sofern er Zeit hatte und zu Hause war, hörte er ihre drängenden Laute, das helle Quietschen der Matratze und das hohle Stöhnen ihres Partners. Anschließend herrschte Ruhe. Stephan hörte noch das vereinzelte Stapfen nackter Füße, zweimal die Wasserspülung, den Wasserhahn, woraufhin es endgültig still wurde. Über ihm kehrte Nachtruhe ein: die Erholung vor und nach einem normalen Arbeitstag. Vielleicht arbeitete die Frau bei einer Versicherung, war Arzthelferin oder im öffentlichen Dienst beschäftigt. Jeden Falls arbeitete sie regelmäßig von Montag bis

Freitag. Stephan gab ihr den Namen Ulrike, ihren Partner nannte er Frank. Frank übernachtete bei Ulrike unregelmäßig. Mal Mittwoch, mal Sonntag, Freitag oder Samstag, feste Tage gab es nicht. Tagelang regte sich in der Wohnung über ihm nichts, an manch Wochenende kehrte Ruhe ein. Hörte Stephan von oben keine Geräusche, vermutete er, dass Ulrike bei Frank übernachtete. Lauschte er angestrengt am späten Abend, dachte er an Regelmäßigkeit, Wiederholung, nicht als Ritual empfunden, Ulrike sprach gewiss von Liebe.

Als Johanna Stephan kennenlernte, trug er ein blauweiß kariertes Baumwollhemd, gemütlich und bequem. Abends, sobald er das Haus verließ, ging er selten ohne Jackett. Seine Wohnung meinte er für seine Begriffe stilvoll eingerichtet zu haben: Die Bilder hingen eingerahmt an den Wänden, Wohnzimmer und Schlafzimmer waren stets aufgeräumt, Badezimmer und Küche putzte er regelmäßig. Stephan beherrschte die Kunst, Frauen zu verführen, zeigte sich galant und verständnisvoll, hörte stets aufmerksam zu und erzählte Geschichten aus seiner Vergangenheit auf eine ganz besonders offene Art. Stephan erkannte die Bedürfnisse der Frauen sofort, war ein Frauenkenner, zumindest behauptete er dies von sich. Selten waren die Frauen älter als er. Stephan war sechsundzwanzig Jahre alt, hatte dunkelbraunes, kurz geschnittenes Haar und eine schlanke, sehr gut trainierte Figur. Stephan roch am Haar der Frauen, schmeckte das Salz auf ihrer Haut und hatte eine Vorliebe für rasiertes Nackenhaar. Er las die Schilder ihrer Dessous, kramte in den Handtaschen, nicht ohne sich zuvor ihres Einverständnisses vergewissert zu haben, und studierte aufmerksam die Etiketten der Kosmetika. Ihre Körper bettete er auf Seidenbettwäsche, ein zweites Kissen hielt er stets griffbereit, morgens verließen die Frauen meist früh das Haus. – „Es ist keine Krankheit", antwortete Johanna, als Martin sie einmal danach fragte. Stephan liebe das Leben ganz auf seine Art. – Johanna wäre nie die Idee gekommen, mit Stephan ein Verhältnis zu beginnen, sie flirtete nicht einmal mit ihm. Ganz davon abgesehen, versuchte Stephan nicht annähernd, Johanna zu verführen: Johanna entsprach nicht seinem Typ. Sie waren gute Nachbarn, entschieden beide für sich, dies bleiben zu wollen. Die Fronten zwischen ihnen waren geklärt, die Grenzen von vornherein gezogen. Gelegentlich unternahmen sie etwas miteinander, gingen ins Kino, tranken Kaffee, sie kochten zusammen oder besuchten Partys. Einige Male sahen sie gemeinsam Fern. Sie unterhielten sich angeregt, kaum ein aktuelles Ereignis ließen sie unkommentiert, vor allem aber versuchten sie zueinander aufrichtig zu sein wie nur möglich. Abends, sobald Stephan mit einer neuen Frau im Arm nebenan die Wohnungstür schloss, folgte Johanna bald lächelnd seinem Spiel: Es schien ihr gleich eines Sportwettkampfs. – „Kannst du dich überhaupt an alle Frauen erinnern, die bei dir waren?" fragte Johanna.

„Ich meine, führst du Buch oder so etwas, ist es eine Sammelwut?" „Ich denke nicht", antwortete er. „Das ist aber auch nicht wichtig." „Was ist dann wichtig?" forschte sie nach. „Wichtig ist in erster Linie, wie man den Augenblick erlebt, wie man ihn gestaltet, was man aufnimmt und wahrnimmt. Wichtig ist, dass man Teile der Gegenwart gestaltet, als böten sie sich dir zum ersten und letzten Mal. Nichts ist auf Dauer angelegt, alles ist vergänglich." „Und du bist dir sicher, dass dies Treiben nicht langweilig werden könnte, dass sich nichts wiederholen oder zur Gewohnheit werden wird?" Johanna blieb skeptisch. „Natürlich. Das Wesen der Sache schon, der Akt an sich, er birgt eine ganz gewisse Gefahr. Dennoch unterscheidet sich jede Frau von der nächsten, zumindest im Detail. Nie bist du dir sicher, was dich erwartet. Kann das langweilig werden, eine Gewohnheit?" – Die Frau im Erdgeschoss, Frau Wontorek, zeigte sich empört über Stephans Verhalten: „Dies Haus ist doch kein Bordell!" schimpfte sie einmal laut im Hausflur. Johanna verzichtete ihr gegenüber auf den Versuch der Einschränkung: Sofern das freiwillige Einverständnis der Teilhabenden die Freiheit Unbeteiligter nicht einschränkt, erfordert die Wahl derer Verwirklichung nicht ihrer Zustimmung.

Frau Wontorek war Witwe. Sie hatte, bis auf ihren Haushalt zu führen, keine weiteren Aufgaben oder Pflichten, fühlte sich jedoch stets für alles und jeden verantwortlich. Ein Mann von gegenüber, ein Studienrat, Frührentner oder sonstwas, das ist gleich – „Auf dem Klingelschild steht Mauritz." –, folgte den Ereignissen im Haus auf seine Art. Er wohnte auf der anderen Seite des Hofs, im fünften Stock des Hinterhauses. Abends saß er hinterm Fenster, bis Stephan die Vorhänge zuzog, das Licht löschte und ihm winkte. In der Hand hielt er ein Fernrohr. Herr Mauritz war ein Spanner, nicht gefährlich, aber gierig und besessen. Aufgrund eines Zufalls entdeckte Stephan nach einigen Monaten Fotos in Zeitschriften, Herr Mauritz verdiente damit sein Geld. Er fotografierte unentwegt. Aber nicht nur Stephan und Ulrike, Frank und Johanna waren Gegenstand der Reportagen, auch die übrigen Bewohner des Hauses zeigten sich bestürzt, als sie die Texte unter den Bildern lasen. Die Berichte waren frei erfunden. Wer diese schrieb, das wusste niemand. Ob der Mauritz oder die Redaktion selbst? Das spielte im Nachhinein keine Rolle. Als Johanna von der Geschichte erfuhr, war sie angeekelt und verletzt. Stephan stellte Herrn Mauritz zur Rede, nahm seine Kamera, zerschlug sie in Stücke, durchwühlte die ganze Wohnung und nahm das gesamte Fotomaterial in Beschlag. Wenige Tage später zog Herr Mauritz aus.

An manch Abend, an dem Martin sich im Kommunal aufhielt, am Tresen saß, rauchte und in der Regel einen Bourbon nach dem anderen trank, erschien Stephan. Ganz im Gegensatz zu Martin war er adrett gekleidet, stets hielt er eine andere Frau im Arm. Auch an jenem Abend, als Johanna Hamburg zum ersten Mal verließ. – „Wo hat Stephan diese Frauen her?" – Das erfuhr Martin bis heute nicht. Stephan fragte er nie, war er sich sicher, dies von ihm nicht zu erfahren. – „Handelt es sich um eine Sucht? Erhöht es sein Selbstwertgefühl? Ist es eine Abnormität, ein Defekt oder sexuelles Zwangsverhalten? Gewiss fürchtet Stephan sich davor, alleine einzuschlafen." – Stephan war nicht dumm, das wusste Martin aus einem vorangegangenen Gespräch. Anwalt zu werden, war sein berufliches Ziel. – Einst entwickelte Stephan für sich einen Lebensplan, mit dessen Hilfe er gegen die ihm verbleibende Zeit anzukämpfen suchte, der er sich als Sterblicher ausgeliefert sah, der für Martin schwer nachvollziehbar war: „Seine Absicht, möglichst viele Frauen zu erobern, von ihnen Besitz zu ergreifen, wird ihn dieser Plan in absehbarer Zeit nicht in den Wahnsinn treiben?" – An jenem Abend, an dem Martin sich mit Stephan unterhielt, ging Stephan früh nach Hause, es war noch keine Zwölf. An jenem Abend hielt Stephan ausnahmsweise keine Frau im Arm, Martin schien er einsam und frustriert.

Alle Frauen, die Stephan begleiteten, ähnelten einander, kaum eine unterschied sich von ihrer Vorgängerin. Stets war es der gleiche Typ, nichts zum Festhalten, die Bekanntschaft nicht auf Dauer angelegt. – „Vielleicht doch?" „Manchmal bestimmt." – Martin wusste es nicht, konnte dies nicht mit Gewissheit sagen, da er sich mit keiner der Frauen unterhielt. Er betrachtete sie aus der Ferne, verstand aufgrund der lauten Musik kein einziges Wort, er lernte sie anhand ihrer Gestik und Mimik kennen. Allesamt hinterließen die Frauen bei ihm einen zahmen Eindruck. Er mutmaßte, dass sie mehr über ein sanftes Gemüt verfügten, dass sie nicht kämpferisch veranlagt seien, eher verfügbar. Vielleicht schätzten sie Stephan aufgrund ihrer Blauäugigkeit nicht richtig ein, durchschauten keine seiner einseitigen Absichten oder erlagen seinen rhetorischen Fähigkeiten. Ich schloss nicht aus: Die Frauen denken ebenfalls kalkuliert, gehen ebenso gut als Siegerinnen aus dem Rennen, da sie ganz genau wissen, was sie erwarten wird. Sie haben die gleichen Ambitionen, verfügen ebenso über die notwendige Entschlussfreudigkeit und die Mittelchen, zuckersüß und gerissen ihr Vorhaben ohne großartige Verzögerung in die Tat umzusetzen, das auch ihrerseits die Dauer einer Nacht nicht überschreiten wird. Auf diese Art bemerkte Stephan überhaupt nicht, dass er gleich eines Straßenköters von einer Frau zur nächsten Frau zog.

Stephan schien ein Künstler: Offenbar blind folgten die Frauen ihrem Jäger, waren sich der Folgen nicht bewusst. Einige von ihnen, dahingehend war sich Martin sicher, träumten bestimmt. Hypnotisiert von seinem Blick und seiner Art zu reden, schmiegten sie sich an Stephans Seite und schauten zu ihm mit großen Augen auf. Bewundernd folgte auch Martin seiner

Gestik, beobachtete gespannt das sich ihm bietende Ereignis. Das Krankhafte der Situation, das er empfand, war ihm nicht neu, schien eher normal: Kennenlernen, unterhalten, ficken. Nie richtig, immer nur halbe Sachen, an der Oberfläche kratzend, selten in die Tiefe der Seele blickend. Eine Sache von höchstens drei Stunden, bis sie sich in die Augen sehen, die Hände fassen, stillschweigend eine Vereinbarung für die Nacht treffen. In wenigen Fällen verläuft der Abend anders.

Diese Situation versetzte Martin einen Stich: Sich in der Öffentlichkeit zu brüsten, ohne die Bedürfnisse oder Erwartungen des anderen zu respektieren, weckt den Eindruck, dass die Beteiligten sich zueinander unaufrichtig verhalten. Die Situation barg eine gewisse Unvollkommenheit, eine Rücksichtslosigkeit, die, hätte er auf sie hingewiesen, nie eingeräumt, sondern schön geredet worden wäre: Solange es Spaß macht und beide damit einverstanden sind! Vielleicht war Martin neidisch. Er verfügte nicht über Stephans Fähigkeiten. Dennoch: Trotz Stephans kurzfristiger Affären konnte Martin sich nicht gegen seine Einbildung wehren, dass Stephan grundsätzlich unzufrieden war. Obwohl er sich in Begleitung einer äußerst attraktiven Frau befand, langweilte er sich. Dieser Eindruck weckte sich stets, sofern Stephan den Kopf senkte und tief in seine Caipirinha sah. Die Angst, alleine einschlafen zu müssen, war stärker als der Wille, sich der Einsamkeit zu stellen. Die erwartete Furcht würde durch die Frau vertrieben werden, in den Schlaf würde er sich nicht zu winden haben.

Martin vermutete, dass Stephan sich selbst aus dem Wege ging: Er sucht sich seiner Furcht zu entziehen. Die schwer ausfindig zu machende, tief sitzende Angst, nicht die Anerkennung zu ernten, die Stephan sich erhoffte, die Stephan zum Erhalt seiner Persönlichkeit für überlebenswichtig hielt, dominierte sein Bewusstsein, diese nahm sein Handeln augenblicklich in Beschlag. Martin unterstellte Stephan, dieses Problem bereits erkannt zu haben, dass sein Leben sich als Illusion entpuppte, er sich jedoch entgegen all seiner Bestrebungen nicht imstande sah, sich von der Flucht in diese Ersatzwelt zu befreien. Stattdessen ertrug er sein Glück beinahe täglich mehr gelangweilt. Um zu besitzen, harrte Stephan in einer Art Glück aus. Das Warten schien ihm vergeblich, die Hoffnung hatte er im Laufe der Zeit aufgegeben. Stephan schien nicht wie manch andere Menschen auf etwas zu warten, das plötzlich eintreten könnte. Ganz im Gegenteil: Er schien fest davon überzeugt, dass es da nichts gab, auf das zu warten sich gelohnt hätte. Nahm Stephan eine Frau in den Arm, drückte er sie fest an sich. Und küsste er sie auf die Stirn, flog sein Blick weit durch den Raum. Teilnahmslos sah er über die Schulter an ihrem Haar vorbei. Er schaute sich im Lokal um, ob jemand ihn beobachtete. Ihre Blicke trafen sich, schnell sah Martin weg. Stephan schenkte dem keine Beachtung, sondern wandte seinen Blick an die ihm gegenüberliegende Wand. Leere sammelte sich in seinen Augen, ein glasiger Blick. Martin meinte, Resignation in ihm ausfindig zu machen. – Sie haben sich nichts zu erzählen, dachte Martin, nichts jedenfalls, worüber sie sich mit wahrhaftem Interesse unterhalten könnten. Gespräche, die Stephan an solch Abenden führt, gleichen häufig vorangegangenen, vergangenen, selten unterscheiden sie sich voneinander. Eine spezialisierte Gesellschaft wie die unsere lässt in vielen Fällen nichts anderes zu, als Themen zu finden, die von keinem gemeinsamen und daher wahrhaftigem Interesse sind, sondern nur solche, die durch Oberflächlichkeit geprägt stets gleiche Sätze bilden. Wenige zeigen die Bereitschaft, lang und ausführlich über ihren Beruf zu berichten, viele suchen die Zerstreuung, die Abwechslung, etwas das Farbe in den sonst tristen Alltag trägt. Kaum einer findet sich in der Lage, eine angeregte Unterhaltung zu führen, die der Erinnerung erhalten bleibt, es gibt kaum Themen, die wirklich von Belang gewesen wären, über die sich zu unterhalten gelohnt hätte. Eine Geschichte aus der Vergangenheit, aus der Kindheit, über die Eltern und Freunde, irgendetwas in dieser Art. Stets handelt es sich um dieselben Geschichten, Alltäglichkeiten, selten erzählen sie von der Gegenwart, Politik wird kaum ins Visier genommen, über die Zukunft nicht ohne Zögern öffentlich gesprochen. Kommunikation aber verkommt auf diese Weise zu stumpfsinnigem Geschwätz. Die übermäßige Vereinsamung erschwert das drängende Bedürfnis, die

Gemeinsamkeiten zu finden, für die allein zu leben sich gelohnt hätte, nicht selten reduzieren sich gemeinsame Interessen auf Sex. – Die Frau, Martin gab ihr den Namen Verena, zog Stephan eng an sich. Sie drückte ihn hoffnungsvoll und schien glücklich, eine aufrichtige Eroberung für sich gewonnen zu haben. Lächelnd legte sie ihren linken Unterarm auf Stephans rechte Schulter, voll Erwartungen der nächsten Stunden.

Martin nahm nicht an, dass Stephan Verena anlog, ihr Geschichten erzählte oder falsche Hoffnungen weckte, ihr gar eine gemeinsame Zukunft in Aussicht stellte. Nein. Er war versucht, sich ihr gegenüber ehrlich zu erweisen, Unaufrichtigkeit, hoffte Martin, widerspricht seiner Natur. Die Routine verbot ihm, ihr Lügen oder Unwahrheiten aufzutischen, komplizierte Gespräche am darauf folgenden Morgen würden sich auf solch Weise erübrigen. – Das Leben dem Augenblick zu widmen, erklärte Stephan zu seiner Lebensphilosophie und er verkündete sie auch als solche. Johanna erzählte es Martin. Martin hielt dies für einen Trick: Eine langfristige Beziehung ziehe Stephan von vornherein nicht in Erwägung. Johanna bemerkte, dass es Frauen gebe, die von Gedanken dieser Art begeistert seien. „Männer, die für sich einen Lebensweg gefunden haben, die nicht weinerlich veranlagt sind oder ständig klagen, sondern die immer eine Geschichte, einen Ausweg oder eine Lösung parat halten, strahlen eine gewisse Faszination aus. Männer dieser

Art verleihen dem Leben ein Stück Sinn, engen nicht ein und ergreifen keinen Besitz. Die Angst, zu viel von sich preis zu geben, bleibt unbegründet, gehegte Erwartungen bewegen sich auf recht niedrigem Niveau. Stephan hält stets ein Stück Mythos bereit, verteilt Verborgenes und Geheimnisvolles in kleinen Häppchen. Seine überzeugende Argumentation veranlasst die Frau, auf ihr inneres Ohr zu hören und gemäß ihrer Intuition zu handeln." – Stephans Worte zeigten Wirkung: Unauffällig berührte er Verenas Brust. Für Außenstehende kaum erkennbar, ganz flüchtig, für seine Absicht bedeutsam: Er spitzte Verena an. – Wieviel Brüste mochte er schon berührt haben, gestreichelt, geküsst und erregt? – Er wusste es nicht. Im Grunde genommen ging das Martin nichts an. Trotzdem, tagtäglich handelte es sich um ein und dasselbe Spiel, ein Kreislauf, für Stephan vielleicht die Hölle. Jeden Tag zwanghaft auf der Suche, auf der Jagd, schnell muss es gehen, der Abend ist kurz. Je widerspenstiger desto besser, es erfordert mehr Energie, mehr Tricks und Raffinesse. Liebe für den Augenblick, für eine Nacht, eine kurze Zeit, Liebe entpuppt sich zur Strategie. Stephans Leben reduzierte sich im Wesentlichen darauf, am darauf folgenden Morgen müde und erschöpft herrschaftlich eine Frau im Arm zu halten. Eine Eroberung für einige Stunden, ohne eine Spur in seiner Zukunft zu hinterlassen.

Stephan drang von außen durch Verenas schützende Hülle tief in ihr fest verschlossenes Seelenleben ein.

Dezente Schminke, gepflegte Frisur, ausgewählte Kleidung, bestenfalls ein Kostüm, häufig ein kurzgeschnittener enganliegender Hosenanzug. Uniform angepasster Gleichartigkeit, dunkelgrau, anthrazit oder schwarz, dies alles bot ihr keinen Schutz. Stephans Worte griffen nach ihr, seine Hände nahmen ihren Körper in Beschlag, vorsichtig kratzte er an ihrem Wesen, bearbeitete und schmolz ihren Kern, ohne dass sie dies trunken seiner Worte bemerkte. Immer entschied er sich für dieselbe Methode, stets wählte er eine Frau, die sich ihm dankbar für das, was kommen würde, an den Hals warf. Die Hoffnung aufrecht erhaltend, dass es diesmal anders enden würde als das letzte Mal, wusste Stephan, dass nicht alle Frauen auf seine Tricks hereinfielen. Er wusste aber welche, und wenn nicht sofort, dann zumindest später, irgendwann bestimmt. Zu Beginn widerspenstig, skeptisch, selbstsicher und überzeugt, sich nicht austricksen zu lassen, wandten sie sich ihm später zu. Seinen Worten Glauben schenkend, meinten sie, sich ihm offenbaren zu können, unwissend, ihm dadurch die Angriffsfläche zu bieten, die er ausschließlich für seinen Erfolg benötigte. Ihre Gefühle ansprechend legte er sich sanft gleich einer Kette um ihren Hals. Er bestimmte die Spielregeln, er drückte sie berechnend, ihnen die Gewissheit verleihend, nach der sie sich sehnten.

Der Betrug wird nicht vor morgen früh auffliegen, die ersehnte Geborgenheit verschwunden sein, wie vom Erdboden geschluckt. Die Wahrheit und die Großzügigkeit, gepaart mit Lüge und Kalkulation zeichneten Stephans wohldurchdachte Strategie aus. Überzeugungen, Prinzipien oder Vorsichtsmaßnahmen zerflossen, wurden fortgetragen vom Hauch seiner Silben. Offenheit und Ehrlichkeit, der liebe verständnisvolle Blick, kleine Mittelchen seines Handwerks, diese sicherten seinen Erfolg. – Wonach suchte er? Was hoffte er zu finden? Wozu der ganze Aufwand? Stets die gleichen Fragen, Unterhaltungen und Antworten. – Morgen früh, sobald sich der Schwindel offenbaren und die Fragen auftauchen werden, die nach einer gemeinsamen Nacht unvermeidbar sind – nicht aus seinem Munde, zögernd, er ahnt, was kommen mag –, als Verena ihn zum letzten Mal in die Arme schließen wird, wird er auf seine Unschuld aufmerksam machen, er sei betrunken gewesen. Ein schüchterner treuer Blick, alles scheint in Ordnung. – Ein Schmeichler? Wohl nicht. – Trinken, nicht um betrunken zu sein, sondern um eine Erklärung, eine Rechtfertigung bereit zu halten, wie aus der Innentasche seines Jacketts gezogen. Griffbereit, alles andere als überzeugend, wird er dumm seine Entschuldigungen präsentieren, sich feige hinter seiner Unschuld verbergen. Anstatt die Wahrheit zu sagen, die Verena kennen, mit der sie gerechnet, und die sie für unvermeidbar gehalten haben wird, wird er einen schäbigen Ausweg suchen, sich seiner niederträchtigen Verlogenheit zu entziehen.

Verena liebkoste Stephan. Sie zog ihn eng an sich, während er sich weich an sie schmiegte, und schien mehr und mehr davon überzeugt, dass Stephan anders sei, als die übrigen Männer, die sie bisher auf solch Art und Weise kennenlernte. Martin schmunzelte, enthielt sich jedoch jeglichen Kommentars. Er ahnte, was kommen würde: Wie früh wird Verena morgen das Haus verlassen? Frau Wontorek wird es wissen. Wie früh wird Stephan Verena erklären, dass sich alles um einen Irrtum handle, dass sie sich getäuscht habe, mit dem, was sie von ihm erwartet hätte, das er ihr nicht erfüllen könne? Verena wird sich Stephan gegenüber nicht überrascht zeigen, sie wird ihre Sachen zusammen suchen, die Handtasche schließen, die er in der Nacht neugierig durchwühlte, wird schnell ihren BH zuknöpfen, in ihren Hosenanzug schlüpfen und sich ohne große Worte verabschieden. Stephan wird im Bett liegen bleiben, wird sie nicht freundlich an der Wohnungstür verabschieden, sondern warten, bis er erleichternd das Klicken seiner Wohnungstür hören wird. – War es Übermut? wird er sich laut in Verenas Gegenwart fragen. Sie wird ihn mit leeren, verständnislosen Augen ansehen, insgeheim jedoch recht zufrieden an die vergangenen Stunden zurückdenken. – Er, der angeblich einen Tick zu viel getrunken hat, wird die Lüge aufrecht erhalten, dass sie sich getäuscht habe; sie, die eigentlich die Betrogene sein sollte, wird mit etwas Wohlwollen, instinktiv ein Stück Glück erhascht zu haben, die Wohnung verlassen. Vielleicht wird Verena Stephan erklären, dass sie nichts anderes erwartet habe, wird ihn, aufgrund der Tatsache sich vor eigenem Schaden zu bewahren, ebenfalls belügen. Ganz bestimmt gibt es einige, die es entsprechend meinen, wie sie es sagen: Das war eine schöne Nacht. Keine Telefonnummer, kein Wiedersehen, bitte keine weiteren Verpflichtungen, keine gemeinsame Zukunft. Lediglich ein paar Stunden Zweisamkeit waren gefordert, für mehr ist kein Platz. Verena wird Stephan einen Abschiedskuss geben, bevor sie eilig die Wohnung verlassen wird. Eine Stunde habe sie Zeit, spätestens um neun Uhr habe sie im Büro zu sein. Einige Minuten später wird Stephan mit seiner Zeitung am Küchentisch sitzen, einen Kaffee aufsetzen und ein oder zwei flüchtige Gedanken an die Nacht verschwenden.

Martin vermutete, dass sich dieses Mal vom letzten nicht großartig unterscheiden würde: Der Alltag kehrt zurück, es ist acht Uhr. Stephan reißt die Fenster auf. Die nächsten Stunden wird er sich um seine Zukunft zu kümmern haben, sich pflichtbewusst seinem Studium widmen, lesen und lernen, bis sein Drang aufs Neue einsetzen wird. Immer wieder wird es der Duft der Freiheit sein, der sich morgens in seiner Wohnung ausbreiten wird. Martin meinte, ihn förmlich zu riechen: In diesem Fall ein widerlich muffiger Geruch. Leichtigkeit, durchmischt von Schlaf, Schweiß und Alkohol.

An jenem Abend geschah einige Stunden später das, was Johanna vielleicht in ihren kühnsten Träumen gehofft, was sie jedoch nicht ernsthaft in Erwägung zu ziehen oder zu erwarten wagte. Stephan und Verena waren vor kurzem gegangen, vor Martin stand ein neuer Bourbon, inzwischen rauchte er bestimmt die fünfzehnte Zigarette. Johanna stand hinter der Theke, leerte seinen Aschenbecher und wischte über den Tresen. Ab und an warfen sie sich amüsierte Blicke zu, Johanna schmunzelte an diesem Abend mehr als nur einmal.

Sie trug knallenge blaue Jeans. Ein erregender Anblick wie Martin fand. Ihre Brüste verbarg sie unter einem enganliegenden, kurzen roten Pullover, über den sie eine blaue Jeansweste gezogen hatte. Jedes Mal, sobald sie sich streckte, um ein frisches Glas aus dem Regal oberhalb des Tresens zu nehmen, entblößte sich ihr Bauchnabel: Er war gepierct. Martin fragte sich, ob sie auch tätowiert sei, ob sich eine Blume, etwa eine Rose rechts oberhalb ihres Hinterns befinde, ein keltisches, vielleicht aber auch ein japanisches Symbol auf ihrem rechten Oberarm. Auf ganz merkwürdige Weise schien Johanna im Gegensatz zu den vergangenen Wochen überraschend locker und gelöst. Außenstehende, die sie beobachteten, hätten kurzerhand den Eindruck gewinnen können, dass Johanna ein Mensch sei, der mit der Welt umzugehen gelernt habe, wie diese sich ihm zu erkennen gebe. Ohne kompliziert danach zu fragen, wie diese sein könne und welch unterschiedlichste Möglichkeiten sie berge, verhielt sie sich bedingter Widersprüchlichkeit und unvorteilhafter Eigenschaften ihrer Mitmenschen gegenüber der Art, wie sie diese vorfand. Ein Unbeteiligter hätte meinen können, dass Johanna weder vorwurfsvoll veranlagt, noch dass sie von einem Mitmenschen in irgendeiner Weise zu enttäuschen sei.

Während Martin zu Johanna hinübersah, nervte der betrunkene Christian. Johanna reagierte diesbezüglich großartig: Sie behandelte ihn wie eine Krankenschwester komplizierte Patienten der besonderen Art. Christian erzählte wieder einmal eine vollkommen unbedeutende Geschichte, die keinen interessierte, die in keinster Weise von Belang war, zudem mangelte es an der Pointe. Seine Geschichten verfügten nie über ein Ende, den Witz, den alle erwarteten, blieb er bis zum Schluss schuldig. In der Regel war er so betrunken, dass er bereits nach einigen Minuten nicht mehr wusste, was er eingangs zu erzählen beabsichtigt hatte. Dennoch: Wenn auch angenervt aufgrund seiner betrunkenen und aufdringlichen Art, ließ sich Johanna ihre gute Laune nicht verderben. Ganz im Gegenteil, sie schenkte ihm einen übermäßigen Teil ihrer Aufmerksamkeit. Dies jedoch auf eine kaum wahrnehmbare, übertrieben ironische Art. Ungeachtet der Tatsache, dass sie seit einigen Wochen eng befreundet waren, betrachtete sie es auch ihm gegenüber als eine Art Dienstleistung, ihn als Stammgast des Lokals fürsorglich und zuvorkommend zu behandeln.

Der Spott ihrer Stimme war nicht zu überhören, ihren Hohn nahm Martin auf äußerst befriedigende Weise amüsiert zur Kenntnis. Beobachtete er Johanna, hätte er sie aufgrund ihrer reservierten Art, sich Christian gegenüber zu verhalten, einfach unter seinen Arm klemmen und mit nach Hause nehmen können. Eine gewisse Zeit lang wunderte sich Martin über Johannas Wandel: Ihre Unentschlossenheit der letzten Wochen schien wie weggefegt. Etwas musste geschehen sein, dass sie sich Christian gegenüber plötzlich distanzierte. Ihm gegenüber an der Theke bemerkte er einen Mann, der ihm die Stunden zuvor nicht aufgefallen war: Der Mann saß allein, sprach mit niemandem außer mit Johanna. Er sah gut aus, trug einen Anzug, hatte eine gepflegte Erscheinung, kurzes dunkelbraunes Haar und eine schlanke Figur. Martin kannte den Mann nicht, auch ich hatte ihn nie zuvor im Kommunal gesehen. Irgendwie passte er nicht in die Gesellschaft. Er saß abseits, grenzte sich bewusst aus, schien sich in das Lokal verirrt zu haben, das zu betreten ihm höchst wahrscheinlich für gewöhnlich nie in den Sinn gekommen wäre. Der Mann machte Anstalten, niemanden außer Johanna kennenlernen zu wollen.

Welche Rolle spielt dieser Mann, der gegenüber an der Bar sitzt? Nimmt er seine Rolle unwillkürlich ein? Spielt er sie oder weiß er nicht, dass nicht er es war, der sie sich aneignete, sondern dass andere Menschen ihm diese Rolle verliehen, ihn wider seinen Willen in diese hineinzwängten, dass er machtlos den Folgen ausgeliefert sich zu wehren keine Veranlassung sieht? Stellte Martin sich diese Fragen, war ihm, als griffe er willkürlich in ein Regal unendlich vieler Möglichkeiten. Martin stellte sich den Mann vor, wie er ihn haben wollte: Er setzte ihn neben sich an die Theke des Kommunal, in einen Flieger über London, legte ihn aufs Bett neben Johanna oder ließ ihn an einer Haltestelle auf den Bus in Richtung Innenstadt warten. Alles war möglich, nichts schloss er aus. Er malte sich aus, wie sich der Mann in all diesen Situationen verhalten würde.

Der Mann schien bedrückt. Er bestellte ein kleines Bier, trank dies betont langsam, nicht zu hastig. Aufgrund seines entspannten Gesichtsausdrucks vermutete ich, dass er das Bier gerne trank und jeden einzelnen Schluck genoss. Anschließend bestellte er einen Espresso, saß weiterhin regungslos auf seinem Platz, beobachtete Johanna fortwährend und starrte ab und zu heimlich auf ihre engen Jeans. Etwas schien er im Sinn zu haben. Nach einer Weile winkte er Johanna zu sich, flüsterte ihr einige Worte ins Ohr, woraufhin sie ihn erstaunt ansah. Sie musterte ihn in einigem Abstand, sah ihn an, als kennte sie ihn, als wisse sie nur nicht mehr woher. Die Musik war sehr laut. Martin hörte nicht, was der Mann zu Johanna sagte. Johanna zog die Augenbrauen hoch und starrte ihn mit großen skeptischen Augen an. Kurz darauf lächelte sie. – „Du spinnst!" sagte sie und wandte sich ab. – Sie begann dreckige Gläser zu spülen, lachte leise auf und tauchte das nächste Glas ins Wasser. Unbeeindruckt, ohne seinen Gesichtsausdruck zu verändern, sah der Mann Johanna schweigend an. Nachdem sie die Gläser abgetrocknet hatte, ging sie zu ihm zurück. Sie sagte ihm etwas ins rechte Ohr, woraufhin er mit dem Kopf nickte. Johanna sprach weiter, einige Male ging das so hin und her, immer wieder nickte er. Daraufhin drehte sie sich von ihm weg, sah Martin und mich flüchtig an und machte ein ernstes Gesicht. Sie sagte kein Wort, verriet nicht, was sie mit dem Mann besprochen hatte, zapfte Christian ein neues Bier und zog ihre Stirn in Falten. Martin sah mich fragend an. Ich zuckte mit den Schultern, ich wusste ebenfalls nicht, was im Gange war. Einige Minuten dachte Johanna angestrengt nach. Eine Stunde später, ich befand mich in der Küche, es war inzwischen Drei, warf sie das Trockentuch achtlos auf die leeren Bierkisten, die unter dem Tresen standen, kam in die Küche und erklärte überraschend, dass sie gehen werde. Ohne Christian eines Blickes zu würdigen, stellte sie sich neben den Mann und nickte ihm kurz zu. Der Mann zahlte, legte einen Schein auf die Theke und griff seine Jacke. Gemeinsam gingen sie zur Tür. Martin sprang von seinem Hocker und eilte ihnen nach. Kurz bevor sie das Lokal verließen, bekam er Johanna am Ärmel zu fassen und hielt sie zurück: „Was ist los?" fragte er. „Wohin gehst du?" „Weg." „Wie weg?" „Eben weg." „Ja, aber ...?" „Was aber?" „Wohin gehst du?" „Nach New York." „Wie? Jetzt? Einfach so? Ohne ...?" „Genau", unterbrach sie ihn. „Einfach so." Überrascht sah Martin Johanna an, war sprachlos, der Mann lächelte verlegen, er hielt einen kleinen schwarzen Rucksack in der linken Hand. „Aber warum?" fragte Martin. „Er hat mich gefragt", antwortete Johanna und wies auf ihren Begleiter. „Ohne Bedingungen?" rutschte es Martin heraus. „Ganz genau. Ohne Bedingungen. Das, worüber wir uns schon oft unterhielten."

Kurz nachdem Johanna gegangen war, verließ Christian beleidigt das Lokal. Martin grinste ihm höhnisch hinterher. Bevor Johanna endgültig zum Flughafen fuhr, kam sie wider Erwarten noch einmal ins Kommunal. Sie hielt ihren Wohnungsschlüssel in der Hand und fragte Martin, ob er sich während ihrer Abwesenheit um ihre Wohnung kümmern könne.

Die folgenden Tage und Wochen malte Martin sich aus, wie der Morgen im Weiteren verlaufen sei: Wie wird das sein? In New York? Mit einem Fremden, in einer fremden Stadt, einem anderen Land, ohne Geld und Gepäck, ohne Bedingungen? Nach einem Monat schließlich erzählte Johanna es ihm am Telefon: Ben sei ein Mann, der sehr viel Geld besitze. Er sei reich und habe viel Zeit. Zeit stelle für ihn kein Problem dar.

Gemeinsam fahren sie frühmorgens im Taxi zum Flughafen. Sie sitzen nebeneinander auf der Rückbank. Johanna sieht zum Fenster hinaus, während Ben auf ihre Antwort wartet. – „Das Reiseziel wählst du", sagt er freundlich aufmunternd. „Wie heißt du?" fragt Johanna. „Ben. Eigentlich Benjamin." – Diesen Namen mag er jedoch nicht hören: Stets erinnert dieser an eine Herkunft, die nicht seine scheint, von der er in Zukunft nichts wissen will. Seine Vergangenheit verfolgt ihn, so oder so, so auch bis ins Taxi zum Flughafen. Und trotzdem er beabsichtigt, diese hinter sich zu lassen, wird es ihm auch später nicht gelingen, die zurückliegenden Jahre zu vergessen. Gegen seine Erinnerung, gegen die Bilder in seinem Kopf vermag er sich nicht zu wehren. – „Ich heiße Johanna." „Ich weiß. Ich habe deinen Namen in der Bar gehört, während dich die Gäste riefen." – Nach einigen Minuten des Schweigens sagt Johanna, dass sie ihn kenne, dass sie ihn am späten Nachmittag gesehen habe. „Wo?" fragt Ben neugierig. „An der Stadthausbrücke", von dort aus sei er ihr zu Fuß bis in die Bar gefolgt. „Warum?" fragt Johanna vorsichtig. Sie fürchtet, auf diese Frage von ihm keine Antwort zu erhalten. „Ich weiß nicht", zögert Ben. Nachdem er kurz nachdachte, sagt er: „Das heißt, natürlich weiß ich es. Als ich dich sah, überlegte ich, dich kurzerhand in meine Arme zu schließen." „Und? Warum hast du es nicht getan?" Ben schweigt. Anstatt einer Antwort zuckt er leicht mit den Schultern.

Am Flughafen warten sie, bis der erste Schalter öffnet. Sie sitzen sich gegenüber in einem kleinen Bistro, trinken Kaffee und sehen sich fortwährend an. Ben bietet Johanna eine Zigarette an. Sie raucht in ruhigen

Zügen, während er nervös scheint. Als er ihr Feuer gibt, aber auch als er die Rechnung begleicht, zittert seine Hand. Die Zeit vergeht wie im Fluge, sie haben sich eine Menge zu erzählen. Ihr ganzes Leben scheint ihnen plötzlich klar, all die traurigen Momente, einsame Augenblicke, die kein Ende fanden, verfügen plötzlich über einen Sinn. Die Jahre, in denen sie sich nicht kannten, die sie nicht miteinander teilten, in denen der eine dem anderen fehlte und sich nach ihm sehnte, obwohl keiner ein konkretes Gesicht vor Augen hatte, rücken ins Bewusstsein. Sie erinnern sich, als hätten sie schon immer geahnt, dass der eine den anderen irgendwann einmal irgendwo finden werde, bewahrten von jeher die Erinnerung sorgsam in ihrem Gedächtnis auf, als hätten sie vor sehr langer Zeit erfahren, ihre Geschichte irgendwann füreinander bereit halten zu müssen. Es scheint, als hätten sie sich vor Urzeiten verloren, dass es wie selbstverständlich einiger Zeit bedurfte, bis sie aus ihrer düsteren Vergangenheit, einem Schattenreich voll Melancholie, aufsteigend wieder zueinander finden und das Boot besteigen würden, um gemeinsam in die Fluten der Zukunft einzutauchen, die sich ihnen zu Füßen lang und weit ausbreitet. Lediglich der Zeitpunkt blieb unbekannt, verbarg er sich hartnäckig hinter vielen langen Jahren der Hoffnungslosigkeit, während derer dieser sich zu zieren schien und nicht recht zum Vorschein zu kommen gedachte. So ist es nicht verwunderlich, dass es nur weniger Stunden bedurfte, bis Ben und Johanna Zutrauen zueinander fanden. Auch sollten nur wenige Tage vergehen, bis die letzten Zweifel dahingehend ausgeräumt waren, dass dieser Mensch ganz bestimmt derjenige ist, dessen man sich stets erinnerte, und, die Hoffnung mit aller Kraft aufrecht erhaltend, immer fest davon überzeugt war, dass es einen Menschen dieser Art gibt.

Endlich bist du da, denkt Johanna, als Ben die Tickets kauft. Er zahlt mit Karte: First Class, Abflug 06.25 Uhr, Umsteiger in Frankfurt, Ankunft in New York, JFK, 10.30 a.m.. Johanna steckte aus Versehen das Kellnerportemonnaie ein, vergaß, dass es mir gehörte. Der Inhalt: knapp 200,- Euro Umsatz, ausschließlich Tip. Über die Folgen denkt sie kurz nach, hofft, auf das Geld nicht angewiesen zu sein. Lediglich ihren Reisepass mussten sie aus ihrer Wohnung holen, Ben hatte seinen bereits dabei. Für den Notfall steckte Johanna ihre Kreditkarte ein: Rückflug nach Hamburg, alles würde wieder so sein, wie es war, einen Versuch aber würde es wert gewesen sein. Im Flugzeug unterhalten sie sich weiter, lernen einander kennen, während sie ausgiebig frühstücken. Ben fragt Johanna, wohin sie in New York gehen, was sie sehen wolle und was sie von der riesigen Stadt erwarte. Sie erzählt es ihm lang und ausführlich. Ihre Phantasien sprudeln, Bilder schießen zahlreich durch ihren Kopf. Häufig hatte sie von New York geträumt, hatte sich einen mehrtägigen Aufenthalt in der Metropole ausgemalt, während sie auf ihrer Fensterbank gesessen, einen Kaffee getrunken und in die Tiefe gesehen hatte.

Während Johanna gemeinsam mit Ben ihre bis dahin schönste Zeit genoss, folgten in Martins Leben lange Monate der Einsamkeit. Häufig dachte er an Johanna. Ob morgens, bevor er zur Arbeit ging, oder abends, vorm Schlafengehen auf seinem kleinen Balkon. Er erinnerte sich kaum eines Ortes, an dem sie nicht gegenwärtig gewesen wäre. In der Mittagspause im Park, an der Elbe, im Kino oder während seiner Einkäufe in der Innenstadt: Gleich eines Schattens folgte sie ihm zu jeder Zeit überall hin, stets rief er sich die Erinnerungen ins Bewusstsein und stellte sich jeweils vor, wie es gewesen wäre, sie an seiner Seite zu wissen.

Johanna und Martin: Im Zug nach Travemünde, auf dem Schoß den gefüllten Rucksack für ein ausgedehntes Picknick am Ostseestrand, sitzt sie ihm gegenüber, sieht entspannt zum Fenster hinaus und fragt, ob er sich ein Leben auf Madeira vorstellen könne. Während eines Stadtbummels findet er sie in einem mehrstöckigen Buchladen in der Touristikabteilung, wo sie in einem Bildband über die Mongolei blättert. Sie schwärmt von Thailand und Neuseeland, von Südafrika, erkundigt sich im Reisebüro, was eine Fahrt mit der Transsibirischen Eisenbahn koste, und sieht sich Zuhause während des gemeinsamen Abendessens den Streckenverlauf im Atlas an. Anderntags setzen sie mit der Fähre nach Finkenwerder über, fahren auf ihren Rädern durchs Alte Land nach Buxtehude, schlendern durch Stade, planen ein gemeinsames Wochenende im Harz oder setzen sich auf eine Bank im Stadtpark in die pralle Sonne und sehen dem regen Treiben auf der großen Wiese zu. Sie besuchen das Planetarium, kaufen Karten für ein Konzert auf der Freilichtbühne und wählen den Weg zurück in die Innenstadt an der Alster entlang. An einer Tankstelle kaufen sie sich eine Flasche Rotwein, setzen sich auf den erhöhten Sockel des Bismarckdenkmals oder fahren Achterbahn auf dem Hamburger Dom. Die Stadt hält ein nicht auszuschöpfendes Freizeitangebot bereit. Ob ein Besuch der Kunsthalle oder der Kammerspiele, einer Lesung im Literaturhaus, eines afrikanischen Folkloreabends in Ottensen oder der Badeanstalt in Eimsbüttel, sie finden zahlreich Gelegenheiten, den Tag gemeinsam zu gestalten.

Ein gutes Jahr lang sah Martin mindestens zwei Mal in der Woche in ihrer Wohnung nach dem Rechten, leerte den Briefkasten, goss Blumen, lüftete und wischte ab und zu Staub. Briefe oder Postkarten, die ihren Adressaten nicht erreichten, beantwortete er anstatt ihrer mit dem Hinweis, dass Johanna auf unbestimmte Zeit verreist sei. Das dreckige Geschirr, das sie vor ihrer Abreise abzuwaschen versäumte und in der Eile stehen ließ, wusch er ab und stellte es in die Schränke zurück. Die zurückgebliebenen Lebensmittel schmiss er einfach in den Müll. Martin wartete:

Stundenlang saß er auf dem Fensterbrett, trank Bier, Kaffee, rauchte und hörte ihre Musik. Die Kippen schmiss er achtlos in den Hinterhof, leere Bierdosen ließ er in der Küche nicht einmal gedankenlos auf dem Tisch zurück. Die Bilder, die sie gemalt hatte, sah er sich genauer an als all die Monate zuvor. Der Gegenstand ihrer Kunst schien ihm von Beginn an schwer greifbar, bis er schließlich feststellte, dass die gewählten Formen und die Farben mit dem Licht spielten. Träume, Hoffnungen, unerfüllte Wünsche und Bedürfnisse, das Unerreichte noch zu erreichende im Gegensatz zu ihrer erbarmungslosen Realität war in ihrer kleinen Wohnung stets gegenwärtig. In Johannas Schränken und Schubladen stöberte er nie. Die Neugier, unbefugt in die Teile ihrer Vergangenheit einzudringen, die sie ihm bewusst vorenthielt, konnte Martin stets, wenn auch anfangs nur schwer zügeln. Ihr Vertrauen, das sie ihm vorbehaltlos zusprach, beabsichtigte er nicht zu missbrauchen. Einige ihrer persönlichen Gegenstände, die herumstanden oder herumlagen, nahm er zeitweilig begutachtend in die Hand, stellte jedoch alle derart sorgfältig an seinen Platz zurück, als hätte niemand die Räume während ihrer Abwesenheit betreten. Johanna sollte während ihrer Rückkehr nicht anders empfinden, als habe sie erst einen Tag zuvor ihre Wohnung verlassen.

Ganz allmählich stieg Martin ein in Johannas verborgene Welt. Zunächst suchte er anhand ihres bloßen Besitzes Zugang zu ihrer Alltäglichkeit. Möbel, Geschirr, Kleidung oder Kosmetika und viel anderer Kleinkram lieferten Anhaltspunkte, wie Johanna Werktag und Wochenende gestaltete. Später wagte er sich vorsichtig gleich eines Entdeckers Schritt für Schritt durch die Lektüre ihrer Bücher vor, las Max Frischs Homo faber, Hesses Steppenwolf, Warten auf Godot, Die verlorene Ehre der Katharina Blum, Brecht, Dürrenmatt und Christoph Hein, Schulliteratur, die zu jener Zeit mehr langweilte und Gleichgültigkeit hervorrief, als sie bewusst wahrzunehmen, Bücher, die pflichtbewusst mit Randbemerkungen versehen auf ihrem Regal einstaubten. Martin blätterte in Bildbänden von Dürer, van Eyck, Hieronymus Bosch und Otto Dix, nahm das Taschenlexikon der Kunstgeschichte, las ein Buch über den Begriff der Kunst und sah ihre Fotobände und Reiseführer fremder Länder durch. Während dessen hörte er Klavier– oder Orchestermusik, Bach, Beethoven, Mozart, Liszt oder Debussy, Dvoraks Symphonie Aus der Neuen Welt lag zu oberst ihrer CD–Sammlung. Die Bandbreite der Popmusik reichte von den Beatles und Beach Boys, über Underground und Heavy Metal, hin zu Overcross und Punk.

Während seiner Entdeckungsreise hatte Martin das Gefühl, als wage er sich in brachliegende, höchstwahrscheinlich verbotene Regionen vor. Unwegsames Gelände, das zu erschließen er als Bestandteil einer geheimen Expedition in die verbotene Zone für unausweichlich erachtete, erforschte er, Eigenarten, die ihn zuweilen befremdeten. Aufmerksam grub er nach Ursachen. Mit Hilfe dieser Methode meinte Martin, Johanna mehr und mehr verstehen zu lernen. Entschlossen, wie er war, ließ er sich von seinem Vorhaben nicht abbringen, nahm sich in acht, sich nicht in die Irre führen zu lassen. Vertrauliche Informationen hüteten ihn vor der Gefahr, sich mit kleinen Geheimnissen bereits auf halbem Wege zufrieden zu geben. Ergebnissen noch vor dem Erreichen des Stacheldrahts zum militärischen Sperrgebiet Ausdruck zu verleihen oder Resultate gar vorauszusagen, der Vorläufigkeit einer Versuchung dieser Art zu unterliegen hielt er stand. Viele Monate kroch er auf allen vieren, pirschte sich ähnelnd einer Raubkatze Meter für Meter an den Rand der verbotenen Zone heran. Einschließlich des letzten Augenblicks war er nie wirklich überzeugt, auf den Kern der Sache gestoßen zu sein. Im Vorwege ahnte er bereits, dass das, was er zu finden hoffte, nur jenseits der todbringenden Grenze zu finden sein würde. Gut abgeschirmt vor ungebetenen Gästen trotzte er allen Täuschungsmanövern, ließ sich nicht auf dem Vormarsch zurückdrängen oder in die Gräben abseits seines Weges drücken, nicht bevor das Ziel in Sicht und klar vor Augen zu sehen sein würde. Mit Hilfe der wenigen Anhaltspunkte, die Johanna seinem bloßen Auge präsentierte, war das Geheimnis ihrer Persönlichkeit jedoch nicht zu entschlüsseln. Wesentliche Teile, die sie mit Bedacht der sie umgebenden Öffentlichkeit vorenthielt, unterschieden sich mit ziemlich hoher Wahrscheinlichkeit ganz erheblich von denen, die sie offensichtlich nicht in ihren Schränken und Schubladen vor uneingeweihten Augen zu verbergen gedachte. Aufgrund seines selbstauferlegten Verbots blieb Martin lediglich die Ahnung von Fotos, Briefen oder Tagebüchern, die Vorstellung einer vielleicht geheimen Korrespondenz, die zu verstehen er ohne Johannas Hilfe kaum vermochte, sofern diese tief verborgen, verschlossen hinter dicken Türen aus Stahl lagerten und von den Gründen ihrer Träume und den Ursachen ihrer Sehnsucht nicht mehr preis gaben als ein aller Wahrscheinlichkeit nach unvollkommenes Bild. Aber auch das unvollkommene Bild, das Martin sich von Johanna in all den Monaten schuf, wurde zutiefst erschüttert: Als sie im Oktober des darauffolgenden Jahres nach Hamburg zurückkehrte, warf sie beinahe alle Anhaltspunkte, die Martin bis zu jenem Zeitpunkt irrtümlich für wesentliche Bestandteile ihrer Persönlichkeit gehalten hatte, in den Müll. Zu seiner Überraschung nahm Johanna die Chance wahr, einen Neuanfang zu wagen. Demonstrativ erklärte sie, dass sich ihre Einstellung zu den Dingen in den vorangegangenen Monaten von Grund auf geändert habe, sie wünsche, ein vollkommen anderer Mensch zu sein. Martin erkannte, dass die in Augenschein genommenen Gegenstände innerhalb ihres Lebens nie den Stellenwert eingenommen hatten, wie er vermutet hatte, sondern dass ihr gesamter Besitz auf einer Vielzahl an Kompromissen beruhte. Seitdem verbannte Johanna Teile ihrer Vergangenheit aus ihrem Leben, als seien diese Sachwerte nie wirklich Teil ihres Lebens gewesen, Sachwerte, die Martin für notwendig hielt, um Johanna besser verstehen zu können, mit dessen Hilfe er sich aber auch die Hoffnung aufrecht erhielt und insgeheim wünschte, dass Johanna, sofern sie in absehbarer Zeit zurückkehren würde, sich während ihrer Abwesenheit nicht soweit geändert habe, dass sie für ihn nicht mehr die Freundschaft empfinde wie vor ihrer Abreise. Ihm blieb keine andere Erfahrung, als zutiefst erschrocken festzustellen, dass das Bild, das er sich geschaffen hatte, mehr als nur unvollkommen war. Erschüttert räumte er ein, dass ein völlig falscher Eindruck die Monate prägte. Seitdem Martin Johanna kennengelernt hatte, war ihm bewusst, dass Probleme ihren Alltag begleiteten, dass sie aber eine außerordentlich ablehnende Natur entwickeln würde, erlebte er erst an jenen Tagen, bevor sie Hamburg zum zweiten Mal verließ.

Postkarten erreichten ihn in regelmäßigen Abständen aus der ganzen Welt: New York, Washington, Paris, Rom, Barcelona, Lissabon, Palermo, Kairo, Tokio, Sydney und viele mehr. Alle Karten hängte er zu Hause in die Küche, sah sie jeden Morgen während seiner ersten Zigarette und der ersten Tasse Kaffee. Stets fragte er sich, an welchen Ort es Johanna als nächsten ziehen und wie es ihr dort ergehen würde. Monatlich schickte sie ihm einen Scheck für Miete, Strom und Telefon, rief ihn in unregelmäßigen Abständen an und

erzählte, wie es ihr erging. Martin richtete ein Spar-
buch ein, auf das er das Restgeld einzahlte, Rechnun-
gen, die er im Briefkasten fand, beglich er umgehend.
Den Kontakt zu Stephan mied er, so gut es ging,
schlich sich nachts oder spät abends heimlich in Johannas Wohnung und lag wie sie auf ihrem Bett mit
einem Ohr lauschend an der Wand. Mit Frau Wontorek hingegen unterhielt er sich ab und an. Für den
Fall, dass etwas passiert sein sollte, bat er sie darum,
ihn anzurufen, damit er sich dem entsprechend kümmern könne.

Während dieser Tage führte Martin ein Schattendasein:
Saß er in der leeren Wohnung auf dem Fensterbrett, stellte er sich vor, dass Johanna ihm gegenüber
schräg rechts auf dem Bett saß. Er lauschte ihren Geschichten, unterhielt sich mit ihr und wünschte, gemeinsam auf dem Bett zu liegen oder morgens neben
ihr aufzuwachen. Die Hoffnung, dass Johanna in Kürze zurückkehren werde, gab er nicht auf, lebte jeden
Tag mit dieser Zuversicht und ließ nicht einen Tag
lang von ihr los. Er lebte in der Erwartung, dass Johanna bereits morgen nach Hamburg zurückkehren
werde. Mit einem großen Blumenstrauß würde er sie
am Flughafen empfangen, die Schlüssel ihrer Wohnung in der Hand, und gemeinsam mit ihr im Taxi in
die Innenstadt fahren.

Im Geiste folgte Martin Ben und Johanna nach New
York: Ben begleitet Johanna überall dorthin, wohin
sie zu gehen und was sie zu sehen wünscht, und er

versucht, alles für sie Neue mit ihren Augen zu betrachten. Er stellt weder Forderungen, noch hegt er konkrete Erwartungen. Will Johanna eine heiße Schokolade trinken oder einige Stunden im Central Park spazieren gehen, äußert Ben sein Einverständnis. Für alles zeigt er Verständnis, versichert, dass allein an ihrer Seite sein zu dürfen Glück genug sei. Ben bezahlt alles, beabsichtigt, ihr jeden denkbaren Wunsch zu erfüllen. Im Plaza, 59ste Straße, Central Park South, bucht er am frühen Nachmittag zwei Doppelzimmer für die Nacht. Ben will wissen, wie Johanna reagiert, lässt ihren Vorstellungen freien Lauf, ohne sie an irgendetwas zu hindern.

Ben gefiel Johanna außergewöhnlich gut, andernfalls wäre sie auf sein Angebot nicht eingegangen. Vom ersten Augenblick an war er ihr sympathisch. – „Wie oft hast du so etwas schon getan?" fragte Johanna. Ben antwortete: „Dies ist das erste Mal." – Johanna schwieg. Sie glaubte ihm nicht, fragte jedoch nicht nach, da ihr eine ehrliche Antwort in dem Moment nicht wichtig war. Sie fürchtete die Enttäuschung, nicht die erste, sondern die dritte oder siebte Frau zu sein, die ihm nach Amerika folgte. Johanna entschloss abzuwarten. Sehr zu ihrer Überraschung fühlte sie sich an Bens Seite sicher, spürte, dass sie nichts zu verlieren hatte: Raus aus Hamburg, raus aus dem zuweilen stickigen Café, raus aus der engen kleinen Wohnung, hinein in ein anderes neues Leben, eins, das ihr jetzt zu Füßen lag.

Ben verhielt sich Johanna gegenüber verständnisvoll, rücksichtsvoll und interessiert, in keinster Weise drängte er sich ihr auf. Johanna entschied, was unternommen werden sollte, was nicht, wo sie hingingen, was sie sich anzusehen und wie lange sie dort ihre Zeit zu verbringen gedachten. Ben war Johanna ein wenig unheimlich, in einigen Situationen fürchtete sie sich bald vor ihm, einen Grund für ihre Angst konnte sie jedoch nicht nennen. Galant breitete er angenehme Zurückhaltung, aufmerksame Verschwiegenheit und eine leichte Scheu wie kleine Geschenke vor ihr auf den Tischen aus. Sein dezenter Charme und seine Großzügigkeit kannten keine Grenzen. Ben war sehr freigebig, bezahlte immer, zahlte oft viel zu viel und zeigte sich dem Personal gegenüber äußerst spendabel. Johanna ließ es geschehen, es war nicht ihr Geld. Kommentarlos sah sie zu, wie er die Geldscheine aus seinem Portemonnaie zog und, ohne ein Wort des Dankes zu erwarten, auf den Tischen liegen ließ. Münzen, so schien ihr, waren ihm ein Graus.

Alles, was geschah, betrachtete sie als Teil ihrer Vereinbarung, ein mündlicher Vertrag: Keine Bedingungen, das handelten sie aus. Ben folgte Johanna auf Schritt und Tritt. Sie empfand dies nicht als störend, da Ben die Stadt kannte. Er erwähnte, dass er schon sehr oft in New York gewesen sei, sagte, dass er die Stadt sehr möge. Sie gingen spazieren: Fifth Avenue, Schaufensterbummel, es nieselte leicht. Johanna benötigte Kleidung, komplett alles neu, Ben probierte ebenfalls diverse Kleidungsstücke an, ein Angestellter fuhr die Ware ins Hotel. – Das gehöre zum Service, bei solch Massen eine Selbstverständlichkeit. Johanna zeigte sich positiv überrascht. Ben antwortete, dass er von einem Geschäft dieser Art nichts anderes erwartet habe. – In der 58sten Straße tranken sie in einem kleinen italienischen Bistro einen Milchkaffee: Parkende Lieferwagen, hupende Autofahrer, unzählige Taxis schlängelten sich an ihnen vorbei. Der Zimt auf dem Milchschaum klebte angenehm am Gaumen, Johanna entschied, zur Wall Street zu fahren. Ben winkte ein Taxi heran. Sie stiegen ein und fuhren den Broadway Richtung Süden bis White Hall.

Die folgenden Tage sahen sie sich die Stadt gemeinsam an. Auf dem Balkon des Empire State Building verschafften sie sich einen ersten Überblick: Links der Hudson River, die Lower West Side, rechts Midtown, Queens, der East River. Den Blick gen Süden gewandt, klaffte einige Kilometer entfernt die Lücke, wo einst das World Trade Center stand, White Hall, rechts in der Ferne Liberty Island, wo die Freiheitsstatue prangt. Inmitten der zahlreichen Wolkenkratzer des Theatre District entschied Johanna, dass ein Besuch des Metropolitan Museum of Art unumgänglich sei, tags darauf zog sie den Besuch des Museum of Modern Art hinzu. – „Im World Trade Center, im 108. Stock bei Nacht", erzählt Ben, „saß ich vor einigen Jahren an einem Tisch der Bar vorm Fenster und folgte fasziniert den Lichtern bis zum Horizont." – Die

Stadt schien über kein Ende zu verfügen. Unter ihnen die Brooklyn Bridge, unzählige Scheinwerfer schlängelten sich durch die Straßen. Johanna äußerte überwältigt ihr Erstaunen, dass eine Stadt solchen Ausmaßes zu funktionieren überhaupt imstande sei. Der Straßenverkehr, das U–Bahnsystem, Wasser– und Gasversorgung, der Strom aus den Steckdosen, alles sei kalkuliert, ins kleinste Detail durchdacht, verlässlich auf die Minute genau. Am nächsten Morgen setzten sie früh mit der Fähre nach Liberty Island über, saßen mittags im Battery Park auf einer Bank und entschlossen sich für den Broadway. Sie benötigten Stunden, bis ihr Spaziergang am Times Square endete. Nach dem Besuch des Metropolitan Museum of Art setzten sie sich auf die Stufen der großen Treppe, aßen Hot Dogs, legten sich im Central Park auf den Rasen in die Sonne und tranken Kaffee aus Pappbechern. Allmählich begriff Johanna das Glück, das ihr augenblicklich zuteil wurde.

Martin meinte, dass der Entschluss, gemeinsam mit Johanna nach New York zu reisen, für Ben ein Spiel gewesen sei, für Ben aber war das kein Spiel, sondern, wie sich im Nachhinein herausstellte, bitterer Ernst. – Ben versichert Johanna gegenüber, dass er glücklich sei. Das nimmt Martin ihm nicht ab. Doch doch, ganz bestimmt, widerspricht Ben. Ganz sicher nur eine Episode, davon ist Martin überzeugt. Nein, wirklich nicht, streitet Ben die Unterstellung ab, verleiht seinen Worten Nachdruck, dass er in Johannas Gegenwart wirklich glücklich sei. – Und obwohl es Ben schwerfiel, Martin von der Aufrichtigkeit seiner Gefühle zu überzeugen, entschied Martin schließlich, seinen Worten Glauben zu schenken. Um der Diskussion in seinem Kopf, die zu nichts führte, ein Ende zu bereiten, bildete sich Martin ein, dass Ben einen Vertrag dieser Art wirklich zum ersten Mal geschlossen habe und dass seine Gefühle, die er Johanna gegenüber hegte, tatsächlich aufrichtiger Natur seien.

Ben war glücklich: Sah er den Glanz in Johannas Augen, ihre Freude, sobald sie etwas entdeckte, das ihr ganz besonders gut gefiel, strahlte er. An Johannas Glück teilzuhaben, an dem, wie sie die Welt erlebte und fremde Situationen vollkommen unvoreingenommen meisterte, das allein genügte ihm. Glück für sich allein war Ben fremd. Stets hatte er den Eindruck, dass sich Johanna an allem, was sie unternahmen, derart beteiligte, als sei es zum ersten und letzten Mal. Nach einigen Tagen bemerkte er entspannte Gesichtszüge, hörte Zufriedenheit in ihrer Stimme und meinte die Erleichterung förmlich zu spüren, wie sich Krampf und Verzweiflung aus ihrem Körper lösten. Fröhlich aufmunternd zog sie ihn am Arm hinter sich her, sobald Eile geboten war, stieg in der Carnegie Hall die Stufen in den ersten Rang voller Stolz hinauf und prostete ihm in der Pause lächelnd zu. Martin verstand, was Ben meinte, er beneidete ihn um sein Glück: Anstatt seiner wäre Martin gern an Johannas Seite gegangen.

Ben war selten betrunken. Sobald er viel trank, sah Johanna ihm an, dass er unglücklich war. Er fühlte sich nicht im Stich gelassen oder ungerecht behandelt, in solch Augenblicken fühlte er sich einsam, spürte die Gewissheit seines Herzens, ganz auf sich selbst gestellt zu sein, und war tatsächlich allein: In solch Situation war er sich nicht eines Menschen bewusst, der ihm aus seiner Verzweiflung hätte heraushelfen oder der ihm hätte Trost spenden können. Daher trank er auch nur, sofern er allein war. Befand er sich in Begleitung von Johanna, betrank er sich nie. Später auf seinem Zimmer, sobald er für sich war, bediente er sich in der Minibar. Für einige Stunden versuchte er Johannas Gegenwart zu vergessen, zog die Gardinen zurück und saß bis spät in die Nacht regungslos im Sessel vor dem Fenster mit Blick auf den Central Park. In der rechten Hand hielt er das Whiskyglas, nippte, trank ab und an einen großen Schluck und widmete sich fortwährend ganz und gar seinem einen Problem. Nicht dass Ben etwas bereute, nein, er war traurig, in solch Augenblicken dominierte die Melancholie: Ben trauerte um das, das er aufgrund seiner ihm bevorstehenden Abwesenheit nicht erleben werden würde. Kurzerhand entschied er, das leben zu wollen, das ihm in absehbarer Zeit aufgrund dieser unwiderruflichen Gewissheit verweigert werden würde.

Johanna spürte die Angst. In der Hotelbar: „scotch." Sie wusste nicht, warum Ben schwieg. Sie saß rechts neben ihm, sah ihn von der Seite an und fragte sich nach dem Grund seiner Verschwiegenheit. Noch im gleichen Moment lachte Ben kurz auf: Ganz so als wäre nichts gewesen, als habe er sich soeben eines erfreulichen Ereignisses erinnert, das er Johanna unbedingt erzählen musste, wandte er seinen Kopf, stellte sein Glas ab und berichtete Johanna aus seiner Vergangenheit. Er erzählte ihr häufig Geschichten aus seiner Vergangenheit, später stellte sich heraus, dass es sich um eine Vergangenheit handelte, die er so nie erlebte hatte, sondern die er so gern erlebt hätte. Ben schämte sich seiner Herkunft, er erfand lieber Geschichten, anstatt anderen Menschen die Wahrheit zu erzählen. Johanna blieb skeptisch, versuchte ihrem Ausdruck Glauben zu verleihen, sie wusste, dass er seine Vergangenheit zu leugnen suchte, gleich zu Anfang hatte er es ihr im Taxi erzählt.

Fünf Tage später ging sie neben ihm, hörte ihm schweigend zu und sah ihn mit glücklichen Augen von der Seite an. Sie hakte sich bei ihm unter, ihrerseits ein zaghafter Versuch. Ben war sehr lieb, eigentlich ein sehr fröhlicher Mensch, lachte er, blitzten seine weißen Zähne. Abends in der Hotelbar, nach einem vortrefflichen Mahl auf einen letzten Drink, legte Johanna ihren Arm auf seine Schultern. Ben hatte traurige Augen, Johanna wusste nicht warum. Ben sprach nicht darüber, also bohrte sie nicht nach. Irgendwann würde er ihr den Grund seines tiefen Schweigens nennen, er benötigte etwas Zeit. Um ihn nicht zu verschrecken, durfte sie von ihm nicht zu viel verlangen. Nachts lagen sie nebeneinander auf dem Bett in seinem Zimmer, nach vier Nächten zum ersten Mal. Ben konnte nicht schlafen. Er hielt Johanna stumm in seinem Arm und starrte an die Decke. Johanna schmiegte ihren Kopf sanft an seine Schulter, tat, als schliefe sie. An seiner Seite fühlte sie sich glücklich und stark, meinte, Ben etwas geben zu können, nach dem er sich lange gesehnt habe. Am folgenden Tag saßen sie in der Sonne auf einer Bank im Central Park. Ben hielt Johanna mehrere Minuten lang schweigend in seinem Arm, als sie zu ihm sagte, dass es gut tue, einen Menschen neben sich zu wissen, der vom anderen nichts erwarte, der keine Fragen stelle, sondern einen reden ließe. Ihre Worte legten sich wie Balsam auf seine Haut, vergessen war all seine Traurigkeit, aufgeschoben bis zum nächsten Mal. Abends in einer kleinen Bar in Soho lauschte Ben aufmerksam Johannas Geschichte: Künstlerin habe sie werden wollen, Restauratorin, eine kleine Werkstatt unten am Eck. Bisher sei nichts aus ihrem Traum geworden. Heute jedoch sei es ihr, als lebe sie einen Traum, einen Traum, den sie nie wirklich geträumt habe, den sie nie für möglich gehalten hätte, einen Traum, den sie insofern nie ernsthaft in Erwägung gezogen hätte, dass er irgendwann einmal hätte Wirklichkeit werden können.

In jenen Tagen wünschte Martin, Johanna seiner Zeit auf andere Weise kennengelernt zu haben als am Tresen im Kommunal. Er stellte sich vor, ihr etwa auf gleiche Weise begegnet zu sein, wie Ben einst Johanna begegnete. Zum Beispiel auf einem Flohmarkt: Es ist Sonntagnachmittag, die Sonne scheint, das Wetter lädt dazu ein, einige Stunden zu trödeln. Martin schiebt sich gemächlich durch die Menschenmenge, steckt seine Hände in die Taschen und sieht sich hier und da ein paar Sachen an, die zum Verkauf angeboten werden. Als er sich in einem kurzen unbedachten Moment unaufmerksam von einem Stand abwendet, versetzt er Johanna unbeabsichtigt einen kleinen Schubs. Der Spiegel, den sie unterm Arm trägt, den sie wenige Minuten zuvor kaufte, fällt hinunter und zerbricht in viele kleine Stücke. Erschrocken bemerkt Martin, was er angerichtet hat, bückt sich instinktiv und sammelt gemeinsam mit ihr die Scherben auf. Martin entschuldigt sich sofort, erklärt, ihr den Schaden umgehend zu ersetzen, Johanna jedoch winkt ab, hält die Scherben ratlos in beiden Händen. Ohne ein Wort zu sagen, wendet sie sich ab und verschwindet in die Menge. Auf dem Boden sieht Martin ihre schwarze Tasche liegen, die sie in der Eile vergaß. Schnell bückt er sich, greift die Tasche und will schleunigst hinter ihr her, kann sie jedoch nirgendwo entdecken, da die Menge sie bereits schluckte. Kurzerhand klemmt er sich die Tasche untern Arm, schiebt sich durchs Gedränge in die Richtung, in die Johanna verschwand, und hält weiterhin angestrengt Ausschau nach ihr. Seine Suche bleibt vergeblich. Als er das Ende des Marktes erreicht, überlegt er, was zu tun ist, schaut in die Tasche, entdeckt dort ein Buch, zwei silberne Kerzenständer, einen Kalender, Taschentücher und Schlüsselbund. Im Kalender stehen Name und Adresse.

Ungefähr eine Stunde wartet Martin, bis Johanna etwas außer Atem die Treppe hochsteigt. Erleichtert erhebt er sich von der Stufe, auf der er sitzt, und hält ihr lächelnd die Tasche entgegen. Überrascht sieht Johanna ihn an und nimmt ihm dankend die Tasche aus der Hand. Johanna kramt nach den Schlüsseln, schließt die Tür auf und bittet ihn in die Wohnung. Martin folgt ihr durch den kleinen Flur in die Küche, steht dort einen kurzen Moment ratlos herum und setzt sich wie gewohnt an ihren Küchentisch. Johanna bietet ihm etwas zu trinken an. Sie sitzen sich gegenüber, trinken Kaffee und sehen sich über die Ränder ihrer Becher schweigend in die Augen. Martin weiß nicht, was er sagen soll. – „Wie ich heiße? Martin. Und du?" „Johanna." – Johanna lächelt, mustert Martin mit amüsiertem Blick, abermals herrscht für einen Moment Stille zwischen ihnen, nicht bedrückend, eher süßlich und vertraut. – „Hast du Hunger?" fragt sie, den Blick nicht von ihm wendend. „Ja", antwortet Martin zögernd. „Gut, dann koche ich für zwei." – Johanna steht auf, sieht im Kühlschrank nach, was dieser an Essbarem enthält und kramt eine Auflaufform aus dem Schrank. Martin fragt sie nach dem Spiegel, was sie mit den Scherben anfangen werde. –

„Mal sehen", antwortet sie. „Musik?" „Von mir aus",
sagt Martin. „Was willst du hören?" „Das ist mir egal.
Mach einfach etwas an." – Sie kochen gemeinsam:
Ein Blumenkohlauflauf mit Salat, trinken werden sie
mehrere Flaschen trockenen Weißwein. Während
Johanna den Blumenkohl putzt, Speck anbrät und die
Soße würzt, schneidet Martin Zwiebeln, reibt Käse,
wäscht und schnippelt den Salat. Anschließend sieht
er sich in ihrer Wohnung um, steht vor ihrem Regal,
fährt mit seinen Fingern über die Buchrücken, sieht
sich einige Bilder und Postkarten an den Wänden an,
setzt sich aufs Fensterbrett, raucht und wirft seine
erste Kippe achtlos in den Hinterhof.

Johanna auf solch Weise kennengelernt zu haben,
wäre schöner gewesen, nicht bedrückend oder frustriert, ganz im Gegenteil: Johanna ist fröhlich, unbeschwert und unvoreingenommen. Johanna und Martin
unterhalten sich angeregt, sitzen auf ihrem Bett, reden
einige Stunden über dies und das, bis sie sich irgendwann, draußen ist es bereits dunkel, in die Arme fallen
und den Körper des anderen nach und nach erkunden.
Zunächst berühren sie sich vorsichtig tastend, das
unstillbare Verlangen wächst, die Gier beginnt zu
rasen und reißt die Grenzen zwischen ihnen gänzlich
nieder. Später breiten sie schützend die Bettdecke
warm über ihre nackten Körper und schlafen eng an-
einandergeklammert ein. Am darauf folgenden Morgen wacht Martin um halb acht neben ihr auf, seine
Arbeit beginnt um neun, gemeinsam trinken sie Kaf-

fee. Johanna sitzt auf seinem Schoß, Martin drückt sie an sich und streichelt durch ihr kurzes Haar. Sanft küsst Johanna seinen Hals, legt ihren Kopf auf seine Schulter und fragt, ob er bleiben werde. – „Wenn du es willst", antwortet Martin geradewegs. – Zweifelsfrei wird ihn sein Gefühl nicht trügen. Die Furcht, dass Johanna ihn nicht zu verstehen suchen wird, bleibt unbegründet. Die Angst, von ihr zutiefst verletzt zu werden, findet keinen Halt. Und da sich keine Bedenken dieser Art regen, sieht Martin nicht die Notwendigkeit, darüber nachzudenken, ob er von Johanna überhaupt geliebt werden wollte. An Worten wird er nicht zu sparen brauchen, geschweige denn, dass er sich von ihr seiner Aufrichtigkeit beraubt fühlen wird. Johanna begleitet ihn zur Tür, winkt, als er die Stufen hinunter steigt, sie verabreden sich für abends um acht.

Etwa so könnte es gewesen sein, sollte es jedoch nicht – wie so oft. Aus war der Traum: Martin steht morgens an keiner Bushaltestelle am Pferdemarkt, wartet auf keinen Bus in Richtung Innenstadt, sein Haar ist weder zerzaust, noch ist er unausgeschlafen und müde oder spürt ein flaues ausgelaugtes Gefühl im Bauch. Aber auch in Zukunft würde er sich seiner Vorstellungen nicht wehren können: Johanna erwartet ihn am frühen Abend in der Küche. Sie sitzt am Tisch und trägt einen kurzen karierten Rock. In ihrer linken Hand hält sie die Zigarette, denkt an nichts Konkretes, liegt Stunden später mit dem Rücken an der Wand lehnend auf ihrem Bett, zieht die Bettdecke über ihre Brüste und sieht mit leerem Blick zum Fenster hinaus in die untergehende Sonne, deren Licht ihr Gesicht warm streift. Martin bedauerte, dass sie sich vor Jahren dieser gewissen Unbeschwertheit beraubten, wollte aus diesem Grunde jedoch nicht verzagen oder auf Johannas Gesellschaft gänzlich verzichten. Hartnäckig gab er lange seine Hoffnung nicht auf, dass Johanna sich eines Tages in ihn verlieben würde.

Martin lernte Johanna im November, ein dreiviertel Jahr bevor sie Hamburg zum ersten Mal verließ, am Tresen im Kommunal kennen. Johanna war eine für seine Begriffe wunderschöne Frau. Martin musste wachsam sein: Aufgrund ihres Äußeren zählte Johanna zu einer der wenigen Frauen, die ihn mit ihrem ersten Blick problemlos verführen konnten. Vorausgesetzt er ließe sich von ihrem Zauber betören, bestand augenblicklich die Gefahr, dass er ihr zu Füßen fiel und, ohne genau zu wissen, was mit ihm plötzlich geschah, sich auf dem Parkett gleich eines winselnden Hundes wiederfand. Warum Johanna sich an diesem Abend ausgerechnet auf ihn einließ, vermochte Martin nicht zu sagen, Johanna hätte ihn genauso gut ignorieren oder arrogant, von oben herab behandeln können. Unter einer roten Baskenmütze aus Samt verbarg sie ihr kurzes, dunkles glattes Haar. Beinahe neckisch, wie Martin fand. Sie trug eine schwarze Hose, ein weißes Hemd, darüber eine rot bestickte Samtweste.

Ihre kugelrunden, kleinen dunklen Augen glänzten Martin fortwährend an, während sie sich unterhielten, und so ungeschminkt ihre Augen waren, so offen und aufrichtig offenbarte sie sich Martin, als sich sehr zu seinem Bedauern einige Stunden später ein unerwartet dünner feuchter Film auf ihre schönen warmen Augen legte.

Zunächst fiel Martin ihr penetrant lautes Lachen auf. Eine Eigenschaft, die er nicht einzuschätzen wusste, ob sie ehrlich gemeint war oder ob sich hinter dieser anderes verbarg. Ich kannte Johanna. Da sie das Kommunal an jenem Abend ohne Begleitung betrat und offensichtlich nicht verabredet war, bot ich ihr zu Martins Freude den Platz neben ihm an. Martin kannte kaum Leute, über jede neue Bekanntschaft war er froh. Nach einigen Minuten des Schweigens stellte ich sie gegenseitig vor, dank meiner Hilfe kamen Johanna und Martin ins Gespräch.

Hass oder Enttäuschung? Neid? Das Abfällige ihres Lachens in Bezug auf einige Gäste machte Martin stutzig, die Oberflächlichkeit, der sich Johannas Blick nicht entziehen konnte, widerte sie zutiefst an. Ihre Enttäuschung über die Einfältigkeit einiger Mitmenschen förderten ihren Hass und das Abfällige ihres Urteils. Martin horchte auf. Er spürte, dass in Johanna eine gewisse Aggression schlummerte, deren Grund er nicht kannte, noch wusste er nicht, was im Spiel war. Vielleicht wollte sie sich ausgrenzen, den übrigen zu verstehen geben, dass sie mit dem Theater nichts zu tun haben wollte: Ich bin anders als ihr. Vielleicht wollte sie die Aufmerksamkeit auf sich ziehen und sich auf diese Weise interessant machen. Wahrscheinlich hatte sie im Laufe des Abends zu viel Alkohol getrunken, dass ihr die Lautstärke nicht auffiel, mit der sie sich eher unbeabsichtigt als gewollt in den Mittelpunkt des Geschehens rückte. Martin wusste es nicht, bemerkte, dass niemand der Umstehenden Johanna beachtete oder sie eines längeren Blickes würdigte. Ein Interesse für sie war nicht vorhanden. Ihr Verhalten stieß ab, vermittelte einem Fremden einen leicht vulgären Eindruck, der ihr nicht mehr Aufmerksamkeit als nötig schenkte, zumindest nicht länger als für die Dauer eines kurzen Blicks.

Der Nadelstich: Die bewährte Methode mitten ins Herz. Für das Verhalten eines Menschen gibt es viele Gründe, bzw. Ursachen. In der Regel verfügt ein Mensch über einen weichen Kern, er ist im Besitz eines Herzens. Dieser Ort ist tief unter der Haut zu finden, fest verschlossen wie im Innern eines Schreins, überraschend findet sich dort Gutes, mehr als zuvor erwartet wurde. Dieser Ort war für Martin einstweilen der interessanteste Winkel eines Menschen, er meinte, dort das wahre Gesicht zu finden. Dort ruhen die Ursachen emotionaler Verhaltensweisen, zugleich ist er der verwundbarste Punkt innerhalb eines Daseins. Hier vermutete Martin Johannas Stärken, aber auch ihre Schwächen. Verhaltensweisen, ob ungewollt oder gespielt, schützen das Individuum.

Häufig handelt es sich um Schutzmechanismen, die den einzelnen vor Verletzungen bewahren, die dieser in seiner Vergangenheit erlitt, deren Wiederholung er zu verhindern sucht. Inwiefern das Innere mit dem Äußeren harmoniert, der einzelne seine Gefühle zur Schau stellt und seine Gedanken in die Tat umsetzt, hängt von der Bereitschaft ab, die Türen des Schrankes zu öffnen und einen Blick in die Tiefe der Gedankenwelt und Geheimnisse zu gewähren. Mit Hilfe von Fragen arbeitet man sich durchs Gestrüpp, gelangt auf diese Art zum Ziel. Sticht der Fragende in eine Wunde, verkrampft sich das Herz, seine Wände ziehen sich zusammen, die mühsam errichtete Fassade gerät ins Schwanken und droht in seine Einzelteile, kleine unbedeutende Stücke zu zerbröseln. Der Kern wird geschmolzen und alle Vorkehrungen, die ein Mensch ursprünglich zu seiner Sicherheit traf, fallen in sich zusammen wie ein schwer aufgetürmtes Kartenhaus. Nackt fühlt sich der Mensch und hilflos dem gegenüber ausgeliefert, der dieses Nest unverhohlen aufspürte.

Martin war kein Psychologe. Er war sich der Gefahren und der Folgen dieser Methode nicht bewusst. Die sich ihm bietende Situation angemessen einzuschätzen und wissenschaftlich zu beurteilen, war er nicht imstande. Er verhielt sich wie ein Eindringling, spürte das rücksichtslose Tier, das wild wütend durch die Psyche Johannas preschte, sie gleich eines Feindes zu Boden warf und in die Seite beißend am Boden hielt.

Sein Opfer ließ er nicht verbluten, seine Beute hielt er am Leben, solange sie seinen Interessen nützte. Hätte Johanna sich seinem Einfluss zu entziehen gesucht, hätte er sie rücksichtslos in Stücke gerissen und am Boden zerstört ihres Weges ziehen lassen.

Johanna beruhigte sich. Sie nahm ihre Mütze vom Kopf, strich sich durch ihr kurzes Haar, lächelte Martin an und offenbarte ihm, was sie gegenwärtig bedrückte. Martin zeigte sich überrascht, fühlte sich aufgrund ihrer Offenheit ein wenig überrumpelt. Er hatte bereits zu viel getrunken, um ihr einen ernsthaften Rat geben zu können, stand kurz vor der Gefahr, sich ausgesprochen lächerlich zu machen, indem er Dummheiten äußerte. Aus diesem Grund ließ er Johanna erzählen, stellte hier und da eine kurze aufmerksame Zwischenfrage, ließ sich zögernd auf komplizierte Fragen ihrerseits ein, auf die er keine Antwort wusste, und ließ sich zu keiner Erklärung hinreißen, sondern wiegelte die von ihr erwarteten Kommentare weitestgehend ab, indem er sie zu relativieren ermahnte. Martin vermutete, dass Johanna bereits depressiv gewesen sei, als sie das Kommunal betreten habe. Ich erzählte ihm, während Johanna zur Toilette ging, dass ich sie in der Öffentlichkeit bisher nie so offen und bedrückt erlebt habe, eigentlich sei sie ein eher fröhlicher und unternehmungslustiger Mensch. Ich war erstaunt, dass Johanna sich entschloss, den Abend im Kommunal zu verbringen, für gewöhnlich ging sie, sobald sie kein bekanntes Gesicht traf.

Johanna war zweiundzwanzig Jahre alt, als sie Martin kennen lernte. Im Juli unter dem Tierkreiszeichen Krebs in Hamburg geboren, ließen sich die Eltern scheiden, als sie elf Jahre alt war. Sie wuchs bei der Mutter, dem Stiefvater und mit ihren zwei jüngeren Schwestern in Reinbek auf. Schulbildung: Abitur. Mit achtzehn zog sie von zu Hause aus und suchte sich eine Wohnung in Hamburg – St. Pauli. Das lang ersehnte Studium an der Kunsthochschule brach sie frustriert nach vier Semestern ab.

Johanna verfügt über keinen unbedingt ungewöhnlichen, sondern über einen mehr symptomatischen Lebenslauf. Die Eckdaten lassen Probleme plausibel erscheinen. Probleme, die ein Mensch nie erlebte, deren Tragweite ihm aufgrund des Mangels, mit Problemen dieser Art emotional konfrontiert worden zu sein, nicht bewusst sein können und er sich nie in der Lage befinden wird, diese in vollstem Umfang nachvollziehen zu können, sind nicht zu unterschätzen. Probleme dieser Art wirken sich unmittelbar auf jede Entscheidung innerhalb des Lebens aus, in diesen staut sich die Energie, die über das persönliche Glück oder Unglück desjenigen entscheidet. Johanna beabsichtigte, die Teile der Gegenwart hinter sich lassen, mit denen sie nicht zurecht kam, von denen sie nichts mehr wissen wollte, die ihr mehr als wenig gleichgültig geworden waren.

Anfangs klagte Johanna über die Kleinigkeiten und Nichtigkeiten, mit denen sich der überwiegende Teil ihrer Mitmenschen, Bekannte oder Freunde auseinandersetzte und täglich beschäftigte. Sie empfand diese als Kleingeister, ausgestattet mit einer Vielzahl gutbürgerlicher Gewohnheiten, die sich hauptsächlich darüber den Kopf zerbrachen, wie sie sich am angemessensten zu kleiden hatten, sich erzählten, was die Hose oder das Kleid gekostet habe, welches Auto oder welche Firma für sie ganz persönlich in Frage käme, und untereinander diskutierten, welcher Knopf zu welcher Jacke passen würde. Sie langweilten sich, sprachen oder lästerten über andere Leute, ödeten sich gegenseitig an und wussten mit ihrer Zeit nichts anzufangen. Darüber erschrak Johanna. Von negativen Erfahrungen gesättigt, fühlte sie sich schließlich einsam, verlassen, wenn nicht gar von der Welt verraten und im Stich gelassen. Enttäuscht suchte sie einen Ausweg, suchte einen Halt, den sie nicht fand. Sie suchte nach Räumen innerhalb ihrer Möglichkeiten, wo sich ihre Ratlosigkeit und Verzweiflung eine Pause gönnen, dort wo kurze Augenblicke der Ruhe und Zufriedenheit einkehren. Ihre Erwartungen, unerfüllte Wünsche, die sie an sich und ihre Mitmenschen stellte, gebrochene Versprechen, ausgesprochene Lügen, die regierte Oberflächlichkeit, missbrauchte Gefühle, dort wo sie sich offenbarte und sich ihrer Haut entledigte, ließen das Misstrauen wachsen. Mit dem Bewusstsein, auf sich allein gestellt zu sein, wuchs ihr im gleichen Maße eine dicke, eine für viele undurchdringbare Haut, undurchdringbar gerade für diejenigen, die ihr zur Geburt ihrer Abwehr und ihres Hasses verholfen hatten. Es gab nur wenige, denen sie sich öffnete, denen sie erzählte, was sie dachte, äußerte, zu Offenheit und Ehrlichkeit kaum noch bereit zu sein.

Johanna erzählte, dass sie das Bedürfnis auszubrechen, woanders hinzugehen, Hamburg oder Deutschland zu verlassen, spüre, seit sie elf Jahre alt sei. Ohne dass sie den Grund der Scheidung ihrer Eltern erfuhr, wuchs sie die darauf folgenden Jahre bei ihrer Mutter, ihrem Stiefvater Udo und den zwei Schwestern auf. Über die Gründe der Trennung dachte sie häufig nach. Warum die Liebe ihrer Eltern zerbrach, darüber erhielt sie von keinem eine überzeugende Antwort, sondern scheinheilige Ausflüchte und unbefriedigende Erklärungen. Schließlich rechnete sie aus, dass die Mutter vor der Trennung von ihrem zukünftigen Mann Udo bereits schwanger gewesen war. Von diesem Tag an leuchtete ihr ein, warum Konstantin seine Hanna verließ.

Als Stieftochter fühlte sie sich zu Hause ausgeschlossen, hatte stets das Gefühl, unerwünscht zu sein. Im Vergleich zu ihren Schwestern, wurde sie vom Stiefvater benachteiligt und ungerecht behandelt. Es stellte sich heraus, dass Udo, ganz im Gegensatz zu ihrem leiblichen Vater, ein einfältiger Mensch war. Allein der Name Konstantin zeuge von einer anderen, vielmehr edleren Herkunft. Konstantin erhielt einen Ruf an die Universität Göttingen als Professor für Kunstgeschichte.

Udo sorgte sich überwiegend um seinen eigenen Nachwuchs, sein eigen Blut, Menschen, die ihm nicht nahe standen, vernachlässigte er. War er wütend oder übel gelaunt, verhielt er sich Johanna gegenüber unmöglich: Er beleidigte oder beschimpfe sie. Johanna stellte fest, dass ihre Mutter nicht die Kraft besaß, sie zu schützen und sich gegen diesen Menschen aufzulehnen. Seitdem sehnte sie sich nach Freiheit. Verhaltensregeln oder Prinzipien fraglos zu akzeptieren, lehnte sie ab, sie zeigte nicht die innere Bereitschaft, sich den Eigenarten der Erwachsenenwelt widerstandslos unterzuordnen. Mit achtzehn zog sie erleichtert von zu Hause aus und nahm sich vor, das Haus dieser Menschen nie wieder zu betreten.

Während der folgenden Jahre unterstützte Udo das Notwendigste. Seine Zuneigung beschränkte sich dahin gehend, einen Pflichtanteil zu zahlen. Nicht da er sich finanziell betrachtet in der Lage befand, nicht mehr zahlen zu können, sondern da er mehr zu zahlen nicht bereit war. Die Mutter war wiederholt zu feige, sich gegen diese Einseitigkeit ihres Mannes nicht zu wehren. Aus Angst vor Udos Wutanfällen wagte sie nicht, Johanna heimlich einen Zuschuss vom Haushaltsgeld zukommen zu lassen. Udo hätte es ihr nicht verziehen, ihn auf diese Art hintergangen zu haben. Johanna Geld zu geben, anstatt es für seine Töchter zu verwenden ... – „Was soll ich tun?" fragte die Mutter. Sie sah Johanna mit hilflosen Augen an. Johanna war sprachlos. Betrachtete sie ihre Mutter, tat sie ihr nicht einmal leid. – Konstantin bat Johanna nicht. Von ihrer Mutter hörte sie, dass er wieder geheiratet habe. Sie hörte jahrelang nichts von ihm, wusste nicht, ob er Kinder hatte oder ob seine neue Frau von der Existenz seiner ersten Tochter überhaupt erfuhr. Ein Gerichtsverfahren, das Johanna zustand, zu dem Freunde ihr rieten, schloss sie aus. Ihren Vater vor einem Gericht wieder zu sehen, entsprach nicht ihrer Vorstellung. Sie wollte keinen Streit, lieber hätte sie ihn zufällig beim Eisessen getroffen, auf eine freundschaftliche Art. Sie verübelte ihm nicht, dass er vor Jahren seine Heimat Hamburg verließ, wartete seitdem jedoch vergeblich, dass er sich meldete und bei ihr erkundigte, wie sie sich trotz seiner fehlenden Erziehung entwickelte. Geburtstagskarten, Weihnachtsgeschenke und Postkarten, aus Italien oder ein Gruß aus Frankreich blieben aus, dass sie den Eindruck gewann, Konstantin wolle nichts mehr von ihr wissen. Die letzten zwei Jahre ihrer Schulzeit und folgenden vier Semester schlug sie sich mit ihrem kläglichen Unterhalt durch, eine schwierige und sparsame Zeit, für Johanna bald entwürdigend. In jenen Wochen und Monaten nahm sie sich fest vor, in Zukunft ganz ihrer Vorstellung zu folgen, sich auf ihren Instinkt zu verlassen und ihr Leben zu gestalten, wie sie es wünschte, wie sie es leben wollte. Udo sah sie die folgenden Jahre nicht, ihre Mutter traf sie in unregelmäßigen Abständen, mit ihren Schwestern redete sie kaum. Die Abstände, in denen sie sich trafen, wurden von mal zu mal größer.

Für die Geschichten der Mutter über die Sorgen und Nöte mit dem Stiefvater fehlte ihr das Verständnis, das Geschwätz der verwöhnten Schwestern ertrug sie keine fünf Minuten lang.

Nach langem Hin und Her entschied Johanna, in nächster Zukunft in die Südsee zu gehen. Sie erwähnte Martin gegenüber ihre persönliche Leidenschaft, sich in völlig leeren Räumen aufzuhalten und dort Skulpturen herzustellen. Ausschließlich im Innern eines Raumes, in dem nur sie existierte, ihre Gedankenwelt und ihr Werk, in dem um sie herum nichts vorhanden war, das sie ablenkte, fühlte sie sich ihrer Absicht gewachsen, ihr Selbst zu finden. Auf diese Weise versuchte sie, ihr Inneres nach außen zu kehren, mit der Welt und sich ins Reine zu kommen und diesem eine Gestalt zu verleihen. Sie beabsichtigte, die Wintermonate im Süden zu nutzen, um sich ihrer Vorliebe intensiver zu widmen, als dies in Deutschland möglich war. In diesem Land, in Europa, gab es ihrer Meinung nach zu viele Ablenkungen, viele Irrtümer oder Scheinungen. Sie wollte lesen, malen, dem Wind und der Brandung lauschen, ihre Eindrücke in einer Kunstform verarbeiten, die ihr geeignet schien. Die Menschen im Süden fand sie netter, freundlicher und fröhlicher, meinte, dass diese eine Art das Leben zu gestalten entwickelt hatten, die leicht und unbekümmert war.

Sehr zu Martins Überraschung begann Johanna plötzlich zu weinen. Augenblicklich hatte er das Gefühl, sie ungerecht behandelt zu haben und mit seiner Fragerei zu weit gegangen zu sein. Martin wollte Johanna nicht verletzen, das hatte er nicht im Sinn. Er ahnte, dass sie vieles nicht so meinte, wie sie es sagte. Johanna zählte gewiss nicht zu der Art Mensch, der sein Leben in erster Linie durch Hass aufrechtzuerhalten sucht. Johanna war sicher nur irrsinnig enttäuscht. In letzter Konsequenz entlud sich ihre Enttäuschung im Hass, dem letzten Schutzmechanismus, den sie mehr unbewusst als bewusst wählte. Alle anderen Versuche, ihre Enttäuschungen zu äußern, dürften in der Vergangenheit fehlgeschlagen sein. Mit feuchten Augen lächelte sie Martin an. Johanna tat ihm leid. Als er in ihre dunklen Augen sah, meinte er, in einem klitzekleinen versteckten Winkel, ganz weit hinten, weit hinter dem feuchten Schleier, den Ort gefunden zu haben, wo ihr stärkstes Bedürfnis ruhte: Zuneigung. Nervös wühlte sie in ihrer Jacke nach einem Taschentuch. Da sie keines fand, beugte Martin sich über die Theke und reichte ihr eine Serviette. Schnell beruhigte sie sich, trocknete ihre Tränen, Johanna wirkte aufgewühlt. Ihr Gefühlsausbruch brachte sie vollkommen durcheinander. Eilig zog sie ihre Jacke an und sagte, dass es besser sei zu gehen. Martin hielt sie nicht zurück. Er versuchte sein Verhalten zu entschuldigen, Johanna winkte ab. Sie sagte, dass alles in Ordnung sei, er solle sich keine Gedanken machen. Zu guter Letzt drückte Martin ihr seine Telefonnummer in die Hand und meinte, dass er sich über einen Anruf freuen würde. Johanna nickte und verließ hastig das Kommunal.

Der Mensch benötigt eine Geschichte. Ohne Geschichte ist er der Meinung, nicht zu existieren. Er sucht in seiner Vergangenheit nach Anhaltspunkten, die sein Leben mit einer Existenz versehen.

Martin sah Johanna an. Er klappte das Buch zu, das er in der Hand hielt, und legte es auf den kleinen Tisch zurück, der vor dem Fenster im Zimmer seiner kleinen Wohnung stand. „Der Mensch lebt mit seinen Erinnerungen. Er erzählt sie, wo sich ihm Gelegenheit bietet, er baut sein Leben mit Hilfe dieser auf. Aber? Braucht der Mensch eine Geschichte? Kann er nicht ebenso ohne seine Vergangenheit leben? Ohne seine Erinnerungen?" fragte er Johanna. Schweigsam hörte sie ihm zu.

Vor drei Jahren stellte Martin sich vor, über keine Geschichte zu verfügen, und setzte sein Vorhaben wenige Wochen später in die Tat um: „Ich habe keine Vergangenheit", erklärte er dem Personalchef im Gartenbauamt während seines Vorstellungsgesprächs. „Keine, auf die ich bewusst zurückgreifen könnte. Mein Gedächtnis verlor ich aufgrund eines schweren Verkehrsunfalls." Kopfschüttelnd blätterte der Personalchef in seiner Bewerbung. Er stutzte, als Martin ihm die Umstände schilderte. Martin versuchte, einen leicht verwirrten Eindruck bei ihm zu hinterlassen,

73

einen kurzen Moment lang sah der Personalchef ihn skeptisch an. Die Geschichte schien er zu glauben. „Als ich erwachte, schien es abhanden gekommen wie eine Brieftasche oder ein Schlüsselbund, das man irgendwo liegen lässt. Die Ärzte im Krankenhaus sagten, nichts dagegen tun zu können, wohl oder übel hätte ich mich in Zukunft mit meinem Schicksal abzufinden."

„Nur du weißt, dass ich meine Vergangenheit zu den Akten legte", sagte Martin und sah Johanna eindringend an. „Ich verstaute sie tief hinten in einen Schrank, wo sie keiner finden würde, ich wollte ausprobieren, was passieren wird." Martin: ein Sozialfall. Er fand eine Stelle als ungelernter Gärtner bei Planten un Blomen, arbeitete bereits drei Jahre lang täglich an der frischen Luft. Kein Labor stellte sich zwischen ihn und sein Leben, keine Klimaanlage machte ihn krank. Er kündigte seine befristete Stelle in der Serologie, hegte die Erwartung, dass kein Zweijahresvertrag ihm jemals Sorgen bereiten würde, und zog nach Hamburg, in der Hoffnung, dass ihn in dieser Stadt niemand finden würde. In seiner Personalakte stand: Dr. Martin Brock, geb. 1965 in Heidelberg, ledig. Qualifikation: Dipl. Biologe, Fachrichtung Mikrobiologie. Einschränkung: eine ärztlich diagnostizierte totale Amnesie. Aufgabenbereich: Die Allgemeine Pflege des botanischen Gartens. – „Ich hoffe, dass du mit dieser Information verantwortlich umzugehen weißt, niemandem vertraute ich bisher mein Geheimnis an."

74

Johanna nickte kleinlaut, nicht ein Wort würde sie darüber verlieren.

Mein Gedächtnis verfügt nicht über die Speicherkapazität eines Computers, verfügt nicht über winzig elektronische Verknüpfungen, Informationen parallel abzurufen oder nebeneinander darstellen zu können. Ich verfüge lediglich über die Fähigkeit, die Ereignisse nacheinander ins Gedächtnis zu rufen, kann nur das wissen, das ich mit meinen Sinnen erfasse. Erinnerungen spiele ich wie Stücke auf einer Kassette ab, aneinandergereiht, Bruchstücke, das Vergessen ist umfangreich. Gleich eines Films knattern die Bilder durch einen Projektor und reproduzieren diese auf einer Leinwand im Gehirn. Manchmal handelt es sich um ruhige Bilder, oftmals um chaotische Aneinanderreihungen, zerrissen, bar jeglicher Chronologie, ein Sammelsurium, das sich unmöglich in einen Karteikasten einsortieren lässt, von meinen Träumen ganz zu schweigen.

„Bilder entstehen aufgrund molekularer Strukturen, ein Ereignis, das sich dem Auge entzieht, unvorstellbar, reduziert auf energetische Verhältnisse, abstrakte Einheiten im Gehirn". – Folge ich Martins Ausführung, fürchte ich, dass alles, was ich schreibe, oberflächlich ist, unwissenschaftlich. Mit der Fähigkeit, strukturiert zu denken, gehe ich äußerst fahrlässig um. Dies interessiert mich nicht. Das Leben wie Puzzleteile zu einer Geschichte zusammen zu setzen, scheint mir einzig sinnvoll. Ich picke ein Teil aus dem Haufen, sehe mir dies als einzelnes an und überlege, zu welch anderem Teil dies passen könnte. Anschließend greife ich ein neues, das setze ich fort, bis ein vages Bild entsteht. Das allein genügt meinen Ansprüchen. Zu welch Ergebnis ich auf diese Weise gelangen werde, dies mit Gewissheit zu sagen, sehe ich mich nicht imstande. – „Vor Jahren war ich der Überzeugung, in absehbarer Zeit zu wissen, wer der Mensch ist, wie er funktioniert. Ich meinte, ihn mit Hilfe seines Stoffwechsels, dargestellt auf einem großen Plakat, reduziert auf seine physiologischen Strukturen, zu begreifen. Heute meine ich, dass das ein Unsinn ist, der zu nichts führt. Ich ließ ab von der Auffassung, die Antworten auf meine Fragen ausschließlich auf naturwissenschaftliche Prinzipien zurückzuführen, beschränke mich auf Episoden oder auf das, was gemeinhin als episodisches Glück bezeichnet wird. Ich stelle fest, dass mein Leben eine Perspektive gewonnen hat, die meinen Vorstellungen, ein Leben zu führen, bei weitem mehr entspricht, als es ehemals der Fall war."

Drei Tage nach dem Debakel im Kommunal rief Johanna Martin überraschend an. Zwei Stunden später saß sie ihm gegenüber im Café Kommunal. Martin bestellte Milchkaffee, Johanna trank Weißwein aus einem hohen Glas. Ihr sei es seit langer Zeit ein Bedürfnis gewesen zu weinen, peinlich war es ihr im Nachhinein nicht, auch trug sie Martin nichts nach. All das, was sie Martin an jenem ersten Abend erzählte, war jedoch nicht so schlimm, dass sie einen Grund gehabt hätte, sich derart zu offenbaren. Martin vermutete, dass sie in jenem Augenblick etwas bewegte, darüber sie zu schweigen gedachte. In den folgenden Monaten freundeten sie sich an. Sie gingen spazieren, ins Kino oder Theater, besuchten Ausstellungen oder lagen am Elbstrand in der Sonne. Nach einigen Wochen hatte Johanna ihre erste Schicht im Kommunal. Sie glaubte nicht, dass Martin keinen Beruf gelernt hatte. Aufgrund ihrer beharrlichen Frage sah er sich gezwungen, Johanna über seine wahre Herkunft zu informieren. Ende Juni lernte Johanna Christian kennen.

Sonntagnachmittag: Die Straße ist vereinsamt in der Mittagshitze, weniger Autos fahren als werktags, viele Menschen entschließen sich zu einem Spaziergang im Grünen, einem Stück Kuchen in einem Café der Stadt oder einer Fahrradtour im Sachsenwald. Johanna saß auf dem Fensterbrett ihrer Küche, sah hinunter auf die Straße und beobachtete das spärliche Treiben auf dem Asphalt. Es war heiß. Die Sonne schien direkt in ihr Gesicht, dass sie ihre verschlafenen Augen zusammenkniff. Sie hielt einen Becher Kaffee in der Hand, dachte an nichts Konkretes. Die Zeit, in der es innerhalb der Woche am ruhigsten ist, spendet Raum, Johanna ließ ihren Gedanken freien Lauf. Als sie auf die Uhr sah, ärgerte sie sich: fünfzehn Uhr. Dieser schöne Tag wird in wenigen Stunden vorbei sein. Sie hatte ihn verschlafen. Sieben Stunden bleiben bis zum Eintritt der Dunkelheit, bis dahin werde ich wieder nichts geschafft haben, das von Bedeutung gewesen wäre.

Christian lag nebenan auf ihrem Bett. Er schlief den Rausch einer durchzechten und exzessiven Nacht aus. Jedesmal, sobald Johanna ihn wachgerüttelt hatte, schlief er kurz darauf erschöpft wieder ein; jedesmal ließ er sie hellwach und allein zurück. Sie schlief erst einige Stunden nach ihm ein, lag lange fiebernd neben ihm und hoffte, dass er aufwachen würde, um sie zu streicheln oder um sich mit ihr zu unterhalten. Ihre Bedürfnisse achtete er nicht. Johanna sah ihn an, dachte, dass er sie im Grunde genommen nichts ange-he und hätte ihn am liebsten sofort rausgeschmissen. Christian langweilte sie, noch bevor er nüchtern war, sein Schicksal war ihr vollkommen gleichgültig. An-schließend würde sie duschen, sich anziehen, etwas frühstücken und sich mit einem Buch in der Hand auf die Wiese im Park in die Sonne legen. Das gehe nicht, das sei nicht die Regel: „Nach einer gemeinsamen Nacht handelt man nicht rigoros und einseitig. Da ist ein Stück Gemeinsamkeit, auf das man Rücksicht zu nehmen hat." Vielleicht wird Christian wider Erwar-ten nett sein. Wer weiß das? Johanna entschied abzu-warten. Sie rang sich nicht durch, ihn schnellstens vor die Tür zu setzen. In absehbarer Zeit wird er nüchtern sein, die Welt ganz anders aussehen, eventuell wird er ein paar intelligente Worte über die Lippen bringen.

Johanna lernte Christian am Abend zuvor auf der Geburtstagsfeier ihrer Schulfreundin Juliane kennen.

Zunächst beabsichtigte Johanna, dort nicht hinzuge-hen, war sich jedoch dessen bewusst, dass sie zumin-dest für zwei Stunden vorbeizuschauen habe. Kaum dass sie die Wohnung betreten hatte, wurde ihr klar, einen Fehler begangen zu haben. Der überwiegende Teil der Gäste hing zugedröhnt in den Ecken, döste, andere langweilten sich und ödeten sich gegenseitig an. Irgendjemand kam auf die überaus geniale Idee, eine alte Scheibe von Velvet Underground aufzule-gen. Lächerlich: Mal'n Joint, mal'ne Nase, 'n biss-chen Techno, alles verzweifelte Versuche für Stim-mung zu sorgen. Die Musik war laut, begann sie zu nerven. Niemand hegte die Absicht, eine ernsthafte Unterhaltung zu führen, einige grabbelten teilnahms-los an sich herum, andere wiederum starrten kollektiv in das Licht einer Kerze. Spaß hatte eigentlich keiner. Sie wissen nicht, was sie mit sich, ihren Mitmenschen und ihrer Zeit anfangen sollen, dachte Johanna, stand auf und war im Begriff zu gehen. Als sie sich in der Küche bei Juliane verabschieden wollte, sprach Chris-tian sie an und verwickelte sie in eine Plauderei. Nach kurzer Zeit stellte sich heraus, dass er sich für unwi-derstehlich hielt; dass er bereits zu viel getrunken hatte, störte Johanna nicht, Christian war der einzige, der mit ihr einige Worte wechselte. Der Abend war gelaufen, und allein nach Hause zu gehen, wo eine leere Wohnung auf sie warten würde, wollte Johanna an jenem Abend nicht. Kurz entschlossen gingen sie zu ihr.

Aus dem Unterleib schleichen sie sich unbemerkt hoch in den Kopf. Über Bauchhöhle, Brust und Hals schlängeln sie sich elegant durch die verwinkelten Bahnen des Nervensystems, kriechen geschickt durch enge Windungen und nisten sich im hinteren Teil des Gehirns ein. Dort nehmen sie das Denken hartnäckig in Beschlag. Gefühle und Fragen, die mich verfolgen, Antworten, die mich nicht überzeugen: Muss ich mich in dich verlieben? Welchen Sinn hat das? Ich erkenne keine Notwendigkeit. Nenn mir das Gesetz, das vorschreibt, einen Menschen zu lieben. Wo steht geschrieben, dass ich auf die Welt kam, um stets das Bedürfnis zu spüren, mich zu binden? Ewig. Ein merkwürdiges Versprechen. Welches wilde Tier lebt in mir, drängt sich in mein Denken und treibt ständig meine Zweifel an? Unsinn. Ich werde mich nicht in dich verlieben. Ich will das nicht, ich sehe keinen Sinn darin, ich betrachte das als Zeitverschwendung. Ich habe keine Zeit, Zeit ist Mangelware. Ich habe nicht die Zeit, mich auf dich einzustellen und dich mit Rücksicht zu behandeln. Ich besitze nicht die Kraft, die Schmerzen zu ertragen, sofern du mich in absehbarer Zeit verlassen wirst, meine, dass alles bereits umsonst gewesen sein wird, bevor es überhaupt begann. Ich bin überzeugt, dass du mich nicht verstehen wirst.

Johanna träumt von Portugal: Blauer Himmel, Sonne, Strand. Der Wind trägt die Frische und den Salzgeruch des Meeres hinüber zu der Terrasse, auf der

Johanna jeden Morgen in der Sonne sitzt und Espresso trinkt. Frisches Gebäck wird serviert, ein freundliches Guten Morgen erreicht ihr Ohr. Abends, das Haar nass, Salz auf ihrer Haut, ihr Badeanzug hängt in der untergehenden Sonne über der Brüstung des Balkons ihres Hotelzimmers mit Blick auf den Hafen. Frisch gefangener Fisch, ein Salat, Meeresfrüchte, zu Trinken gibt es Limonade nach Art des Hauses mit viel Zucker. Einige Wochen später steht sie nachmittags ungeduldig am Kai. Johanna wartet. Johanna erwartet den Mann, für den sie sich entschieden hat, mit dem zu leben sie sich entschlossen hat. Antonio. Die Fischerboote legen an, der Fisch wird auf die Lastwagen umgeladen und in die Kühlhäuser gefahren, die Netze überprüft, ausgebessert und zum Trocknen über lange Leinen gehängt. Geduldig beobachtet Johanna aus der Ferne die Arbeit der fleißigen Männer, wartet das Ende ihres anstrengenden Tages ab. In der Luft hängt der Geruch des frisch gefangenen Fisches. Johanna wartet, bis Antonio mit den anderen Männern den Steg heraufkommt, schließt ihn glücklich in ihre Arme, er drückt sie fest an sich und gibt ihr zärtlich einen Kuss. Sein Bart kratzt, sein Hemd ist schmutzig, er stinkt nach Fisch. Der Gestank aber stört Johanna nicht. Er gehört zu ihm, zu Antonio, sie könnte sich ihn gar nicht vorstellen, ohne dass er nach Fisch riechen würde, Antonio wäre nicht der, der er ist. Johanna liebt ihn so, wie er ist, wollte ihn nicht anders haben. Eng schmiegt sie sich an seinen starken Körper.

Sie möchte mit ihm jeden Tag und jede freie Minute zusammen sein, streichelt liebevoll seine braunen kräftigen Arme, sieht in seine dunklen Augen und betrachtet die Schwielen seiner starken Hände. Kehrt Antonio abends heim, hält sein sanftmütiger und ruhiger Blick Ausschau nach ihr. Als er sie oben auf dem Kai erblickt, beginnt er zu lächeln. Auf dem Weg nach Hause spürt sie seinen Stolz und seine Einbildung: Alle anderen Männer des Dorfes beneiden mich um Johanna. Mit geschwellter Brust stellt er sie jedem vor und verleiht seinen Worten Nachdruck, indem er seinen Arm um ihre Schultern legt und sie eng an sich drückt. Johanna denkt sich nichts dabei, seinem Chauvinismus begegnet sie mit Großzügigkeit. Sie lässt ihn gewähren, steht neben ihm und schaut ihn bewundernd von der Seite an. Sobald sie zu Hause sind, in seinem kleinen Haus nicht weit vom Strand, wäscht er sich den Schmutz von seinem Leib. Frisch rasiert und in einem sauberen Hemd setzt er sich an den Tisch auf die Terrasse hinters Haus und wartet auf das Essen, das Johanna ihm kocht. Während des Essens erzählt sie ihm, was sie den ganzen Tag lang gemacht hat: Einkaufen, schwimmen, heute hat sie im Garten gearbeitet und die Wäsche gewaschen. Er erzählt ihr vom Boot, von den Fischern und vom Wetter, erzählt ihr, welche Mengen sie im Laufe des Tages gefangen haben und wie viel Geld der Fang bringen wird. Bis die Nacht anbricht, sitzen sie nebeneinander in der untergehenden Sonne auf der Bank hinterm Haus, halten sich in den Armen, essen gemeinsam ein Eis und genießen das Gefühl, miteinander glücklich zu sein.

Antonio ist ein Mann der Tat: Kleinere Reparaturen erledigt er sofort, ohne lange Verzögerung macht er sich ans Werk. Im Winter, sobald es kühl wird, geht er ohne Murren hinters Haus und hackt Holz. Erlischt das Feuer im Kamin, kehrt er nach wenigen Minuten mit einem Bündel Holzscheiten unterm Arm zurück, schürt das Feuer und schließt Johanna schützend in seine Arme. Klagen hört Johanna Antonio nie. Er ist ein schweigsamer Mensch, der sich nur die Fragen stellt, die er sich selbst beantworten kann, der keine komplizierten Antworten erwartet und auch nicht fragt, was Liebe ist, sondern die Liebe im Rahmen seiner Möglichkeiten lebt. Er ist ein Mann, der nicht sagen kann, warum er dies tut oder das. Antonio liebt Johanna, kennt nicht die Worte, um sich angemessen ausdrücken zu können, ist ein Mann, der Johanna mit Hilfe seiner Gefühle und aufgrund seiner respektierenden Art zeigt, wie sehr er sie liebt und was er für sie empfindet. Er liebt Johanna mehr als sich selbst, tut aber nicht nur so als ob, sondern meint dies ehrlich, kümmert sich mehr um ihr Wohl als um sein eigenes. Er ist glücklich, sieht Johanna liebevoll an und sagt, dass er sie nie schlagen könne. Johanna hofft, dass er sein Versprechen halten wird. Er weiß, wie zerbrechlich Johannas Körper ist, behandelt sie wie eine Rose, ist bereit, ihr täglich das Wasser zu geben, das ihre Schönheit und sie am leben erhält. Erhält er freitags seinen Lohn oder eine Prämie für einen ganz besonders guten Fang, schenkt er ihr voll Stolz einen Blumenstrauß. Pfeifentabak ist Luxus, geraucht wird nur abends, sonntags essen sie manchmal bei Maurice, ein kleines günstiges Restaurant im Dorf.

Eines Abends zieht sich Antonio ein neues Hemd an, das sehr teuer gewesen sein muss, er hat es in Lissabon gekauft. Er will Johanna überraschen und ihr eine Freude bereiten: In seiner rechten Hand hält er einen Ring. Eigentlich mag Johanna das Hemd nicht, es steht ihm nicht, dennoch sagt sie, dass es ihr gefällt, sagt es, da sie weiß, dass er es ausschließlich für sie gekauft hat, mit der Absicht, hübsch darin auszusehen, und in der Hoffnung, dass er ihr in dem Hemd noch besser gefallen wird als zuvor. Er ist der festen Überzeugung, dass das Hemd modern ist. Johanna lässt ihm seine Überzeugung, kritisiert es nicht, will an seinem Wesen nichts ändern, will ihn so erhalten, wie er ist. Heiraten? Kinder? Da ist sie wieder, die Angst. Antonio versteht nicht, was sie meint, versteht ihre Zweifel nicht. Johanna schweigt, um ihn nicht zu kränken, findet keine Erklärung, die ihn wieder aufrichten könnte. Mit hängenden Schultern und gebrochenem Herzen sitzt er ihr gegenüber am Tisch, er, Antonio, ein richtiger Mann, versteht nicht, was sie will und wird sie wahrscheinlich nie verstehen. Antonio weiß nicht, was morgen oder übermorgen sein wird, kann sich nicht vorstellen, dass innerhalb seines Lebens ein unerwartetes Ereignis eintreten könnte, geschweige denn, dass er etwas anderes zu erwarten hätte als das, was er hat. Johannas Angst ist ihm fremd.

Johanna sah aufs Bett und war sich sicher, dass dies die einzige gemeinsame Nacht mit Christian gewesen sein würde. Sobald er ausgeschlafen haben würde, würden sie noch einen Kaffee trinken, schwätzen und sich anschließend verabschieden. Johanna wollte keine längere Beziehung, wollte verreisen, besser heute als morgen, in ein fremdes Land. Das Leben in dieser Stadt, die kühle Atmosphäre und tägliche Routine zermürbten all ihre Wünsche. Sie wollte in seichtem Wasser stehen, in der prallen Sonne liegen, spazieren gehen, den Tag an sich vorüberziehen lassen, die Sonne auf und untergehen sehen, Mond und Sterne betrachten, in der Gewissheit, dass morgen ein schöner neuer Tag auf sie warten wird.

Martin verstand nicht, warum Johanna sich auf Christian einließ, wie sie seine Gesellschaft die folgenden Wochen aushielt und mit ihm schlief, stellte Christian unter anderem das dar, was sie verabscheute. Das war nicht nur Martin schleierhaft, auch ich wusste mir keinen Rat. Johanna schmiss Christian an jenem Tage nicht hinaus, verliebte sich jedoch auch nicht. Sich von ihm zu trennen, wäre nicht schwergefallen, es wäre eine Sache von wenigen Minuten gewesen, eine langfristige Beziehung zog sie nie in Betracht. „Christian verhielt sich mir gegenüber nicht böse", suchte Johanna später ihre Entscheidung zu rechtfertigen. „Er war unzugänglich von der ersten Minute an. Jedes Wort, das er sprach, kratzte an der Oberfläche, keines ging in die Tiefe, Träumen räumte er keinen Platz ein. Ich begriff, in Christian nicht das zu finden, das ich suchte, meinen Bedürfnissen entsprach er nie. Eine Unterhaltung von Bedeutung kam nicht einmal zustande. Von Anfang an fürchtete ich, dass Christian langweilig und selbstverständlich war. Eine längere Beziehung hatte keinen Sinn. Ich hätte mich von ihm trennen können, hätte alleine bleiben können wie die Wochen und Monate zuvor, das beabsichtigte ich nicht."

Hilf, das Rätsel meines Herzens zu lösen! Welch Gestalt deine Hilfe auch annehmen möge, hilf, meine Angst zu bekämpfen. Johanna saß Christian gegenüber auf ihrem Bett, sah tief in seine Augen, erschrak und fragte sich, wer er sei. Sprich mit mir, sag etwas, sieh in meine Augen und erzähle, was du denkst. Berühre mich, streichle mich, dringe vorsichtig, nach und nach tief in mich ein, tiefer als gedacht. Leg deine Hand auf meine Haut, ich schließe während dessen meine Augen und suche die Worte, die Licht ins Dunkel meiner Seele tragen. Zeig mir, wer du bist, woher du gekommen, hilf, mich an jenes Erahnende zu erinnern, um die Ursache all meiner Träume zu finden. Wie kann ich wissen, was du denkst? Sprichst du nicht mit mir. Wie kann ich wissen, was du erwartest?

Vermag ich zu dir nicht durchzudringen. Kühl streift dein Blick an meinem Herzen vorbei, verliert sich dort weit hinten im Nirgendwo. Deine Augen, kleine dunkle Kugeln aus Glas, verwehren den Zugang, weisen mir den Weg ins Was-weiß-ich. Die Suche, das zu finden ohne die Unterstützung einander nicht möglich ist, wird erfolglos sein. Die Kälte deines Herzens, der schwere leblose Stein in deiner Brust, zeigt nicht die Bereitschaft, mir auf meiner Reise aus der Welt der Schatten ins Land der Weisen ein treuer Begleiter zu sein, wird mich nicht durchs Gestrüpp meiner Fragen geleiten und den Schmerz nicht lindern, in eine Welt voll Farben und Symbole zu entfliehen. Soll ich warten? Wieviel Zeit wird verstreichen, ungeschehen vorüber ziehen? Wie lange wird es dauern, bis du dich deines eingefrorenen Herzens entledigt haben und die Bereitschaft zeigen wirst, mir durchs düstere Reich meiner Gedanken in die Wiege jenseits des weiten Meeres zu folgen, um dort dessen gewahr zu werden, das vor Urzeiten verloren sorgsam verborgen im wundersamen Lande fern des Ausharrens in der Wirklichkeit vergraben liegt?

Du wirst nicht der Gefährte sein, der mich vor Jahren in düstrem Wald sitzend am Rande einer klaren Quelle fand. Nach Verlorenem weinend, überreichte Daniel mir einen Schlüssel, nahm mich an die Hand und gewährte mir den Blick einen Spalt breit durch die Pforte ins Reich der Vollkommenheit. Bald darauf glitt aus den Händen, das Daniel einst versprach. Zum klaren Quell zurückgekehrt, suchte ich das Gefallene, das ich bis heute nie wieder in meinen Händen hielt und leuchten sah. Einen Kreuzer koste den Menschen die Überfahrt, sofern das Licht erloschen. Den Schlüssel fordere Charon. Er strecke seine knöcherne Hand nach dem Obolus aus, senke den Stab, steche diesen in die tiefen Wasser und lenke den Nachen kräftig vom Ufer abstoßend über die schwarze See in jenes unterirdische Reich, dessen Düsternis der Mensch stets fürchte. Umrauscht von Stille führte Daniel mich über grüne Felder durch dunkle Wälder in blühende Gärten. Einzig das Wehen des Windes, das Rascheln der Blätter, der helle Gesang der Vögel und das Zirpen der Zikaden begleitete mich in trockener Hitze über ausgedorrte Wege, während Daniel vom geheimnisvollen Land jenseits der schwarzen See erzählte. Dem Ursprung meines Sehnens auf der Spur lauschte ich dem Säuseln der Lüfte, vernahm in der Stille hoch oben über den Wipfeln der Bäume Flügelschlag, der Ruf nach Unbekanntem hallte durch die Nacht. Vorerst durch die dichten Sträucher des Dickichts geschluckt, erstickte mein angstvoller Schrei wenig später an schneebedeckten Hängen, hallte durch fruchtbare Ebenen und zerschellte stumm, von niemandes Ohren vernommen, bloß am nackten Fels der die saftigen Täler umschließend verwaisten Gipfel. Verloren in der Wirklichkeit, zerrieben und zermalmt vom lärmend Getriebe des Nichtseins, führte der Weg an einer welken, uns fremden Welt vorbei zu den sandigen

Ufern des weiten Meeres. Weit unterhalb der Flut sahen wir den Schatz glänzen, den wir zu finden hofften, lag golden der Schlüssel tief unten am Grund. Lange starrten wir ins Dunkel, horchten in die Ferne, folgte der Blick den Wogen und verweilte fern am Horizont. Der Sehnsucht abhanden, sich ins Unendliche streckend, tauchte sie unter am Firmament, entschwand dort ins Nichts, wo himmlisch Schimmern uns Wegweiser des Nieerlebten war, blieb zurück ein einzig Staunen. Erschöpft setzten wir über nach Eudämonis, gelangten in das Land, in dem Eros einst den Wagen spannte, seine Flügel ausbreitend die Rosse lenkte und waghalsig seine Bahn in des Himmels Höhen zog. Fern unserer Heimat zogen wir glückselig ins Reich der Vollkommenheit ein, wo die Sterne einst regierend Träumen ihren Platz im Denken zuwiesen und Unerreichtes wahrhaft an Bedeutung besaß. Raubte man den Göttern ihre Namen, stach man den Mythologien beide Augen aus, versah man die Sterne nach und nach mit Nummern, erstarrten sie gänzlich zu weißen, nichtssagenden Flecken am Himmelskörper.

Hilf, die Sehnsucht zu stillen, sei mir Erinnerung, öffne die Türen meiner Seele und präsentiere mein innerstes Geheimnis im gleißenden Licht der Einkehr, dort, wo alles Verlangen zu Silber erstarrt. Schenk mir die Unwissenheit meines Todes, liefere mich dem Vergessen aus und versöhne mich mit der Unumgänglichkeit meiner Existenz. Ich will fort Christian. Ob mit dir oder nicht, wo findet sich ein Unterschied? Zwischen uns ist nichts, das uns aneinander bindet, dich zu lieben, wird nie mehr sein als ein Kompromiss. In meinem Herzen ist jedoch kein Platz für Verträge, die aus der Not entstanden sind, da ist kein Brennen, nicht einmal der Rest einer Glut. Es wird Zeit, dir Lebewohl zu sagen, sofern nicht diese verfluchte, nicht zu ertragende Einsamkeit auf mich warten würde, die ich fürchte, der ich mich nicht gewachsen fühle.

Wenige Tage später erzählte Johanna Martin einen merkwürdigen Traum, den Martin zunächst nicht verstand, den Johanna sehr wohl zu deuten wusste: Sie wünschte sich Christian lieber tot als lebendig. Seiten Martins bedurfte es keiner Aufforderung, dass Johanna ihm den Traum umgehend erzählte. Wie häufig lehnte sie mit dem Rücken an der Wand auf ihrem Bett, Martin saß auf dem Fensterbrett. Johanna dachte kurz nach und begann:

Johanna stand vor dem schweren eisernen Tor eines Friedhofs, der abseits eines kleinen namenlosen Dorfes lag. Den Grund, dort zu stehen, kannte Johanna nicht, fand weit und breit niemanden, der ihr hätte Auskunft geben können. Krähen kreisten über ihr hoch oben in der kalten Winterluft, Schnee bedeckte die Dächer, das Weiß lag ringsum auf den Feldern. Johannas Augenmerk fiel auf einzelne verlassene Vogelnester in den Baumkronen angrenzend an den Totenacker, hier und da erkannte sie eine Elster, wie sie den Vogel von spätmittelalterlichen Bildern Pieter Bruegels dem Älteren kannte. Johanna schüttelte sich. Den Friedhof nicht zu betreten, das lag nicht in ihrer Hand: Sie spürte, dass sie wider ihren Willen etwas Fremdes zog, das sie zwang, das Gelände zu betreten. Kraftvoll drückte sie den Griff des Tores hinab und schob den schweren Flügel auf. Nebel zog auf, Wind schlug ihr ins Gesicht, es war nass und kalt. Johanna fröstelte. Kalt lief es ihr den Rücken hinunter, Angst kroch in ihren Körper, sie stand wie gelähmt. Unmöglich nur einen Schritt zu gehen, ihre Beine waren schwer, ihr Puls raste, sie hielt den Atem an und lauschte angestrengt in die tiefe Stille. Sie hörte nichts, spürte ausschließlich ihre Angst. Langsam ging sie den Weg zu der kleinen Kapelle, trat ein und stand plötzlich in einer riesigen Hallenkirche, unerträglich weitläufig und groß. Irritiert sah sie sich um: Dicke Säulen bauten sich bedrohlich zu beiden Seiten auf, links die Kanzel, hinter ihr eine gewaltige Orgel, vor dem hölzernen Schnitzaltar stand aufgebahrt ein heller schlichter Eichensarg. Vorn im Kirchenschiff saßen einige Menschen. Eiszapfen hingen oberhalb der Fenster, Eisblumen überwucherten die Scheiben. Eingemummelt in schwere schwarze Mäntel wandten einige Trauernde ihre Gesichter, sahen Johanna böse an. Sie aber kannte niemanden dieser Menschen, wusste nicht, wer gestorben war. Johanna war nie derart verzweifelt gewesen. Sie fröstelte am ganzen Körper, hatte wahnsinnige Angst vor den Menschen, deren vorwurfsvollen stummen Blicken auszuweichen sie keine Möglichkeit sah. Der Boden unter ihr begann zu beben, die Erde grollte, der Nebel verdüsterte sich zu einem dicken grauen undurchdringbaren Schleier, kein Lichtstrahl kletterte durch den zähen Saft. Die Orgel begann zu spielen, tiefe wutentbrannte Töne durchdrangen sie, der Pastor auf der Kanzel beugte sich drohend über die Brüstung und blickte Johanna zornig an. Er zog die Augenbrauen zusammen, entblößte sein fauliges Gebiss und riss die Kiefer fletschend auseinander. Melodien vernehmend, die Johanna kannte, deren Komponist ihr jedoch nicht sofort einfiel, durchdrang sie das mulmige Gefühl, in einer Prüfung zu stehen, durch die sie durchzufallen drohe, sofern sie sich nicht umgehend Titel und Komponist der Musik zu nennen in der Lage zeigen würde. Das Licht wich, schwarz, die Hand kaum vor Augen sehend, schlug die Totenglocke zwölfmal hell und klar durch die Dunkelheit. Der Pastor stand direkt vor ihr, riss sein Maul widerlich weit auf und schrie sie an. Johanna beklemmt, verstand seine Worte nicht, zitterte am ganzen Körper und hatte irrsinnige Angst. Hinter ihr ein Kinderchor, gleich Engelsstimmen. Die Dunkelheit brach auf, ein heller Schein breitete sich zu ihren Füßen aus und wies ihr einen Weg. Sie aber blieb wie angewurzelt stehen, überlegte noch ob des Chores und stand kurz darauf wieder vor dem Friedhofstor. Plötzlich schien die Sonne, die Luft war klar, Johanna fror nicht mehr. Neugierig ging sie den Weg an der kleinen Kapelle vorbei, hinunter zu dem Teil, wo sich die Grabstätten befanden, schritt den Weg entlang und las die Geburts- und Todesjahre einer jeden Inschrift. Während sie über den Friedhof schlenderte und jeweils das Alter der Verstorbenen ausrechnete, erkannte sie in der Ferne, weit vorn auf dem Weg die Trauernden. Langsam schritten die Menschen hinter dem Sarg, vorweg gingen die Totengräber. Je länger Johanna den Zug beobachtete, desto unruhiger wurde sie. Die Furcht befiel sie von neuem, als gelte es, etwas rückgängig zu machen, ein schweres Unwetter zog auf. Ihren Gang beschleunigend, wurde sie schneller und schneller, die Grabsteine flogen an ihr vorbei, verschwammen. Ihren Blick auf die hinteren Menschen des Trosses gerichtet, begann sie zu laufen, rannte wie eine Irre den Weg hinunter, den Abstand jedoch nicht verringernd. Vom Wahnsinn getrieben, lief sie den Trauernden hinterher. Der Wind peitschte, Regen klatschte ihr ins Gesicht, dicke feuchte Matschtropfen. Sie stolperte, fiel nach vorn, schlug nicht auf, fand sich weit oben schwebend, hoch über dem Friedhof, zog dort gleich eines Adlers mit weit ausgebreiteten Armen große, ruhige Kreise. Tief unter ihr sah sie die Trauergemeinschaft, die inzwischen ihr Ziel erreicht hatte. Der Pastor sprach einige wenige Worte, bis die Totengräber den Sarg langsam an Seilen hinabließen. Das Heulen einer Mutter erreichte ihr Ohr. Von ihrem Mann gestützt, hielt sie beide Hände weinend vor ihr Gesicht. Johanna wusste nicht, wer dort unten begraben wurde. Es schien eine Verschwörung, sie sollte nicht erfahren, wer dort unten lag. Sie suchte die Aufschriften der Kränze zu entziffern, sie suchte nach Hinweisen, sich Gewissheit zu verschaffen, pirschte sich behutsam von hinten heran. Drei Gestalten drehten sich zu ihr um, sie sah ihre hasserfüllten Gesichter, nicht vorwurfsvoll wie zuvor sahen sie Johanna nunmehr drohend an. Erschrocken wandte sie sich ab und rannte wie vom Teufel besessen fort.

„Und dann?" fragte Martin. „Nichts weiter", antwortete Johanna. „Ich wachte auf. Christian lag neben mir. Er war besoffen und hatte sich breit gemacht, dass ich mich ekelte. Er hielt seine Hand in meinen Schoß gepresst. Frag mich nicht, warum ich nicht aufstand, warum ich ihn nicht rausschmiss oder aufweckte", rechtfertigte sich Johanna, „ich weiß es nämlich nicht. Dennoch: Es war widerlich, ich lag wie gelähmt."

Einige Male meinte Johanna, neben einer Leiche aufzuwachen: Christians säuerlicher Atem erinnerte stets an seinen überhöhten Alkoholkonsum am Abend zuvor. Dennoch trennte Johanna sich nicht von ihm. Heute weiß Martin, dass Johannas Traum mehr zu bedeuten hatte, als dass sie sich Christian lieber tot als lebendig wünschte. Zu jener Zeit verschwieg Johanna Martin beharrlich, was ihr vier Jahre zuvor als Neunzehnjährige widerfuhr. Johanna beabsichtigte, den Zeitpunkt zu bestimmen, an dem sie Martin zu erzählen gedachte, was an jenem Tage Furchtbares geschah.

Nach über einem Jahr kehrte Johanna schließlich im Oktober nach Hamburg zurück. Martin saß die Monate regelmäßig an der Theke des Kommunal, in seinem Leben änderte sich kaum etwas. Er war inzwischen ein Jahr älter geworden, erhielt eine Gehaltserhöhung von einhundertzwanzig Euro und gab viel Geld für neue CDs oder Bücher aus. Mehr aus Verzweiflung als aus tiefer Zuneigung schlief er mit einigen Frauen. Er vergaß sie sofort, keine interessierte ihn wirklich. Morgens wachte er mehr niedergeschlagen als glücklich neben ihnen auf. Die Ereignisse der durchlebten Nacht verfluchend, ärgerte er sich über seine Willensschwäche und wünschte, dass dies nie geschehen sei. Sich selbst anekelnd, dachte er in solch Augenblicken an Stephan, eine Erleichterung ob dieses sporadischen Erlebnisses spürte er nicht im geringsten.

Martin empfing Johanna am Flughafen. Am Abend vor ihrer Rückkehr rief sie ihn überraschend aus Zürich an und teilte ihm ihre Ankunftszeit am folgenden Tage in Hamburg mit. Martin nutzte die Zeit, richtete vormittags ihre Wohnung her, wie sie diese vorfinden sollte, kaufte das Notwendigste ein und fuhr nachmittags zum Flughafen. Einen Blumenstrauß und ihren Wohnungsschlüssel in der Hand erwartete er ungeduldig eine fröhliche Johanna, braungebrannt und strahlend, eine Johanna, die nicht wisse, wo sie zu erzählen aufhören solle. Die nicht endenden Stunden zuvor malte Martin sich den Abend ihrer Rückkehr in den schillerndsten Farben aus: Während er ihr einen Wein nach dem anderen einschenkt, berichtet sie von New York, von Hong Kong, Palermo, Paris und London, von Museen, Architektur, Landschaften und den Menschen, die sie beobachtete, von ihren zahlreichen Eindrücken und Erlebnissen.

Zur Begrüßung drückte er sie herzhaft. Er trug ihren Koffer, sie fuhren im Taxi in die Innenstadt. Während der gesamten Fahrt sprach Johanna nur wenige Worte, wider Erwarten hinterließ sie einen erschöpften, völlig resignierten Eindruck. Aus den Augenwinkeln bemerkte Martin schmale Ränder unter ihren leicht verquollenen Augen, seltsam abwesend sah sie schweigend zum Fenster hinaus, es regnete. Als Martin hinter ihr die Treppe in den dritten Stock hochstieg, hoffte er seinem Wunsche folgend, an jenem Abend mit ihr zu landen. Zu solch Gemeinsamkeit war sie gewiss nicht aufgelegt. Mit schweren Schritten stieg sie die Stufen hoch, schloss mit zitternder Hand umständlich die Wohnungstür auf und sah sich in der Wohnung um. Da sie die Räume in der Ordnung vorfand, wie sie diese einst verlassen hatte, wollte sie sich ein Lächeln nicht verkneifen. Nervös suchte sie in ihrer kleinen schwarzen Handtasche nach Zigaretten, ging in ihr Zimmer und setzte sich dort im Schneidersitz auf ihr Bett.

Enttäuscht stellte Martin ihren Koffer in den Flur, ging in die Küche und setzte Kaffee auf. Er war überzeugt, dass es Johanna lieber sei, sie für einen Moment alleine zu lassen. Um dem allem eine positive Wendung zu verleihen, suchte Martin seine Beherrschung nicht zu verlieren. Er konzentrierte sich, dachte, dass nicht er vornehmlich ein Problem habe. Im Nachhinein stellte sich heraus: Jeder Versuch wäre von vornherein vergeblich gewesen. Als Martin Johannas Zimmer betrat, sah er sie mit leerem Blick aus dem Fenster starren. Mit krampfhaftem Lächeln nahm sie dankend den Kaffee entgegen und hielt den Becher mit beiden Händen fest umschlungen. Martin vermutete, dass etwas Unvorhergesehenes geschehen war, verhielt sich ruhig und gab acht, damit keiner die Fassung verlor. Martin wartete. – „Komm, setz dich zu mir", sagte Johanna und wies ihm den Platz zu ihrer Rechten. Martin setzte sich. – „Was ist passiert?" fragte er zurückhaltend nach einem letzten Moment des Schweigens. „Er ist gestorben", flüsterte Johanna zögernd. „Tot." „In Boston?" bohrte Martin vorsichtig nach. „Genau." – Johanna sah Martin mit traurigen Augen an.

Hamburg im August, vierzehn Monate zuvor: Ben ging zum Arzt. Die Nachricht des Mediziners: Furchtbar, unwiderruflich, endgültig, derart plötzlich hatte Ben mit seinem Ende nicht gerechnet. Anfangs, wenige Wochen zuvor, war es ein Zwicken in der Achselhöhle, von da an verlief alles äußerst schnell. Die

Worte des Arztes flogen an ihm wie eine Windbö vorbei, sein Mund weit entfernt, der Schrecken saß tief, die Worte schwebten unfassbar im Raum, zerfielen in Silben, zerstückelt bis zur Unkenntlichkeit. Die Konturen der Tapete, die Formen und Farben der Bilder im Raum verschwammen, die Wände begannen zu schwanken und drohten, in jedem Moment laut krachend einzustürzen. Das Ende der zahlreichen, nicht enden wollenden Untersuchungsergebnisse, die beruhigenden Worte und die Ratschläge des Mediziners hörte Ben nicht, hörte einzig das Klopfen seines Herzens und dachte an das Hämmern in seinem Kopf. Ben vermochte sich nicht zu wehren, hatte kampflos das Schlachtfeld zu räumen, fühlte sich erschlagen und nahm widerspruchslos zur Kenntnis, dass sein Leben in einem Jahr vorbei sein werde. Kurzatmigkeit während der folgenden zwei oder drei Minuten, die Heilungschance liege bei zwei Prozent.

Ben wachte auf: Ein lauter unterdrückter Schrei in seinem Innern, mit einem Ruck riss er sich los, stand schweigend auf und verließ die Sprechstunde ohne Gruß die Treppe hinunter stolpernd auf den Parkplatz, wo sein Auto stand. Eine Stunde später ging er im Wald spazieren, versuchte seine Gedanken zu sortieren, immer den Waldweg entlang. Zwangsläufig war er sich der Tatsache bewusst zu leben, dass er nur noch wenige Monate zu leben hatte. Ohne langes Nachdenken entschloss er sich, das noch-am-Leben-zu-sein, so gut es ging, zu genießen. Seine Angst trieb ihn in die Einsamkeit. Gemeinsam mit seinem Hund, dem treuen Begleiter, floh er in die Natur. Der Duft der Pflanzen, die Frische der Waldluft, die Sonne im Westen, alles Signale dafür, am Leben zu sein. Was ist damit anzufangen? Eine wichtige, ja wesentliche Frage. Ben war sich sicher, dass es das letzte Mal gewesen sein würde, durch diesen Wald zu gehen. Felder und Wiesen, die er seit Jahren kannte, durch die er beinahe jeden Tag gegangen war und jeden der Spaziergänge genossen hatte, viel Zeit blieb ihm nicht. Jede Wiederholung stiehlt Zeit, stiehlt ein Stück ungelebte Möglichkeit. Zeit ist kostbar, ein äußerst knappes Gut. Jeder Vogelschrei, jedes Knacken der Äste oder das Rascheln des Laubs erfüllte seine Sinne mit Leben. Die Möglichkeit, das Leben zu erkunden, was das wirklich ist, dazu würde er keine Gelegenheit mehr haben, nach wissenschaftlichen Betrachtungs- weisen stand ihm nicht der Sinn. Losgelöst der ewigen Zweifel: Was ist gut und was ist schlecht, was ist schön oder gerecht?, blieb ihm die Gewissheit, sich mit jedem Schritt und jedem Atemzug dem Tode zu nähern, dem er bald, früher als erwartet, ins Angesicht blicken würde. Urplötzlich lösen sich quälende Fragen in Nichts auf. Ben war sich seiner gewiss und wie er seine Zukunft zu gestalten gedachte.

Ben hatte Angst, er wollte nicht sterben, nicht so früh. Er war jung, war keine fünfunddreißig Jahre alt. Die Erinnerungen flogen durch sein Bewusstsein, zerrissen, unreflektiert, bar jeglichen Kommentars.

Gleich Sequenzen eines zeitgerafften Films eroberten die Bilder seiner Vergangenheit das Bewusstsein. Seine Vergangenheit schien fragwürdig, sinnlos, Ergebnis vertaner Zeit. Er wollte nicht gehen, sich verabschieden, ohne eine Spur von sich hinterlassen zu haben, ohne einen Hinweis darauf, dass es ihn einmal gab. Vorerst wollte er mit sich und den anderen ins reine kommen, mit allem abrechnen, dazu mangelte es jetzt an Zeit. Waren seine gehegten Erwartungen und Wünsche erfüllt worden? Konnte er behaupten, glücklich gewesen zu sein oder ein glückliches Leben geführt zu haben? Hatte er innerhalb seines Lebens das erreicht, was er ursprünglich zu erreichen gehofft hatte? Die vielen Fragen, die blieben, würden unbeantwortet bleiben, niemand würde ihm dahingehend eine befriedigende Antwort liefern können. Ausschließlich er befand sich dazu in der Lage. Um sich nicht während seiner letzten Atemzüge zu belügen, würde er sich selbst gegenüber aufrichtig sein und mit sich hart ins Gericht gehen müssen: ein Jahr. Ein Jahr leben oder ein Jahr sterben? Er hatte sich zu entscheiden, und zwar schnell.

Ben wollte nicht ins Krankenhaus, Krankenhäuser waren ihm ein Graus. Die Behandlung würde hart sein, die Heilungschancen zu gering. Im Falle einer Genesung würde er noch einige Jahre zu leben haben, andererseits würden die Qualen umsonst gewesen sein und seine verbliebene Zeit zerronnen. Was will ich? Ben entschloss sich für das eine Jahr. Er spürte einen

Wissensdurst nach dem, das für ihn verborgen und unentdeckt geblieben war. Sich auf den letzten Metern um eine Lösung zu bemühen, hielt er für vergeblich und zwecklos. Die wenigen Tage, die übrig waren, würden nicht ausreichen, um sich die vielen Fragen beantworten zu können, die ihn beschäftigten. Wozu auch? Was hatte das für einen Sinn? Nicht nur dass es hierfür zu spät war, Versuche lagen fernab seines Lebens. Kein Buch würde er anfassen, sich nicht sportlich betätigen oder in ein Aufsehen erregendes Theaterstück gehen. Ablenkungen würde er nicht in Anspruch nehmen. Was also tun? Welche Möglichkeit bleibt einem Menschen, das Ruder im letzten Augenblick zu seinen Gunsten herumzureißen? Der Gedanke, all das zurückzulassen, das er liebte oder das er meinte zu lieben, quälte ihn. Was soll's? Von nun an beabsichtigte er, den Tag zu nutzen, hatte zu überlegen, was er zu tun gedachte, was er für das Sinnvollste erachtete, und dies seiner Vorstellung entsprechend in die Tat umzusetzen. Ben dachte: Alles, nur bitte keine Fragen mehr. Er ging nach Hause und erklärte seiner Frau, dass er sie in Kürze verlassen werde, die Uhr schlug sechzehn Uhr. Claudia war bestürzt. Vollkommen überrascht hörte sie ihrem Mann zu, war erschrocken über das, was er erzählte, verstand, was er meinte. Sie respektierte seinen Entschluss. Ben erklärte ihr seine Absichten mit wenigen Worten, erörterte sein Problem in Ruhe, dass seine Erklärungen einen äußerst rationalen Eindruck hinterließen.

Ben wollte keine Zeit verlieren, packte die nötigsten Sachen in seinen kleinen schwarzen Rucksack und verließ das Haus. Zuvor schloss das Ehepaar einen Vertrag: Claudia ließ Ben unter der Voraussetzung gehen, dass er ihr all das Geld vererben würde, das nach seiner Reise übrig blieb. Ben zeigte sich einverstanden, ihre Forderungen waren ihm gleichgültig, wie ihm Claudia plötzlich gleichgültig geworden war. Kinder, denen ein Pflichtteil zugestanden hätte, warteten nicht. Zum Abschied bat Claudia Ben, dass er sich in regelmäßigen Abständen melden möge. Er versprach es, wissend, dass er Claudia vergessen haben würde, sobald er die Haustür hinter sich schloss. Zu Fuß machte er sich auf den Weg, seinen Rucksack auf dem Rücken, direkten Weges mit der S–Bahn in die Stadt.

Boston, kurz vor seinem Tod: Ben überreichte Johanna einen Briefumschlag, sie saß links an seinem Bett. Als sie den Umschlag vor seinen Augen öffnete, den kleinen Zettel herausnahm und ansah, begriff Johanna nicht, welch Reichtum Ben ihr überließ. – „Das ist das Letzte, was ich für dich tun kann", sagte er. „Ich habe alles vorbereitet, mehr steht nicht in meiner Macht. Du bist gesund, mach damit, was du willst, ich werde es nicht mehr brauchen." – Ben war inzwischen schwach geworden, wog nunmehr keine hundert Pfund. Johanna hielt seine Hand, streichelte über seinen harten Kopf und wischte mit einem Tuch den kalten Schweiß von seiner Stirn. Die letzten Wochen verbrachte sie im Krankenhaus, bis Ben schließlich eines Morgens vollkommen entkräftet auf dem Laken lag. An einem Dienstag öffnete Ben seine Augen nicht mehr. Seine linke Hand hatte sich ans Bettrost gekrallt, wo Johanna saß, sie schlief, als er starb. Am darauf folgenden Tag organisierte Johanna umgehend die Überführung der Leiche nach Deutschland, benachrichtigte Bens Frau und flog im Anschluss nach Zürich, auf dem Kontoauszug stand: drei Millionen Franken. Johanna zögerte, auf Bens Beerdigung zu gehen, erklärte Martin, dass sie sich dort nicht erwünscht fühle: „Dort werden Fremde sein, Menschen, die mit mir keine Gemeinsamkeiten haben, mit denen zu trauern ich nicht das geringste Bedürfnis spüre." Ben habe diese Menschen ihr gegenüber nie erwähnt. Einige Tage später stand Johanna abseits, versteckte sich hinter einem Gebüsch und beobachtete die Bestattung aus der Ferne. Nachdem die Trauernden gegangen waren, stand sie lange an seinem Grab, hielt zum Abschied eine rote Rose in der Hand.

An dem Abend, an dem Johanna nach Hamburg zurückkehrte und Martin ihre Geschichte erzählte, saß er schweigsam neben ihr auf dem Bett. Johanna starrte traurig in ihr Glas, während Martin sich vorstellte, wie Johannas Leben in Zukunft verlaufen würde: Johanna wird sich eine Eigentumswohnung ganz in der Nähe des Friedhofs kaufen und gemütlich einrichten. Ben zahlt, ganz so war es vereinbart, ganz so wird es bleiben. Liebe jedoch war nicht geplant, Liebe war nicht

Bestandteil ihres Vertrags: „Keine Bedingungen", versprach Ben einst. Gegen die Liebe aber kann man sich nicht wehren, kann keine Mauern gegen sie errichten, wie man Stacheldraht um Häuser zieht, mit der Liebe kann man nicht jonglieren wie etwa mit Zinsen oder Aktien. An jenem Abend bat Johanna Martin, bei ihr zu übernachten. Sie fürchtete sich, lange sprach sie über ihre Angst vor dem Tod. Ruhig lag Martin an ihrer Seite, sprach nur das Notwendigste, bis Johanna schließlich eingeschlafen war. Hellwach kauerte er neben ihr, stellte sich schlafend, sobald sie aufwachte, überlegte, sich leise aus ihrer Wohnung zu schleichen. Johanna schlief unruhig, während Martin ihr gegenüber seine Verzweiflung zu verbergen suchte.

Von diesen Tagen an war Johannas Leben abgesichert. Johanna verfügte über genügend Geld. Solide angelegt, suchten sie Sorgen materieller Art nie wieder heim. Johanna fuhr zu Claudia, überreichte ihr bis auf die Armbanduhr die letzten persönlichen Sachen ihres Mannes, den großen Stapel Fotos klebte sie sorgfältig in mehrere dicke Alben ein. Sie erzählte Claudia, was Ben mit ihr in den letzten Monaten gemeinsam erlebte, wo sie hingeflogen waren und was sie sich dort jeweils angesehen hatten. Johanna berichtete von seiner schweren Krankheit und seinem langen, qualvollen Tod. Claudia hörte geduldig zu, stellte ab und an höflich eine Frage, zeigte am Schicksal ihres Mannes offensichtlich kein Interesse, auf Johanna wirkte sie kühl und distanziert. Neben Claudia auf dem Sofa saß Andreas, ihr Lebensgefährte, ein gut aussehender, braungebrannter dunkelhaariger Mann. Johanna war sich sicher, dass sie Claudia nie wieder treffen oder sonstwie mit ihr in Kontakt treten würde. Sie wollte mit Claudia nicht mehr als notwendig verkehren, meinte, dass es ihre Pflicht gewesen sei, Claudia über den Tod ihres Mannes zu gegebener Zeit zu informieren.

„Was wirst du jetzt tun?" fragte Martin Johanna, als sie sich anschließend im Kommunal trafen. „Das weiß ich noch nicht", antwortete Johanna knapp. „Du besitzt jetzt genug Geld, um all das machen zu können, was du willst", munterte Martin sie auf. „Da hast du recht", stimmte Johanna ihm zu. „Trotzdem", gab sie zu bedenken: „Die Entscheidung fällt mir nicht leicht, da ich vor kurzem erst einen Menschen verlor, dem ich mich nach wie vor sehr verbunden fühle, mit dem zusammen ich gern mehr erlebt hätte." „Du hast Ben sehr geliebt, was?" „Ganz bestimmt. Ich erinnere nicht einen Tag, an dem wir nicht gemeinsam frühstückten oder uns zumindest zur Mittagszeit trafen. Ob nun in New York, Paris, London oder Lissabon, alles sahen wir uns gemeinsam an. Ich erinnere nichts, das ich anders gewollt hätte."

Bevor Martin schlafen ging, saß er schweigsam auf seinem Balkon, rauchte und malte sich aus, wie Johanna gegen Mittag aufstehen und sich die Frage stellen würde, wie sie den Tag zu gestalten denke. Ein schöner Tag würde auf sie warten: Sie wird frei haben, wird nie wieder irgendwo zu arbeiten brauchen, die Sonne wird scheinen. Ein Herbsttag im Park oder am Elbstrand, ein Buch schnell in die Tasche gesteckt, das Fahrrad aus dem Keller geholt ... – Martin beneidete Johanna um derart viel Glück.

Wie lebt ein Mensch, der sich wegen Geld nicht zu sorgen braucht, der einen tiefen Schmerz zu überwinden hat und mit dem Rat eines Gestorbenen zu leben sucht? Martin begleitete Johanna auf ihre Einkäufe durch die Stadt. Er trug ihre Taschen, besuchte sie in ihrer Wohnung, die sich in kürzester Zeit veränderte, und saß häufig auf dem Fensterbrett mit dem Blick in den Hinterhof. Alles schien in Ordnung, bis Johanna Anfang Dezember auf dem Neuen Pferdemarkt plötzlich wie angewurzelt stehen blieb. Sie hielt inne, kniff die Augen leicht zusammen und starrte am Fahrbahnrand gebannt in das Dunkel eines Gullydeckels. Ganz so als schaue Johanna zu, wie ein kräftiger Sog die Wurzeln ihres Handelns in die Kanalisation zog, begann sie laut zu lachen. – „Drei Millionen, nie wieder arbeiten, keine Fremdheit. Was kostet die Welt?" Johanna sah Martin fragend an. Sie strahlte über das ganze Gesicht. „Gar nichts werde ich mehr auszustehen haben", meinte sie und wies auf die Gehwegplatten zu ihren Füßen: „Vor mir, auf dem Boden ausgebreitet liegt die Zeit." – Johanna bückte sich, tat als hebe sie die Zeit auf, die sie einst verlor, umschloss diese behutsam mit beiden Händen und trug sie fürsorglich nach Hause. Worte, Zwänge und Zwecke versickerten mit einem urps.

Über das große Lachen kam Johanna vorerst nicht hinaus. Martin hörte ihr befreites Lachen: Ja, befreit. Johanna wurde sich ihrer Freiheit bewusst, der Lächerlichkeit ihres bisherigen Strebens, des Handelns, dem sie ihre Zeit widmete, mit dem sie vor allem meinte, ihre Zeit verschwendet zu haben. Aufgrund eines glücklichen Zufalls nahm Johanna von dem Abstand, das sie all die vorangegangenen Jahre lange belastet hatte: Ihre Erstarrung, die bleierne Schwere der Hoffnungslosigkeit, fortgefegt, aufgehoben und hinuntergespült. Was würde sie mit der Zeit anfangen können, die ihr in jenem Moment zu Füßen lag? Tatsache war, dass sie weder zu putzen, noch einzukaufen brauchte, dass sie sich eine Putzfrau nehmen und sich die Einkäufe ins Haus liefern lassen konnte. Geschenke, CDs, Bücher, Kleidung oder kleinere Gegenstände für ihre Wohnung trug sie selbst, schwere oder lästige Artikel ließ sie liefern. Sollte sie ihre Zeit mit Unnützem verschwenden, sofern da Menschen waren, die dies anstatt ihrer erledigten? Wo würde sie das hinführen? Ihre Zukunft zeigte, wie Johanna ihr Leben zu gestalten dachte, ob sie die Fähigkeit zu Tage förderte, diese schwierige Aufgabe zu meistern, oder ob sie blind, dem Duft der Freiheit folgend, im Sumpf einer an mangelndem Sozialbewusstsein krankenden, verantwortungslos dekadenten, vom unaufhaltsamen

Untergang bedrohten Freizeitgesellschaft versank. Würde Johanna die Zeit wahrhaft zu nutzen wissen?

Johanna verfügte über notwendige Voraussetzungen, ihr Leben zu wählen und ihren persönlichen Vorstellungen entsprechend zu gestalten. Ihre Situation, frei von Autoritäten, bzw. Sachzwängen, ließ zu, sich für etwas zu entscheiden, das Johanna für richtig befand, das sie wünschte. Nichts oder niemand würde ihr Vorschriften machen und zu Verhaltensweisen zwingen können, die nicht ihrer Überzeugung entsprachen. Johanna beschloss, Fragwürdiges mit Zweifeln zu versehen, spürte den Anfänger in sich, und entschied, aufgeschlossen aber kritisch zu urteilen. Ihrer Erfahrungen gemäß beabsichtigte Johanna, unmissverständlich ihre Konsequenzen zu ziehen, sich niemandem anzubiedern oder unterordnen zu wollen, um im Tausch einen Nutzen daraus zu ziehen. Sich einem Gegenstande zuzuwenden, dessen Wirklichkeit Johanna nicht mehr für möglich gehalten hatte, öffnete ihr die Tür, die Johanna einst vermutet, die Hoffnung deren Vorhandenseins zu einem ungewissen Zeitpunkt aufgegeben hatte und seitdem nicht mehr ernsthaft in Erwägung zu ziehen wagte. Johanna erkannte, dass Ben ihr, mit ihrer gewonnenen Freiheit verantwortlich umzugehen, eine schwierige Aufgabe gestellt hatte.

Je länger Johanna über eine Lösung nachdachte, über sich selbst, einschließlich der Perspektiven, desto mehr wurde sie sich ihrer Individualität bewusst: Die Möglichkeit, sein Leben im Rahmen aller Möglichkeiten einzurichten. – Sobald sie ihr Leben aber in absehbarer Zeit eingerichtet haben und ihr Bedarf an Konsumgütern gedeckt sein würde, fürchtete Martin, dass ihr Leben sich als Selbstzweck entpuppe. „Das Leben als Selbstzweck?" fragte Johanna Martin erstaunt. Johanna antwortete prompt: „Fallen innerhalb des Lebens die Notwendigkeiten weg, die Triebfeder des Lebens waren und das Leben bis dahin aufrecht erhielten, fallen Materialismus und Machtstreben aus der Welt hinaus, verschwindet die Furcht ums Überleben, wird das Leben wieder Leben und kann wieder Leben an sich genannt werden. Probleme, die manch Menschen tagelang beschäftigen, die ihm unzählig schlaflose Nächte bereiten und nicht zur Ruhe kommen lassen, entpuppen sich als Nichtigkeit, als Alltäglichkeit des Unsinns. Der Verzicht verbannt solch Sorgen, Nöte und Ängste, bar jeglichen Besitzes. Jenseits allen Statusdenkens findet sich der Raum, den es zu füllen gilt: leere Zeit. Langeweile, unendlich viele Möglichkeiten breiten sich aus, das Leben, offen für Sinn, wird Spiel und Zeitvertreib. Wozu soll ich mich entscheiden?" fragte Johanna. „Sollte sich mein Denken in absehbarer Zeit tatsächlich ausschließlich auf die Bereitschaft reduzieren, mit sich und der Welt verantwortungsvoll umgehen zu wollen?" – Eines Tages, Johanna weiß genau von welchem Tage an, verzichtete sie darauf, darüber nachzudenken, was morgen oder übermorgen sein würde, was es bedeute, ein glückliches oder glückseliges Leben zu führen, ob ihr Leben gelinge, an jenem Tage entschloss Johanna, den Tag dem Willen zu widmen und die Stunden gemäß ihrer Wünsche zu gestalten. Sie beschäftigte sich fortan mit dem, das ihr sinnvoll schien. Sie warf die Küchenuhr in den Müll, bestellte die abonnierte Tageszeitung ab und kaufte lediglich das ein, was sie meinte zu benötigen: „Überfluss", spottete sie. „Schnickschnack. Lediglich das Notwendigste, alles andere stiehlt Zeit."

Wie lebt ein Mensch ohne Uhr? Wie gestaltet er die vierundzwanzig Stunden des Tages? fragte sich Johanna. Für Menschen, die nicht arbeiten, sind Uhren überflüssig. Tag und Nacht, Sonne und Mond sollen fortan mein Motor sein. Im März ging Johanna einige Nachmittage ins Tierheim und nahm den jungen schwarzen Labrador mit zu sich nach Hause. Sie nannte ihn Ben. Morgens um sieben oder spät am Abend gegen elf hörte Johanna Beethoven oder Bach, ganz wie es ihr passte. Früh morgens oder um Mitternacht sah man sie mit Ben in den Parkanlagen der Stadt. Ob zu früh oder zu spät, darüber dachte Johanna nicht nach. – „Was ist tatsächlich wichtig? Kannst du mir das sagen?" fragte Johanna Martin gereizt. – Johanna erinnerte sich an all die Autoritäten, die in den vorangegangenen Jahren überall und stets versuchten, ihr Vernunft einzutrichtern, die überzeugt waren, einen positiven Einfluss auf ihren Lebensweg auszuüben. Eltern, Lehrer, Professoren, Spießer und Idioten, keinen dieser Menschen sah sie im Recht, allesamt argumentierten sie einseitig: Für den Erhalt unserer Gesellschaft, unseres Sozialsystems und der Solidargemeinschaft. – „Zum Teufel mit dem akademischen Pack", fluchte sie laut. – Politisierte man in Johannas Gegenwart, diskutierte man oder wog man ab, meinte Johanna stets die Ursache gefunden zu haben, aufgrund derer viele Menschen Entscheidungen trafen: „Neid. Der Mensch schnitzt das System, gestaltet es aus einem Grund. Besitz gilt es zu erhalten, abzuschöpfen gibt es noch viel mehr." Die Dummheit vieler Argumentationen frustriere sie. „Was wäre, wenn es all das nicht geben würde? Kein Geld, kein Skiurlaub, keine Villen, Designerklamotten oder Luxuslimousinen ...? Was wird passieren? Die Welt wird aufgrund dieser Mängel nicht untergehen oder gar auseinanderfallen. Auch dann wird das Leben auf der Erde auf eine Art weitergehen. Wozu die Angst? Wozu der Hass und die Abgrenzung?"

Ende Januar entdeckte Johanna auf einem Spaziergang nahe dem Michel die leerstehenden und neu zu vermietenden Räume eines ehemaligen Eisenwarenhandels. Wenige Tage später zog sie den ahnungslosen Martin aufgeregt an der Hand hinter sich her, um ihm ihre Errungenschaft in der südlichen Neustadt unverzüglich zu zeigen. Bestimmt schloss sie die Eingangstür auf und präsentierte ihm ihr zukünftiges Atelier: „Überraschung", rief Johanna vergnügt und sah Martin freudestrahlend an, einen ihre Absichten bestärkenden Kommentar erwartend. – Die Räume waren heruntergekommen. Staub hing in dunklen dicken Fäden unter der Decke, die Luft roch abgestanden, modrig, auf dem Fußboden klebte der Dreck. Die Fenster beschlagen vom Schmutz des Regens und der Autoabgase war die Gewerbefläche seit vielen Jahren nicht mehr genutzt worden. Da sich ihr einstiger Besitzer von seinen Erinnerungen nicht zu trennen vermochte, kümmerten sich seine Kinder aus Rücksicht erst um ihre Vermietung, nachdem dieser im vorangegangenen Herbst gestorben war. – „Das hier wird natürlich instand gesetzt", erklärte Johanna beschwichtigend, als sie Martins skeptische Blicke bemerkte. „Alles werde ich von Grund auf renovieren. Angefangen mit den Wänden und der Decke, werden die alte Sanitäranlage und die Heizung ausgebaut und durch moderne ersetzt werden. Alle Fenster und Türen werden dich in Kürze nahezu an ihren Originalzustand erinnern, für eine Kochnische ist im Hinterzimmer genügend Platz. Eine ganze Menge Arbeit, ich denke aber, dass es zu schaffen sein wird." „Davon bin ich überzeugt", lenkte Martin ein. Seine Bedenken, dass Johanna einer ihrer Launen zum Opfer gefallen war, lösten sich bald in Wohlgefallen auf.

Johannas Tatendrang war durch nichts zu erschüttern. Bereits nach wenigen Tagen, als Martin Johanna nachmittags neugierig besuchte, waren die Schaufenster mit Pappe abgeklebt. Die Schleifmaschine, Silikon, Gips und Spachtelmasse lagen auf dem Fußboden verstreut. Johanna stand auf einer Leiter, hielt

Kelle und Eimer in der Hand und verputzte die Decke. Auf dem Kopf trug sie ein Papierschiffchen. – „Süß, nicht wahr?" meinte sie lächelnd und tippte mit der Kelle gegen die gefaltete Zeitung auf ihrem Kopf. „Wozu eine Zeitung alles gut sein kann", bemerkte sie amüsiert. – In den folgenden Wochen sah Martin Johanna überwiegend in alter Jeans, in ausgemusterten Pullovern und Malerkittel, die Renovierung schritt rasch voran. Handwerker kamen, Klempner, Fliesenleger und Elektriker. Sie trugen Rohre, Heizkörper, Waschbecken, Toilette und Spülkasten ins Haus. Kabel wurden neu verlegt, Steckdosen, Lichtschalter, Lüfter und ein Durchlauferhitzer an die Wände geschraubt. Innerhalb weniger Wochen schliff Johanna Wände und Dielen makellos glatt, strich den zur Straße liegenden Raum komplett weiß und lackierte den hellen Estrich in einem matten Ton. Das Hinterzimmer strich sie hellgelb, die Wände der Toilette ließ sie türkis kacheln. In jede Ecke des Ateliers hängte Johanna kleine Lautsprecherboxen unter die Decke, stellte eine silberfarbene Stereoanlage ins Hinterzimmer und putzte die großen den vorderen Raum an zwei Seiten einschließenden Schaufenster. – „Lichtdurchflutet und hell hat ein Atelier zu sein", den Blick frei für Passanten gab Johanna sich ungeniert der Öffentlichkeit preis. – Sie kaufte Holzwerkzeug, Raspel, Feile, Hobel, Sägen und Zwingen, restaurierte einen alten Schrank, zwei Tische und vier Stühle, stellte Regale auf, richtete das Hinterzimmer ein und polsterte ein altes Sofa dunkelblau. Nahezu aus dem Nichts schuf Johanna sich ganz ihrem alten Wunsche folgend ein Werkstattatelier unten am Eck. Schließlich, kurz vor Abschluss der aufwendigen Renovierungsarbeiten stellte sie einen Tisch und eine Bank vor den Eingang auf den Gehweg, lehnte sich hochzufrieden zurück und betrachtete stolz ihr Werk. Nach wenigen Tagen saß Johanna vor ihrer eigenen Töpferscheibe, sie nahm abwechselnd die Modellierhölzer, Schlingen und Bossiereisen in die Hand und formte Teller, Tassen und Schüsseln. Ton, Gips und einen kleinen Brennofen ließ sie liefern, deponierte das übrige Material im Keller unterm Atelier und richtete dort eine Art Werkzeug- und Rohstofflager ein. Anfang April schließlich begann Johanna zu malen. Sie besorgte Malgerät. Bevor sie begann, breitete sie Zeichenblock, Stifte, Leinwand, Holzleisten, Farbtuben, Pinsel und Spachtel zu ihren Füßen aus, setzte sich schweigsam vor die Tür und hörte viele Stunden lang die verschiedenartigste Musik. „Waschgang", nannte sie diese Eigenart, erklärte Martin, dass sie ihren Kopf zu reinigen bedürfe, bevor sie einen klaren Gedanken zu fassen imstande sei.

Martin besuchte Johanna häufig im Atelier. Sofern sie beschäftigt war, ließ er sie in Ruhe. Sie wechselten die notwendigsten Worte, er nahm sich Kaffee oder Tee und begutachtete die Arbeit, mit der sich Johanna jeweils befasste. Martin erwartete nicht, dass sie aufgrund seiner Gegenwart ihre Beschäftigung unterbrach. Der Frühling zog ein, und je wärmer die Temperaturen im Freien wurden, desto öfter saß Martin vor der Tür. Er beobachtete Johanna durchs Fenster, las in einem ihrer Bücher, trank Kaffee, rauchte, ging mit Ben spazieren oder kochte ihnen ein appetitliches Mahl. Sobald Johanna eine Arbeit unterbrach, wandte sie sich einem anderen Gegenstande zu. Sie zeichnete, druckte, töpferte, bemalte Vasen, Krüge und Becher, restaurierte einen Hocker oder eine Kommode. Im Mai stellte sie einen Modellierblock mitten in den Raum, legte die verschiedensten Zirkel, Hölzer, Schlingen, Hämmer und Eisen, die sie zur Fertigung von Skulpturen benötigte, auf den großen Holztisch zu ihren Malutensilien und wuchtete einen Marmorblock durchs Atelier, den sie tags zuvor bei einem Steinmetz ausgewählt hatte. Johanna arbeitete Tag und Nacht, und trotzdem sie sich kaum Pausen gönnte, schien sie dennoch glücklich. Sie hinterließ den Eindruck, auf sich selbst gestellt, unabhängig, wie besessen arbeiten zu wollen. Ganz so als breche sie all die Ideen aus, die in ihr seit Jahren geschlummert und die seit jeher darauf gewartet hätten, dass Johanna ihnen eine Form verleihen würde, schuf sie beinahe rastlos ein Werk nach dem nächsten. Abgeschlossene Bilder hängte Johanna auf, Fragmente oder korrekturbedürftige Entwürfe standen entweder auf der Staffelei oder lagen auf dem Fußboden verteilt. Skulpturen, Keramik und kleine Möbelstücke platzierte Johanna im gesamten vorderen Raum. Mehr amüsiert und vergnügt als beharrlich und mit einer verbissenen, unumstößlichen Ernsthaftigkeit, die nicht den geringsten Zweifel geduldet hätte, erklärte Johanna diesen zum Ausstellungs- und Verkaufsraum. Ben gewöhnte sich innerhalb weniger Tage an Johannas geschäftigen Alltag. Von Beginn an lernte er Johanna nicht anders als arbeitend kennen. Besuchte Martin Johanna, um nach Feierabend aber auch am Wochenende ihr Tagewerk zu begutachten, lag Ben meist vor der Tür auf dem Gehweg. Sobald er Martin erkannte, schlug seine Rute in freudiger Erwartung kräftig auf die Gehwegplatten. Aufzustehen und Martin entgegen zu eilen, kam ihm nicht einmal in den Sinn. Ben rührte sich nicht vom Fleck, schien die Gemütlichkeit ebenso zu genießen, die eine wesentliche Eigenschaft dieser gemeinsamen, zurückliegenden Tage war.

Martin verstand Johannas Bilder anfangs schwer. Saßen sie im Atelier, vor der Tür oder auf dem blauen Sofa im Hinterzimmer, tranken sie Rotwein oder hörten sie Musik und fragte Martin Johanna nach der Bedeutung ihrer Bilder, versuchte Johanna stets, Martin Inhalt und Aussage zu erklären. – Undurchsichtig, kompliziert, auf ihre Art bescheiden, schuf Johanna mit Hilfe ihrer Farben ein für den Betrachter im ersten Moment nicht zu durchdringendes Geflecht. Zahlreich übereinandergedruckte, dünne, überwiegend durchsichtige Farbschichten verwehrten Martin, unverzüglich auf den Grund der Sache zu blicken. Von Schicht zu Schicht, Stufe für Stufe hangelte er sich stundenlang von Farbe zu Farbe durchs Unterholz. Ein dünnes schwarzes, stramm gespanntes Netz schrak ihn ab. Er wich zurück, bis er sich kraftvoll die Machete in der Hand einen Weg bahnend bereit zeigte, sich durch das Gestrüpp zu kämpfen. Gleich eines Kämpfers arbeitete er sich mühsam durch das Dickicht, das Gewehr in Vorhalt hielt er Ausschau nach allen Seiten, überall drohte Gefahr. Links, rechts, vorn, hinter jedem Busch lauerte der Feind, jeden Meter galt es sorgfältig abzusuchen, überall waren Stolperdrähte gespannt. Ein Gefährte, der den Weg nach hinten abgesichert hätte, fand Martin nicht, dass er sich der unabänderlichen Tatsache bewusst war, ganz und gar auf sich allein gestellt zu sein. – Ohne Johannas Erklärungen hätte Martin die Bedeutung ihrer Bilder nie verstanden. Auch heute fällt es ihm ausgesprochen schwer, dasjenige umfassend und abschließend zu beschreiben, das in jenen wenigen Wochen geschah: Je tiefer er in Johannas Bilder vordrang, vorbei an furchtbar grellen, hellen gefahrenverheißenden Farben, dem Schrecken ins Angesicht blickend, schien ihm, als verliefe er sich im Irrgarten seiner Ängste, als liefe er im Kreis, blockiert, einzig durch seine Furcht gebannt. Martin fand keinen Trampelpfad. Sah er zurück, erkannte er nicht, woher er gekommen war. Die ersten Eindrücke ihrer Bilder waren düster, geprägt von einer unvergleichlichen, nie erfahrenen Finsternis.

„Wie erträgst du diese Grausamkeit?" fragte Martin. „Erkläre mir, wie du dich all diesen Schrecken, der

Einsamkeit derart entschlossen entgegenzutreten imstande siehst!" Johanna sah ihn überrascht an. „Ich als
Künstlerin schaffe in der Einsamkeit", antwortete sie.
„Ich verzweifle nicht an ihr. Ich mag die Einsamkeit,
suche ihre Nähe, versuche, mich voll und ganz auf sie
einzulassen. Ich will lernen, mit ihrem Wesen als dem
umzugehen, das es ist. Die Einsamkeit ist Anstoß
meines Sehnens und Strebens. Die Leere, die ich finde, breitet sich wie die See lang und weit vor mir aus,
öffnet einen Raum, der unversehrt und von Niemandes Hand beschmutzt, den ich mit meinen Gedanken zu füllen beabsichtige. Die Einsamkeit saugt trü-
gerische Hoffnung auf, befreit mein Leben von Illusionen und gebiert Dinge, die ich als wahr erachte.
Durch die sich mir offenbarende Welt schaue ich hindurch auf meine Existenz, meine Individualität, auf
die Grausamkeit und Nichtigkeit meiner Umwelt, die
Negation. Ich werde mir der Tatsache bewusst, dass
vieles um mich herum bis auf einen kleinen Bereich
nahezu Nichts ist. Meine Kunst gilt der Reinigung,
durch meine Kunst suche ich, die Welt vom Überfluss
zu befreien. Ich bin überzeugt, dass es eine Wahrheit
gibt, begraben, tief im Innern unseres Wesens, vergessen im tiefsten Grund, hierin bin ich nahezu unbelehr-
bar. Um sie zu finden, steige ich in die Tiefen hinunter, kratze an der Oberfläche und lege das Fundament
Stück für Stück frei. Die Welt von ihrem Dreck zu
befreien, sehe ich einzig als Möglichkeit, mich auf
Notwendigkeiten zu berufen. Die Verneinung gegen-

wärtiger, meiner Meinung nach schlechter Verhältnisse, führt von den mir fremden Dingen hin zum Ursprung der Gegenstände."

Titel für Johannas Bilder fielen Martin nicht ein. Zu Beginn waren seine Eindrücke voller Widersprüche: Sie bargen Ängste, aber auch Sehnsüchte, wühlten Martin derart auf, dass er keine passenden Begriffe fand, die geeignet gewesen wären, der Emotionalität einen Namen zu verleihen, die ihn in jenen Augenblicken ergriff. Allein die Gefahren im Einzelnen zu orten, die er, ohne sich auf Johannas Hilfe verlassen zu können, als solche nie begriffen hätte, eine Welt, wüst, grau, tosend und voller Gewalt, entfaltete Johanna im nächsten Moment unfassbar schöne Weiten in ungeahntem Ausmaß, schillernd und klar. Dennoch: Trotzdem Martin ihre Bilder gefielen und Johanna es verstand, einzelne fragwürdige Momente ihrer Fiktionen zu enträtseln, gelang es ihr nicht, das befriedigende Ergebnis zu bergen, das Martin sich anfangs von einer Reise solchen Ausmaßes versprach. Johanna gab ihren Bildern ebenfalls keine Namen. Ihre Skulpturen hingegen waren solcher Maßen konkret, dass einem Betrachter unvermittelt Titel einfielen, die ihrem Gegenstande entsprachen: Der Kämpfende, Ängstliche, Zurückschreckende oder Träumende. Das Schwierige an Skulpturen sei, die Mimik und Gestik präzise zu erarbeiten, dass auf deren Gefühlszustand unverzüglich zu schließen sei. „Meine Formen versuchen, dem Abstrakten eine Gestalt zu verleihen. Angst, Furcht,

Wunsch, Wut, komplizierte Eigenschaften, die, sofern überhaupt, schwer zu verstehen sind. Durch sie gelangen Verwirrung, Unklarheiten in mein Leben, die ich nicht begreife, derer ich nicht Herr bin. Die Ursachen scheinen nicht greifbar, diese zu erforschen, zeige ich mich bestrebt", erklärte Johanna. „Die Gründe sind vielfältig. Zunächst sehe ich mich jedoch nur imstande, keine weitere Alternative in Betracht zu ziehen, als den Betrachter der Möglichkeit einer weiträumigen Interpretation zu überlassen." Sofern sie der Gewissheit nicht habhaft sein würde, sich auf einen Gegenstand festzulegen, bliebe ihr nichts anderes, als unendlich vielen Möglichkeiten Geltung zu verschaffen, das endgültige Urteil zu meiden. „Die Vielfalt von Meinungen regt das Denken an, jede Meinung erreicht das gleiche Maß an Gültigkeit, sofern ihre Argumentation schlüssig ist und einer Diskussion standhält. Ist das eine Schwäche?" Johanna sah Martin fragend an. „Nein", fuhr sie fort, ohne Martin zu Wort kommen zu lassen. „Vor Jahren sagte ein Professor, dass es Schwäche sei, sich nicht auf einen Gegenstand festlegen zu können. Unentschlossenheit, Unsicherheit, Zögern und Zweifel seien Zeichen, sich kein Urteil bilden zu können und den Gegenstand einer Sache nicht zu erfassen. Genau das war es, das ich mit Hilfe meiner Farben auszudrücken suchte." Die Farben ihrer Bilder symbolisierten nichts anderes als emotionale Zustände. Dass Johanna in dem Betrachter Assoziationen auslöste, die mit ihrer Fiktion nichts gemein hatten, darüber übte sie keine Macht aus. „Unentschlossenheit. Ist diese ein Problem des Malers?" fragte Johanna. „Hindert ihn die Vielfalt oder noch besser: Verbietet ihm die Vielfalt nicht vielmehr, sich eines voreiligen Urteils zu bemächtigen? Wessen kann ich mir heute tatsächlich gewiss sein?" Ein Diktum bleibt reine Möglichkeit. In höchstem Maße appelliert es an die Willensbeteiligung und Prüfung des Einzelnen, legt Fragen und Zweifel offen. Kontraste greifen Allgemeines und Prinzipien auf, rufen Ziele und Hoffnungen hervor, die im Gegensatz zu gegenwärtig unhaltbaren Zuständen der Versuch eines Lösungsvorschlags auf oft nicht abschließend beantwortbare Fragen sind. Einzig das Prinzip vereinfacht, minimiert, zentriert das ganze Durcheinander mit Hilfe weniger Worte, gestaltet die Welt überschaubar und schafft eine Art Überblick. Prinzipien erschöpfen sich, zugleich Endpunkt oder Keimzelle eines Gedankens zu sein.

Ende Juni legte Johanna resigniert den Pinsel aus der Hand. Sie setzte sich zu Martin auf die Bank vors Atelier und verbarg den Kopf schützend in ihren Händen. Verzweifelt rieb sie sich Stirn und Gesicht, fuhr sich durchs Haar und meinte, dass es ihr nicht möglich sei, die Welt in der Form darzustellen, wie sie wirklich sei. „Es will mir nicht gelingen, ein Gesamtergebnis zu erzielen", sagte sie. „Die Welt in eine Ordnung pressen oder ein Bewusstsein von ihr zu erlangen, vergeblich. Was mir gelingt, sind Ausschnitte.

Ausschnitte meiner Lebenswelt, meiner Subjektivität, das, was ich zu begreifen imstande bin. Ich finde mich wie den Fleck auf einer Landkarte, meine Bilder schließen das ein, soweit ich blicken kann, sie sind das Bewusstsein von einer Welt, die ich aus meiner Perspektive erblicke. Meine Darstellungen sind unvollkommen, sind Bewusstsein, kleines Bewusstsein von Welt. Die vielen Dinge, die in meinem Kopf herumspuken, unter eine Kuppel zu fassen, will mir nicht glücken. Diese Form, dieser Versuch scheint unmöglich, widerspenstig trotzt er jeglicher Vernunft."

Zweifel hegte Johanna stets. An diese Eigenschaft gewöhnte sich Martin im Laufe der Zeit. Von diesem Tage an ging es rapide bergab. Bis zu ihrem Abflug im Juli zeigte Johanna keinerlei kreative Aktivitäten mehr. Häufig saß sie teilnahmslos herum, rauchte, trank Wein und hörte Musik. Martin war überzeugt, dass Johanna sich mit den Erwartungen, die sie an sich und ihr Schaffen stellte, mit Sicherheit zu viel zumutete. Die Absicht, sich innerhalb weniger Monate einen befriedigenden Überblick zu verschaffen, war eindeutig zu viel verlangt. Martin empfahl, auf all ihre Fragen mit mehr Gelassenheit zuzugehen, Johanna aber mangelte es an Geduld. Eines Nachmittags überraschte Martin Johanna im Hinterzimmer ihres Ateliers: Vor ihr auf dem Fußboden ausgebreitet lagen die Fotoalben ihrer gemeinsamen Reise mit Ben. Als Johanna erschrocken aufsah, blickte Martin in ein rotes, aufgequollenes Gesicht. Johanna weinte. Nach dem

Grund ihrer Trauer zu fragen, hielt Martin für überflüssig.

Johanna saß auf der Bank am Fenster zur Straße, im vorderen Bereich des Café Kommunal. Ihr Lieblingsplatz. Zeit der Ruhe, Zeit der Gedanken, vor ihr auf dem kleinen Marmortisch: ein Glas Rotwein, eine Schachtel Zigaretten, Feuerzeug und Aschenbecher. Stilleben, dachte sie, lehnte mit dem Rücken an der Wand und richtete ihren Blick stumpf auf die Lehne des freien Stuhls, der ihr gegenüber stand. Sie war allein, wollte allein bleiben, sie verzichtete auf jegliche Art von Gesellschaft. In der rechten Hand hielt sie eine Zigarette, rauchte in langsamen Zügen und nippte gelegentlich an ihrem Glas. Gedankenpause: In ihr herrschte das große Schweigen, eine tiefe Stille, lang und weit ausgedehnt. Ihre Gedanken ruhten, die Zweifel leer, das Wichtige, so schien es, weilte in weiter Ferne.

Johanna stellte sich vor, am Rande eines Feldes zu stehen: Der Raps steht in voller Blüte, das Gelb reicht bis zum Horizont. Der immerwährende Sturm ihres Innern hält für einen Augenblick inne, Ebbe, sie erlebt einige Minuten der Erholung. Für einen kurzen Moment sah sie die Antwort ihrer quälenden Fragen klar vor Augen: Bei mir.

Wie ich mich fühle? Johanna überlegte und erinnerte sich sofort:

Verschwunden, eingekehrt in den Hafen Eudämonis,
ein Zustand vollkommener Befriedigung, ein Ort der
Wunschlosigkeit. – Nach langer unermüdlicher Fahrt,
der schwere Gang durch das hölzerne Tor öffnet den
Blick: Vor mir der Kosmos, die Sterne, Weltatem,
Regelmäßigkeit, Rotation. – Frei, das Tor zur Welt
steht offen, erblicke ich Schönheiten, die ich bis dahin
nie erblickt: Einfach, klar, zurück bleibt einzig Stau-
nen.

Martin war bestürzt: Johanna saß auf ihrem Bett und
lehnte mit dem Rücken an der Wand. Nachdem sie
kurz nachgedacht hatte, zog sie die Beine an, umschloss diese mit beiden Armen und begann zu erzählen. Martin saß schweigend neben ihr. An jenem
Abend schien ihm, als breite sie ihre gesamte Welt zu
seinen Füßen aus.

Johanna gewährte Martin den Blick in ihr blutendes
Herz. Sie stand vom Bett auf, ging zu ihrem Schrank
hinüber und zog einen Schuhkarton heraus. Wenige
Sekunden später hielt sie Daniels Zeilen in den Händen, als sei es gestern gewesen. Vorgestern im Wald,
im Gras unter freiem Himmel, die Wipfel der Bäume
hoch über ihnen, tags darauf: *Für Dich in Liebe, Da-*
niel Luchterhand. Der umgestürzte Hocker auf dem
Dachboden seiner Eltern, Kaffee in der Küche, Tränen
in den Augen, hielt sie den aufgerissenen Umschlag
zitternd in der Hand. Dies waren grausame Minuten
ihrer Vergangenheit. – Warum? fragten die verzwei-

felten Augen einer gebrochenen Mutter die neunzehnjährige Johanna. Ein zaghaftes, hilfloses Schulterzu-
cken, es herrschte die Fassungslosigkeit. „Woher soll
ich das wissen? Nun sehen Sie mich doch bitte nicht
so an!"

Daniel: Johannas erste, sicher nicht ihre letzte große
Liebe, da war Ben. Daniel brach Johanna das Herz,
der Riss der Wunde war bis heute nicht verheilt. Seit
diesem Tage beschäftigten Johanna viele Fragen, auf
die sie keine Antworten fand. Ohne mit ihr zuvor über
seine Probleme oder Freitodgedanken zu sprechen,
hing Daniel sich eines Nachts auf dem Dachboden
auf. Das war inzwischen sechs Jahre her. Lange meinte Johanna, versagt zu haben, nahm alle Schuld auf
sich und bildete sich ein, ihm die Liebe zu geben,
derer er bedurfte, nicht imstande gewesen zu sein. Das
einzige, das ihr aus dieser Zeit blieb, waren diese Zeilen, die Erinnerungen, ein Abschiedsbrief, der für
niemanden bestimmt war, und ein Foto, das sie heimlich aus dem Sekretär der Eltern nahm.

Johanna mochte die Zeilen. Sie verwahrte diese wie
einen Schatz in ihrem Gedächtnis, sprach die Worte
leise vor sich her, damit sie niemand hörte, und rezi-
tierte sie, sobald sie sich einer Entscheidung nicht
sicher war und letzte Zweifel sie ihrer Intuition zu
berauben drohten. Ihr gefiel der mystifizierende Charakter der wenigen Zeilen, ebenso wie sie Gralserzäh-
lungen oder Sagen mag. Die Geschichten der griechischen Mythologie begleiten sie seit ihrem sechsten

Lebensjahr. – „Mythologien bergen Hoffnung, sie spenden Sinn und erhalten Platz für Träume. Trotz einer gewissen Einfältigkeit, halten sie die Ahnung aufrecht, dass da was ist, das man nie für möglich gehalten hätte. In ihren Worten schwingt Glückseligkeit." – Johanna wird den Entschluss ihres Freundes nie verstehen, der sich einsam vor einem tiefen Abgrund sah, sich von der Welt abwandte und ihr entrückte, anstatt dieser entschlossen gegenüber aufzutreten.

Jetzt sitze ich hier, dachte Johanna, trinke Wein und rauche eine Zigarette nach der anderen. Seltsam. Das allein aber genügt mir schon. Was bleibt nach dem lauten Schrei? Was, sofern der Geliebte den Liebenden einsam für sich in dieser Welt zurückgelassen hat? Ist es wirklich nur das laute Lachen, sobald der Betroffene zu Bewusstsein kommt? Eine dürftige Erklärung, die mich nicht zu überzeugen vermag. Den Liebenden in eine qualvolle Einsamkeit zu stoßen, ihn in eine Welt zu schleudern, in der er den Umgang mit einer Umwelt zu lernen hat, der jeglicher Sinn abhanden kam, ist ein Erbe, das dem Verrat sehr nahe steht. Scheint die Liebe einzig das Mittel, gemeinsam der Einsamkeit zu entrinnen, spüren die Liebenden während ihrer gemeinsamen Stunden kaum Schmerzen, da zu eins niemandes Hand die Kraft besitzt, sie zu verletzen. Ich spüre eine unheilbare Krankheit in mir, die nur der Mensch zu spüren imstande ist, dem man während seiner Geburt das Herz aus seinem Leibe riss.

Berühre ich meine Brust, klafft dort eine Wunde, taste ich in ein tiefes dunkles Loch. Einzig Daniel fühlte sich verantwortlich. Einst führte er mich fort, fand an wundersamem Ort, in einer düstren Grotte verborgen ein wild pulsierend blutend Herz. Mit sanfter Hand hob Daniel das Verlorene auf, pflanzte es sorgsam an die Stelle, die ich stets leer fand, und hauchte mir dort Leben ein, wo die Herzen seit Urzeiten schlagen. Unstillbar auf der Suche nach Erklärung, die bis zum Schluss unklar bleiben wird, schimmert vage durch den Schleier meiner Fragen, das nicht leicht zu finden war, das ich nach mühevoller Kleinstarbeit aus dem hintersten Winkel geborgen gleich Flickwerk in meiner Brust zu tragen hüte. Unvollkommen, unzähliger Fehler belastet, frei von meiner Not, werde ich mir allmählich dem ureigensten Wunsche meiner Wurzel gewahr.

Was fühlt der Mensch, dem man das Herz herausriss, ohne sich je seines Einverständnisses vergewissert zu haben? Wird er tatsächlich nie wieder zu lieben brauchen, nachdem man ihm sein Wesen herausschnitt und ihn der inneren Uhr seines Menschseins beraubte? Wie reagiert der Mensch, sobald er aus seinem tiefen Schlaf erwacht? Er erinnert sich. Der Mensch wird sich des Fatalen seiner Situation bewusst. Er erwacht an einem Ort, dessen Licht er plötzlich als Dunkelheit begreift. Schemenhaft bewegen sich seine Mitmenschen, gekrümmten Rückens queren sie die Straße, Leichengeruch hängt modrig in der Luft. Der morbide

Duft des Niemandsland richtet den Blick stumpf geradeaus, tränkt einzig Verzweiflung das Gemüt. Dieser Mensch entwickelt die Fähigkeit, Leben in Schatten zu verwandeln, fühlt sich als Magier, wird sich einer ihm angeborenen, ungewöhnlichen Eigenschaft bewusst. Zwangsläufig führt er sich vor Augen, dass jegliche Ziele sich als Illusion entpuppen, die bis dahin wegweisend sein Leben um ihrer selbst willen bestimmten und dies fraglos, ohne je ihren Sinn angezweifelt zu haben, aufrecht erhielten. In seinem Kopf spürt er einzig das Hämmern, dass all sein Handeln sinnlos war, in seinem Innern fühlt er das Loch, das ihn seiner Vergangenheit beraubte. Für das verpfuschte Leben, das vollkommen unnütz im Leeren schwebt, sucht er diejenigen zur Verantwortung zu ziehen, die sich einst ermächtigt fühlten, das Skalpell auf seine Brust zu setzen und ihn ihrer Willkür zu unterwerfen, ohne sich seines Einverständnisses vergewissert zu haben. Bedeutungslos, losgelöst jeglichen Maßstabs, versickert alles Streben in einem Gully. Ehemals an Vorgaben, Normen und Regeln orientiert, steht der Mensch hilflos im Rinnstein, sieht zu, wie all seine Zwänge versickern, sieht keine Perspektive und verfügt über kein Mittel, der Welt mit Würde gegenüberzutreten. Dieser Mensch könnte sich zum Verlierer erklären und eines Tages geplagt mit Selbstmordgedanken spielen. Da sein Leben jegliche Gewissheit verlor, seinen Sinn und das bisherige Handeln in Frage stellt, überzeugt ihn einzig der Tod als Ausweg aus seinem persönlichen Dilemma. Das Lachen ist ihm schnell vergangen. Einen Kreuzer koste den Menschen die Überfahrt, sofern das Licht erloschen. Der Mensch wird gleichgültig, ist weder an seinem, noch an dem Wohle anderer tatsächlich interessiert, zeigt er sich imstande, sogar den Liebenden zu verraten. In die Tat umgesetzt sieht das wie folgt aus:

Ihr fragt, warum ich mich umbrachte, warum ich mich für den Tod und nicht für das Leben entschied, ich will versuchen, eine Antwort auf diese Fragen zu finden. Nachdem mir bewusst wurde, dass es mich nicht gibt, dass es mich nie gab und dass es mich nie geben wird, schien mir der Tod mein letzter Ausweg zu sein. Meine Probleme waren nicht meine, sie waren eure, aufgebürdet, indem Ihr mich in diese Gott verdammte Welt warft. Die Umstände bestimmten meine Entwicklung. Die Ungewissheit, mir nicht dessen gewiss sein zu können, ob ich Herr über mein Leben bin oder ob Ihr es seid, ob ich mir meine Probleme schuf oder ob Ihr es wart, weckte in mir Hass. Ich hasste nicht nur Euch, ich hasste auch mich. Einige Male spielte ich mit dem Gedanken, Euch zu töten. Euch zu töten, schien mir jedoch nicht der rechte Ausweg aus meinem Dilemma zu sein. Ich hasste mich dafür, zu schwach zu sein und nicht die Kraft zu besitzen, Herr über mich, meine Probleme, über Euch und eure Bestrebungen zu werden, die Ihr mir auferlegtet. Ich konnte mich und meine ganze Erbärmlichkeit nicht mehr ertragen.

Dort, wo ich jetzt weile, gibt es diese Probleme nicht mehr, gibt es Euch nicht mehr und das nicht, mit dem Ihr mir mein Leben schwer machtet. Dort, wohin ich entschwand, verspreche ich mir Erleichterung. Was waren das für Probleme? Kleinigkeiten, vollkommen unwichtiger Kram, mein ganzes Leben einverleibend: Karriere, Macht, Geld, die

Motivation, mehr aus meinem Leben zu machen, das nicht meines war. Mir schien, dass mein Leben nur so lange über einen Sinn verfügte, solange es euren Ansprüchen genügte. Damit ist jetzt Schluss, ich habe Euch gewarnt. Meine Zufriedenheit, mit wenig zurechtzukommen, teiltet Ihr nicht. Ihr wolltet mehr, mehr als Ihr selbst schuft, wolltet, dass ich mehr aus meinem Leben mache. Ununterbrochen habt Ihr auf mich eingeschwätzt und mir euren Willen mit Drohungen und Strenge aufgezwängt. „Lasst mich in Ruhe!" Ich sagte es oft genug. Ihr wolltet nicht hören.

Lasst es Euch gesagt sein: Lasst eure Mitmenschen so leben, wie sie leben wollten, und nicht, wie Ihr es wolltet. Schweißt eure Mitmenschen nicht in Hüllen ein, konserviert sie nicht in Dosen, damit sie Euch keinen Schaden zufügen, unter Umständen weisen sie auf eure Erbärmlichkeit hin. Ich wurde nicht geboren, um eure Sinnlosigkeit zu ersetzen, um euer Sinnloch zu stopfen. Packt Euch an eure langen Nasen, versucht mich zu verstehen: Ich war nicht ich, ich war Ihr. Ich hasste mich dafür. Und wenn nicht ich, so fand ich, hatte mein Leben keinen anderen Sinn als euren. Das schien mir vollkommen sinnlos zu sein. Betrachtet eure Armseligkeit und überlegt, ob zu leben sich für Euch überhaupt lohnt. Ich für meinen Teil habe auf diese Frage eine Antwort gefunden. Daniel

Dies waren Daniels letzte Worte, die er kurz vor seinem Tode niederschrieb, die er niemandem zu lesen gab. Johanna fand den Zettel in einem kleinen Buch, das auf seinem Nachttisch lag, er steckte zwischen den Seiten. Das Buch selbst hatte Daniel nicht durchgelesen. Heute bereute Johanna zutiefst, das Buch nicht eingesteckt zu haben, statt dessen ließ sie es auf dem Nachttisch liegen. Dass das Buch ihr hätte helfen können, die Antwort auf ihre Fragen zu finden, darüber dachte sie an jenem Morgen nicht nach. Später, als sie das Buch zu holen beabsichtigte, lag es nicht mehr an seinem Platz. Sie wusste nicht, welcher Autor Daniel dahingehend beeinflusst haben könnte, sich das Leben zu nehmen, dies wird sie nie erfahren.

Mein Gott, dachte Johanna, wie dumm und einfältig ist diese Welt. Dennoch: Ich benötige ein Mittel, dieser mit Würde gegenüberzutreten. Leicht gesagt. – „Soll ich lachen oder weinen?" fragte sie Martin. „Das große Lachen. Ist dies wirklich der Weisheit letzter Schluss? Witze gehören zu den wenigen Augenblicken, in denen sich Freude und Trauer paaren, das Leben aber ist doch kein Witz." – Johanna erzählte. Den Blick auf ihren kleinen roten Koffer gerichtet, der rechts neben ihr auf dem Boden des Café Kommunal stand, lauschte Martin ihrem vorerst letzten Monolog:

Das Leben ist absurd. Ich bin ein Nichts. Täglich fühle ich mich am Anfang. Jeden Morgen, sobald ich aus dem Fenster sehe und überlege, wie ich meinen Tag zu gestalten beabsichtige, fühle ich mich gleich eines Anfängers hilflos dem Universum an Möglichkeiten ausgeliefert, für keine der unendlich vielen Möglichkeiten entscheide ich mich endgültig. Diese Unentschlossenheit droht mich in den Wahnsinn zu treiben, in mir klafft ein Loch, das ich nicht zu füllen vermag. Vielleicht sollte ich tatsächlich warten, bis jemand kommt, der mir die Entscheidung abnehmen wird. Das würde einiges erleichtern. Bestimmt wird niemand kommen, der mir weiterhelfen kann, da bin ich mir ziemlich sicher. Ich werde mich wohl oder übel damit abzufinden haben, ganz allein auf mich gestellt zu sein.

Das Leben ist voll von Schönheiten: Motive, Reize, Wünsche. Man hat richtig hinzusehen und, ohne lange zu zögern, so schnell wie möglich zuzugreifen, bevor die Chance vertan sein wird. Lange entschied ich mich nicht. Statt dessen saß ich hier, ließ die Zeit ungeschehen verstreichen, trank Wein und rauchte eine Zigarette nach der anderen. Worauf wartete ich? Warum harrte ich aus und machte Rast? Ich bin nicht desinteressiert. Die Gewissheit, dass nichts Besonderes kommen wird und dass all das, das kommen wird, dem vorangegangenen ähnelt, hielt mich zurück und fesselte mich an diesen Platz. Als Fremde bewege ich mich unter den Menschen, fühle mich geächtet und in die Verbannung gejagt. Die Spielregeln dieser Gesellschaft akzeptiere ich nicht. Die Technik drängt die Schönheit an den Rand des Interesses, manch Mensch befindet sich in der Krise, überall wüten Verfremdung und Zerfall. Wo ich hinsehe, erkenne ich Uniformen, was kaum einer wahrhaben will. Trotz der Vielfalt scheint alles gleich, scheint ein und derselbe Prozess, viele Menschen in verschiedenste Uniformen gesteckt. Auf der Besonderheit lastet der Schatten der Konformität. Die Luft ist steril, Zahntechnik, Kosmetik, massierte Beine, Fitness, Körperkultur. Schlankheitspillen en masse ebnen den einen Weg in die Freiheit, der

Wettlauf mit dem Alter: Vielleicht werde ich entdeckt, ganz bestimmt werde ich berühmt. Fernsehen, Klatschzeitschrift, Modejournal, I´m the winner, I take all.

Die Privatisierung der Medien, Wettbewerb und Konkurrenz sind der Motor systematischer Verdummung. Bedürfnisse werden produziert, Werte zerfallen, man erkennt die Welt nicht wieder, findet keine entsprechenden Bilder in der Erinnerung. Wahrheiten liegen zerstreut auf dem Boden, gleich platt getretenen Dosen, alt und verbraucht. Hineingestopft in Müllsäcke stehen sie nutzlos am Straßenrand bereit für den Abtransport durch die Stadtreinigung. Verzweifelt suche ich nach Schönheit, kratze an der Oberfläche, kratze am Kalk, unter dem ich das schillernd Blau zu finden hoffe, die Finger blutig. Soll ich mich der Werte annehmen, um sein zu dürfen? Habe ich mich nicht zu wehren, nicht zu verhindern, dass die Wirklichkeit wegschwimmt, fort der Ideale, hin zum Ufer der Verantwortungslosigkeit? Zum Sklaven degradiert, wird der Mensch unterworfen, geknechtet. Schwachköpfe belegen ihn mit Qualen und halten sich für ganz besonders klug: Das tun wir doch alles nur für euch! Die Vereinfachung, Medien und Politik, Kanalisierung und Verfälschung von Information verfinstern meine Lebenswelt. Hilflos fühle ich mich der Macht anderer Menschen ausgeliefert, die über mehr Wissen verfügen, Wissen, das brisant ist, das unter allen Umständen geheim zu halten ist. Abgeschirmt von der Öffentlichkeit, Geheimdienste, Spionagesatelliten, organisierte Verbrecher, die den Staat schmieren, klären auf und halten Informationen unter Verschluss. Ab und an lassen sie den Knüppel aus dem Sack. Was wirklich ist, das wissen die wenigsten. Es sind diejenigen, die über das know how verfügen.

Ich demaskiere das Handeln, den Schein und die Illusion. Ich kehre zurück zum Wesen der Dinge, ich stehe nicht gleichgültig am Straßenrand, sondern reiße die Müllsäcke auf und streue deren Inhalt auf die Straße, damit jeder sieht, was weggeworfen, was zu Unbrauchbarem erklärt und eingebüßt wird. – Eine Verrückte! schreit so´ne blöde Ziege: Ruf doch einer die Polizei! – Ich zerstöre und erbaue zugleich, spüre das dringende Bedürfnis, mich aus der Leibeigenschaft zu stehlen, wende mich gegen den Fortschritt, um nicht vom Strudel der Zeit fortgerissen zu werden, ich lehne mich auf: Gegen den Fortschritt! Gegen den Konformismus! Gegen die verirrten, sogenannten individualistischen Züge unserer Zeit! Nichts steht still. Ich halte das Rad an, das mir Ketten anlegt, das mich vorwärts treibt in den Keller, in die Folterkammer der Erfinder und Designer. Ich baue eine Barrikade im unendlichen Raum der Sinnlosigkeit und zünde sie an. Ichgier, Macht der Welt, Herrschaft der Hoffnungslosigkeit, die weder Gefühle kennt, noch wahrhafte Bedürfnisse zu wecken weiß. Menschenleben wägt sie ab wie faules oder reifes Obst und wirft dies achtlos zu Boden. Gleich eines dünnen Films breitet

134

sie die Sinnlosigkeit über die Erde aus, schweißt die Menschen unter einer zähen Folie ein, dass ihre Herzen zu Eis erstarren. Die Gefühle werden auf den Müll geschleudert, dem Menschen seine Emotionen entrissen. Zu Maschinen umfunktioniert, degenerieren Menschenleben zu Zahlen. Konsumenten, Todesopfer, Arbeitslose, Sozialhilfeempfänger ..., die Körper getreten, Verluste sind stets einkalkuliert, verkörpern sie ausschließlich ein statistisches Problem.

Wo wird dieser sich verselbständigende Fluss seine Grenze erreichen? Die stetige Veränderung? Ich erkenne kein Objekt. Das Erkennen ist unmöglich, war niemals möglich und wird nie möglich sein. Alles scheitert am Versuch. Zu einem überzeugenden Ergebnis werde ich niemals gelangen. Zerstörung und Erneuerung, nichts hat Bestand. Jeder Versuch einer Erklärung scheitert zwangsläufig. Alles, was geschrieben steht, gehört der Vergangenheit an, ist alt, morbid, nicht aktuell. Diese Gewissheit zu akzeptieren, fällt schwer, kraftvoll drückt sie mich mit dem Rücken an die Wand. Der Widerstreit meines Innern hält mein Wesen wach, die Akzeptanz findet keinen Halt. Meine Zweifel lichten den Anker, vereinsamt überquere ich die Straße und spüre die Angst, ich kann sie förmlich riechen. Der Schein vor meinen Augen, Leichengeruch. Gleich Gespenstern huschen die Menschen gehetzt an mir vorbei. Lebende Tote, fahle Gesichter, die ganze Welt scheint ein Massengrab, leblose Masse, Schwarzweißfilm, Historie, Leben an sich nehme ich nicht wahr. Ich mag nicht glauben, ich sei nicht im Besitz einer Persönlichkeit, nahezu entpersonalisiert, irgendein Rest wird von mir irgendwo vorhanden sein.

Ich suche: Jenseits des Räderwerks, neben dem Mühlstein, weit hinten im Gras. Mein Denken sträubt sich gegen den Fortschritt. Ich tanze aus der Reihe, erblicke die Unendlichkeit meiner Seele. Losgelöst der Masse entdecke ich meine Rolle. Das Drehbuch in der Hand sitze ich in einem weiß gestrichenen Raum, betrachte mich in dem großen Spiegel einer Theatergarderobe und versuche, mich zu entscheiden. Vor mir auf dem Schminktisch stehen alle denkbaren Schminkutensilien, Kosmetika, die ich für eine komplette Veränderung meines Äußeren benötige. Hinter mir steht eine Kleiderstange, auf der unzählige Kostüme hängen. Einige Minuten lang betrachte ich mein Spiegelbild. Maßstäbe, Modevorgaben, gesellschaftliche Zwänge befinden sich in weiter Ferne, ich erinnere mich nicht, alle habe ich vergessen. Ich werfe einen Blick in das Drehbuch, lese die Regieanweisung, identifiziere mich mit keiner Rolle, die mir zugewiesen wird, die ich spielen soll, die Kleidung will zu mir nicht passen. Das Kostüm ziehe ich aus, sehe mich um und probiere andere Kleider. Krankenpflegerin, Ärztin, Schutzmann, Bankangestellter, Terrorist. Nicht ein Kostüm gefällt mir, nie stelle ich das dar, was ich zu sein meine. Jeden Augenblick lege ich mich fest, entscheide mich neu, entdecke ein anderes Kleid, eine andere Rolle, keine überzeugt mich, bleibt Verkleidung, nach Karneval stand mir nie der Sinn. Meine Individualität empfinde ich als das, was von mir übrig ist: Ein kleiner roter Ball auf meiner blassen Nase. Ich verlasse die Garderobe, irre durch die verwinkelten Gänge des Theaterkellers, ein Labyrinth. Maskenbildner, Masseure, Friseure und Schneider lungern erwartungsvoll in den Türen herum. Als sie mich erblicken, starren sie mich an. Der geile Sabber läuft aus ihren Mundwinkeln: Ich bin nackt. Hinter einer Tür versteckt, entdecke ich ihren onanierenden Chef. Ich bleibe stehen, baue mich provozierend vor ihm auf, betrachte ihn, seine Halbglatze, anschließend sein armselig krummes Geschlecht. Erschrocken sieht er mich an, seine Hand hält inne, große Augen: Krieg den Mund mal wieder zu! Erwischt, denke ich. Der Chef starrt auf mein Geschlecht, meine üppig behaarte Scham. Ich gehe leicht in die Hocke, ziehe meine Schamlippen auseinander und stecke mir meinen rechten Zeigefinger rein. Der Chef staunt blöd, bekommt seinen Mund nicht zu. Er sieht zurück auf sein Geschlecht, das mit einem Mal klein und schrumpelig ist. Lachend wende ich mich von ihm ab, lasse ihn wortlos stehen und laufe weiter. Lächerlich, übrig bleibt einzig mein Spott.

Der Freiheit zugewandt verlassen vor mir einige Menschen das Labyrinth. Neu eingekleidet steigen sie am Pförtner vorbei die Stufen ins Freie hinauf. Kaum dass sie das Tageslicht erblicken, kehren sie wieder um. Spürten sie während ihres Aufstiegs für wenige Sekunden etwa Glück, stellen sie die oberste Stufe erreicht erschrocken fest, dass die Angestellten sie schlecht berieten. Empört steigen sie die Stufen in den Keller zurück: Reklamation! Betrug! Draußen ist jemand, der das gleiche Kleid trägt wie ich. – Beschweren Sie sich beim Chef, ich bin der Hausmeister, antwortet der Pförtner gleichgültig. Der Chef, winkt ein Schneider ab, der hat keine Zeit. Der befindet sich in einer wichtigen Besprechung. – Niemand fühlt sich für das Malheur verantwortlich. Individualität ist der spontane Entschluss in Freiheit gegen Gleichförmigkeit, steht über dem Eingang neben der Pförtnerloge auf ein Plakat gedruckt. Es ist sinnlos, denke ich. Es gibt für wahr nichts, das sich die Werbebranche nicht zu eigen macht. Ständig werden Worte missbraucht, Manipulation richtet sich von Haus aus gegen das Individuum. Hauptanliegen unsererseits ist doch nur, stets den Absatz zu steigern! höhnt dort ein Masseur.

Der Mensch ist eigen, denke ich. Er verfügt über Gewohnheiten, richtet die verbliebene Zeit innerhalb seiner Lebenswelt entsprechend seiner Möglichkeiten, Vorstellungen und Wünsche ein, der Mensch ist Spielball seiner selbst. Er ist der Maßstab für das, was ist, er entscheidet darüber, welche Maßstäbe Einkehr in seine Lebenswelt erhalten, er entscheidet, was er wissen oder was er vergessen will. Er bildet sich ein, ein Individualist zu sein, verwirklicht das, was er mag, was er will, was ihm gefällt. Alles scheint eine Frage des guten Geschmacks. Niemand aber weiß recht, was das ist. Was ist richtig? Was ist falsch? Die Überzeugung steht auf wackeligen Stelzen, stets droht sie einzubrechen.

Johanna verstummte. Sie sah auf die Uhr, trank den letzten Schluck Wein aus ihrem Glas und stellte das leere Glas vor sich auf den Marmortisch. Abwartend sah sie Martin an. Verlegen wich er ihrem ruhenden Blick aus, sah verunsichert zu Boden und dachte angestrengt nach. Johannas Worte befremdeten ihn. Martin war sich ihrer Wut und Verzweiflung bewusst, verstand die Hilflosigkeit einer vollkommen bedingungslos Liebenden, zurückgelassen vom Geliebten in einer für sie sich offenbarenden Welt ohne Sinn. Der verzweifelten Suche nach dem Mittel, dieser mit Würde gegenübertreten zu können, das gleich einer Wunderwaffe die tiefe Stille zu vertreiben sich imstande zeigen würde, der Ohnmacht und Enttäuschung, Johannas Sehnsucht und weiter Leere zu begegnen, wusste Martin sich keinen Rat. Er meinte, gegenwärtig über keine bessere, nicht zufrieden stellende Lösung zu verfügen, als zu schweigen. Erinnerte er sein Unverständnis hinsichtlich Johannas verunglückter Beziehung zu Christian und seine Schadenfreude, kurz nachdem Johanna Christian grußlos verlassen hatte, wurde er sich kurzerhand seiner eigenen Unbeholfenheit bewusst, die es ihm nie ermöglichen würde, Johanna dorthin zu führen, wo Daniel und Ben sich ihr einst eine Antwort auf ihre quälenden Fragen zu präsentieren imstande zeigten. Dem Leben eine nie geahnte Leichtigkeit zu verleihen, die sämtliche Leiden in den Schatten rückt, die alle Fragen ins Nichts katapultiert und ganz dem ursprünglichen Wunsche folgend einen Zustand vollkommener Befriedigung hervorruft, bleibt einzig das Gefühl, der Welt abhanden gekommen, das Wesen der Dinge, das von jeher hinter dem Schleier der Vergessenheit ruht, zu bergen und dessen wahrhafte Schönheit zu erblicken. Hält der Mensch sein Glück in beiden Händen, starrt er unentwegt in brodelnd Glut, will er von dem nicht lassen, das sein Herz zu blühen schlägt.

Sofern der Liebende vom Geliebten in der Welt allein zurückgelassen, verraten und in die Einsamkeit gestoßen nach und nach zu Bewusstsein kommt, scheint das Lachen schnell vergangen, senkt sich Verzweiflung schwer auf das Gemüt. Schönes vermag der Betroffene der Welt kaum abzugewinnen. Den Tod in Erwägung zu ziehen, schien Johanna in keinster Weise als Ausweg geeignet, das Warten verfügte über wenig Sinn. Kein gescheites Buch, weder vernünftige Erklärungen noch beruhigende Worte befriedigten sie hinreichend, alle scheiterten sie am Versuch. Ob manch kluger Redensart entschied sie schließlich, selbst den Weg zu wählen, ihr Glück losgelöst aller Worte zu finden. Das Ausharren, das Verstreichenlassen der Zeit bietet keinen Halt, bewahrt nicht vorm Fortschreiten der Macht, dem Einzug der Verantwortungslosigkeit einer Herrschaft der Hoffnungslosigkeit. Einzig Johannas Herz, das innerhalb weniger Monate zu Eis erstarrte, weckte ihr Wesen, das zu verlieren sie sich nicht bereit zeigte, das wachen Auges, einsam gehetzt gleich eines Straßenköters durch die Straßen schlich. Ihre aggressive, bald primitive Reaktion absurden Phänomenen ihrer Umwelt zu begegnen, vermochte Martin nicht nachzuvollziehen. Johannas Antwort, dass die obszöne Geste einzig Möglichkeit sei, dem Strom des Konformismus entschlossen gegenüber zu treten, um von ihm nicht fortgerissen zu werden, klang nicht überzeugend. Gern hätte Martin ihr geholfen, sie schützend in den Arm genommen oder über ihren Kopf gestreichelt. Johanna lächelte verkrampft. Sie drückte ihre Zigarette im Aschenbecher aus und mahnte zum Aufbruch.

Während Johanna zahlte, nahm Martin ihren kleinen roten Koffer. Gemeinsam verließen sie das Lokal. Im Taxi zum Flughafen bildete Martin sich ein, über das Mittel zu verfügen, das Johanna helfen würde, ihrer Einsamkeit und ihrer isolierten Überzeugung zu entrinnen. Wie wird es mit ihr weitergehen? Bedeuten ihr auch viele Dinge nichts, gibt es noch die Zuversicht, die sie aufrichten und ihrem Leben wieder eine Bedeutung verleihen wird. Diese schien vom einen auf den anderen Tag in tiefe Vergessenheit geraten zu sein. Martin wünschte, Johannas Entschluss, Hamburg für unbestimmte Zeit zu verlassen, zu verhindern. Er stellte sich vor, seinen Mund dicht an ihr Ohr zu halten und ihr die Worte leise ins Ohr zu flüstern, die sich erwartungsgemäß fähig erweisen würden, sie kraftvoll aus ihrer Hilflosigkeit herauszuziehen: Mein Kampf gilt dem Vergessen, ist Kampf, die Erinnerung ins Leben zu rufen. Einzig die Erinnerung trotzt der Erfahrung, die sich auf einen alltäglichen Horizont reduziert, über den hinaus nichts zu existieren scheint. Ich drehe das Rad zurück, den Augenblick will ich wahrhaft leben. Als hätte Johanna Martins Gedanken erraten, sah sie ihn entschlossen an: „Ein Individuum ist ein Mensch, wie ihn seinesgleichen niemand kennt. Erinnerst du dich? Den Versuch zu unterlassen, einem Individuum zu ähneln, ist schuldhafter als der Versuch, seinen Vorstellungen eine Gestalt verleihen zu wollen. Meine Bedürfnisse werden nicht im Konsum ersticken, auch werde ich keine künstlichen Bedürfnisse in mir wecken lassen. Unglücklich bin ich, solange ich nicht die Tür gefunden haben werde, die dies Niemandsland zu verlassen offen steht."

Tränen in den Augen verabschiedete Martin Johanna am Flughafen. Er umarmte sie und schloss sie fest in seine Arme. Überrascht bemerkte Johanna seinen Schmerz, den zu unterdrücken Martin nicht gelang. Sollte Johanna all die Jahre hindurch tatsächlich nicht geahnt haben, was Martin für sie wirklich empfand? – „Was soll ich tun?" fragte Martin verzweifelt. „Ich kann mich nicht dagegen wehren." „Ganz gewiss nicht", antwortete Johanna einmütig. „Ist es ein Verbrechen, mehr als nur Freundschaft für dich zu empfinden?" bohrte Martin tiefer nach. „Nein", schüttelte

Johanna ihren Kopf. – Wenig später wandte sie sich von ihm ab, wohl wissend Martin eine Erklärung schuldig zu sein.

Um auf den Grund der Sache zu blicken, schien es Martin notwendig, Johanna in die düstre Welt ihrer Gedanken zu folgen. Und so fragwürdig vieles war, um so menschlicher schien Martin alles Folgende. Wiederholt erklärte Martin sich sofort bereit, Johannas Wohnungsschlüssel während ihrer Abwesenheit zu verwahren, wiederholt versprach er, sich um ihre Wohnung zu kümmern, als sie ihn darum bat, wusste er das Vertrauen, das sie ihm gegenüber hegte, zu schätzen. Zwar mangelte es Martin an der Gewissheit, dass er dies trotz ihrer Zurückweisung für sie zu tun beabsichtigte, sogleich begriff er jedoch, anstandslos von der Gelegenheit Gebrauch machen zu können, Johanna den Schleier des Vergessens vom Gesicht zu reißen und tief in ihr Seelenleben einzudringen. Tiefer als ihm je erlaubt gewesen wäre, stieß er rücksichtslos, sein ehemals selbst auferlegtes Verbot missachtend, weit in die verbotene Zone vor. Dort, wo er Johanna nackt und schutzlos ausgeliefert wähnte, suchte er ihrer Geschichte auf der Spur in der Erinnerung nach den Anhaltspunkten, die ihr Leben mit den Eigenschaften versahen, die als Grund ihrer Zurückweisung in Frage kamen. Die Drehorgeltöne der vergangenen Wochen im Ohr ging Martin am darauffolgenden Tag ins Atelier. Er reihte die CDs auf, die Johan-

na im letzten Monat gehört hatte, und nahm ihre Fotoalben aus dem Schrank. Zunächst sah er die Skizzen
und handschriftlichen Aufzeichnungen durch, die
Johanna ihre künstlerische Tätigkeit begleitend ange-
fertigt hatte, stöberte in den Schubladen ihres Sekre-
tärs, bis er die Anrichte aufbrach, in der Johanna die
Geldkassette mit ihren Briefen und Tagebüchern auf-
bewahrte. Doch solange Martin auch suchte, soviel
Musik er hörte und in Johannas persönlichem Besitz
schnüffelte, stieß er wider Erwarten weder auf Ag-
gressionen, noch auf Gewalt, stieß er auf den friedlie-
benden Charakter eines Wesens, das in einer von ihm
kalt empfundenen Welt keine rechte Orientierung
fand.

Den Blick gen Westen führte Johanna Martin fort. In
finstrer Nacht, wie einst Daniel, weckte sie Martin aus
tiefem Traum. Schützend griff sie seine Hand, half
ihm Mut einflößend vom feuchten Waldboden auf und
zog ihn sanft hinter sich her. Fraglos folgte Martin ihr
gleich einer Schwester in die Dunkelheit, taumelte
schlaftrunken aufs weiche Moos und stolperte hinter
ihr durchs dichte Unterholz. Johanna schritt voran.
Unter dem spärlichen Dach alter Erlen wies sie Martin
den Weg durch Sümpfe, schlängelte sich in fahlem
Mondlicht durchs Schilf einer Flussniederung, sprang
entschlossen über zusammengesackte Gräben eines
Moores ins hohe blaue Gras. Zu ihrer Linken von
unsichtbarer Hand in schmalen Platten aufgeschichte-

ter Torfstich rasteten sie auf sandigem Boden in trockener Heide neben eines verlassenen Köhlers Hütte,
sammelte Martin fröstelnd Holz, übernachteten sie im
Stroh einer alten Mühle, deren Rad seit vielen Jahren
stillstand, deren Mühlstein sich von jeher nicht mehr
drehte. Ein wärmend Feuer entfacht, saß Johanna regungslos unter dem trockenen Dach, die Augen starr,
fand sie einzig Gefallen am feurigen Spiel der lodernden Flammen. Der Weiher mit trübem Wasser getränkt, gerodete Felder zu ihrer Rechten, brachen sie
morgens noch vor des ersten Hahnen Schrei früh auf.
Schweigsam trieben sie in einem Nachen durch seich-
tes Wasser flussabwärts, glänzten silbern die Felder in
Morgentau gehüllt. Bäche rauschten hell von der
Hänge Höhen, lastete Nebel schwer auf des Wasser
Fluss. Martin im Rücken saß Johanna am Heck und
lenkte das Boot. Stille umwoben, dem lärmend Getös
entronnen, lauschten sie dem krächzend Gesang einer
verirrten Krähe, die im Wipfel einer Eiche ihr heisern
Lied sang, zog ein Bussard hoch oben lautlos kreisend
seine weitblickend Bahn. Sie glitten durch dichte
Wälder, paddelten an den trauernden Ästen der ins
klare Wasser hängenden Weiden vorüber, durchwan-
derten fern der Menschen saftige Ebenen, schritten
über grüne Felder und durchquerten auf Abwegen die
Wegweiser nicht achtend brachliegend ödes Land hin
zum flachen Ufer der weiten See.

Abends standen sie versunken, allein zu zweien sich
jenes ahnend Unerreichten zu erinnern, dessentwillen

sie die Reise auf sich nahmen. Urwüchsig starrten sie gebannt. Sie hielten sich eng umschlungen und mochten nicht fassen, was ihnen weit hinten ein rötlich Schimmer beschert. Nach des Abendrots Verglühn hüllte sie ein glitzernd Firmament, die Sterne still ergriff sie einzig Sehnen. Unfassbar, was sie dort erblickten, wurde ihnen tief empfundene Unendlichkeit zuteil. Frei wart ihr Blick. Mensch geworden, zu eins erhoben sie sich, meinten bald tief ins schillernd Blau des Universums zu fallen, meinten dem Licht entgegenstrebend ins glitzernd Weltall geschleudert bald erlöst zu schweben, zogen hoch oben sich an den Händen haltend ruhig ihre Bahn und sahen sich einzig der Welt abhanden, im Raume jenseits der Endlichkeit wundersame Klänge vernehmend unerreicht stets Erhofftes vor Augen ins Nichts zu entschwinden.

Anderntags auf rauer See weckte sie Donner, türmten sich dunkle Wolken hoch über ihnen auf. Ein Sturm brach los, Blitze schnellten zu Boden, das Gewitter fuhr grollend über ihre Köpfe hinweg. An den schmalen Mast geklammert, griffen sie sich an den Händen, hielten sich eng umschlungen, erkannten im Auge des anderen den angsterfüllten Schrei. Die Brandung brach übers Deck, das Segel zerbarst, die Wassermassen rissen sie fort ins Meer, zogen sie tief hinunter in des Dunkels Ozean und drohten sie zu ertränken. Hohe Wellen spülten sie an Land, warfen sie brutal auf trockenen Strand, dass sie nach schier endloser Reise fern der Heimat schließlich an nie gesehenen, wundersamen Ort gelangten, wo Johanna Martin das Geheimnis ihrer Herkunft offenbarte.

Während Martin langsam zu Bewusstsein kam, war Johanna bereits vor Stunden erwacht. Sein Blick kroch mühsam durch den Sand, schritt bald zu einer Klippe und kletterte schließlich entschlossen ein Stück weiter das Kliff hinauf. Bäuchlings lag Johanna flach neben ihm, drückte sachte ihr rechtes Ohr in den Sand und horchte aufmerksam geöffneten Auges. Die See ruhig plätscherten kleine Wellen hell und klar ans Ufer der Bucht. Die Sonne im Zenit, stach die Hitze im Gesicht. Ganz allmählich erhob sich Johanna. Sie streckte vorsichtig ihren Kopf, sah Martin tief in die Augen und drückte sich langsam mit beiden Armen aus dem Sand hoch. Als sie stand, winkte sie Martin, forderte ihn auf, ihr zu folgen, und schritt langsam dem Kliff zugewandt voran.

Nach kurzem Aufstieg standen sie ruhig am Rande des schroffen Hangs, hielten sich an den Händen und ließen ihren Blick ins Landesinnere schweifen. Über Täler, Wiesen, Wälder und Hügel flog er weit hin zu den sich bis ins unermesslich Tiefblaue streckenden, wolkenverhangenen Gipfeln eines hohen Bergmassivs. Schneebedeckt ragte dort der karge Fels empor, der in der Ferne die sich hoch über ihm wölbende Himmelskuppel am Horizont zu berühren schien. Johanna führte Martin über steinigen Boden. Agaven standen verloren inmitten verdorrter Grasbüschel, auf den die weite Ebene einschließenden Bergzügen überzogen Heide und Buschwerk den sandigen Fels. Johanna durchschritt ein spärlich mit Wasser gefülltes Flussbett, sprang von Stein zu Stein, kletterte über Geröll und hielt auf der gegenüberliegende Seite des Flusses am Rand der Moräne Ausschau nach einem versteckten Zugang, der ihnen den Weg ins Unterholz wies. Lichte Eichen, Zedern und Kiefern säumten den Pfad durch dichtes Gestrüpp. An wild wuchernden Oliven, Feigen, Orangen und Zitronenbäumen vorbei machten sie am Fuße des Massivs an einem Wegkreuz im Schatten einer alten Pinie Rast. Die steile, ausladende Wand im Rücken mahnte Johanna bald zum Aufstieg. Sie folgten dem Lauf eines rauschenden Gebirgsbachs, stiegen durch tiefe Felsengründe, traten seitlich eines Wasserfalls auf glitschiges Gestein, sprangen über Erdspalten und hoben und zogen sich gegenseitig an spitzen Felsvorsprüngen hoch. Ihre wunden Füße tauchten sie ins kalte Gletscherwasser und tranken das klare Wasser aus der hohlen Hand. Auf hoher Felsterrasse standen sie, den Blick durchs tiefe Tal auf die weite See gerichtet, und sahen zurück. Jenseits des großen reißenden Stroms, ihr Blick ostwärts gewandt, brach die Dämmerung übers Land. Weder Wehmut befiel sie, noch empfanden sie Trost, sie fanden sich im Glanz des Sonnenuntergangs. Im Land der untergehenden Sonne, von dem einst Daniel sprach, vernahmen sie die weisen Töne einer Schalmei. Weit breiteten sich pastorale Klänge von den Kuppeln durch die Täler strömend aus, von dort aus

148

ihr Ohr erreichend. Johanna wählte sicher den Pfad. Als kannte sie die Gegend seit Urzeiten, als kannte sie jede Kluft, jede Felszacke und Anhöhe, zögerte Johanna nicht einmal. Instinktiv entschied sie und meinte, sich auf ihre Sinne verlassen zu können. Ihrem Ziel entgegen strebend, folgte Martin ihr vertrauensselig auf schmalem Grat.

Bei Einbruch der Dunkelheit gelangten sie unerwartet auf halber Höhe in ein enges schmales Tal. Johanna tastete sich einige Minuten lang am nackten Fels entlang, bis ihre Hände schließlich die raue Oberfläche eines in einer Kluft verborgenen hölzernen Tores fühlten. Sie hielt inne, suchte nach einem Riegel. Als sie keinen fand, rüttelte sie ängstlich mit beiden Händen am Tor, stemmte sich kraftvoll gegen die schweren Flügel, bis diese letzten Endes nachgaben und weit nach innen schwenkten. Hinter dem Tor verborgen befand sich eine Höhle, der rätselhafte Zugang ins steinerne Massiv. – „Das Land der Dunkelheit", flüsterte Johanna vielsagend. „Dort, wo der Tag der Nacht weicht", zitierte sie: „wo einzig Finsternis waltet, wirst du das Reich finden, das durch eine Erdspalte zu erreichen, tief im Gestein verborgen, unter die Erde verbannt, das Geheimnis deiner Herkunft wahrt." – Johanna griff eine Fackel, entzündete sie und leuchtete den Eingang aus. An der gegenüberliegenden Wand entdeckte sie die Umrisse eines niedrigen Ganges, der ihnen in den Fels gemeißelt den Weg ins steinerne Massiv wies.

Viele Stunden irrten sie orientierungslos durch verwinkelte Gänge, auf und ab führte sie ihr Weg, bis Johanna ein Prinzip in Erwägung zog, mit dessen Hilfe sie das Labyrinth zu bezwingen hoffte. Sie feuchtete einen ihrer Finger an, hielt ihn hoch und folgte dem kaum wahrnehmbaren Windzug, der leise säuselnd durch die Gänge drang. Nach einigen weiteren langen Stunden gelangten sie erleichtert zum Ausgang. Unvermittelt standen sie in einer breiten niedrigen Höhle. Zu ihren Füßen schlängelte sich ein Fluss zäh durch den Berg, zu dessen Rechter sich ein schmaler, in den Fels eingelassener Pfad wand, auf dem sie sich Schritt für Schritt eng aneinander gedrückt stromaufwärts entlang hangelten. Schaudernd begleitete Martin sie in das wundervoll vergessene, dem der Melancholie entsprungenen Reich der Schatten. Finster waren seine Gänge, feucht die Grotten. Pechig Tropfsteine hingen unter den Decken, schwarze harzige Pfützen klebten am Boden und tränkten vergiftend das Quellwasser.

Nachdem Johanna und Martin ein weit verzweigtes System kleiner Höhlen durchquert hatten, über Rinnsale und Bäche gesprungen oder über Geröll und Felsen geklettert waren, gelangten sie völlig unvermutet in eine hohe, große weite Höhle. Sprachlos standen sie am steinernen Ufer eines unterirdischen Sees. Blaues Gras überwucherte den Saum, ein grün schimmernd Schilf stand dicht, wuchs einige Meter auf den See hinaus, wo es schützend einen engen Kreis um rötlich blühende Papyrusstauden schloss. Kaum zu durchdringender Nebel hing schwer über der Mitte des Gewässers, von dort aus dieser sich gleichmäßig hin zu den Ufern ausbreitete. Johanna ging in die Hocke und tauchte ihre Hände in das trübe schwarze Wasser. Sie erschrak. Unerwartet entdeckte sie in der Ferne, auf dem gegenüberliegenden Ufer schemenhaft wundersame Tiere: Weiße geflügelte Rosse, blauschwarz schimmernde Stiere, aber auch seltsame, dem Nilpferd ähnliche Wesen. Die schuppige Haut mit Muscheln behaftet, streckten sie ihre breiten Köpfe aus dem Wasser. Kein Laut drang über Johannas Lippen, ergriffen packte sie Martins Hand, der ebenso gebannt zu den ihm fremden Geschöpfen hinüber starrte, die dort einträchtig beieinander ihre Köpfe senkten und von dem giftigen Wasser tranken.

Eingeschüchtert kauerten Johanna und Martin hinter dem dichten Schilf, schmiegten sich aneinander und beobachteten schweigsam das friedliche Treiben der Tiere, deren Aufmerksamkeit nicht zu erregen. Den Tieren im Rücken erkannte Johanna im Fels einen matten Schein: Der weiterführende Weg ins Innere des Berges. Vorsichtig näherten sie sich dem Zugang. Um die Tiere nicht aufzuschrecken, krochen sie sich hinter Felsvorsprüngen verbergend auf allen Vieren, schlichen gebückt in sicherem Abstand hinter den Tieren vorbei und drangen unbemerkt in den Gang vor. Ängstlich drückten sie sich eng an die Seite und tasteten sich lautlos an der kühlen Wand entlang.

Nach einer längeren Biegung wiegte Johanna sich in Sicherheit. Lächelnd griff sie Martins Hand und zog ihn gespannt weiter ins Erdinnere hinein. Sie hob den Blick. Sehr zu ihrem Erstaunen erkannte sie, dass auf den Wänden eine Kristallschicht haftete. Verschie–denstartige Mineralien leuchteten matt in den schillerndsten Farben. Blau, grün, türkis, violett und rot wuchsen die natürlichen Formen spröde, büschlig, krustig oder blättrig bunt gewürfelt an Seiten und Decke. Weiß gewürfelter Quarz, nadliges Silbererz, Messing und Kupfer waren Ursache des Glitzers, Glimmer und Seidenglanz drängten sich dicht, aber auch Amethysten oder gar Rosenquarz breiteten sich auf der gesamten Oberfläche beieinander aus.

Gespannt folgten Johanna und Martin dem Lauf des Weges. Leise raunend rätselte Martin, welch Geheimnis der Berg hüte, bis sie schließlich in die letzten zwei Höhlen ihrer Reise gelangten, Johannas geheimnisvollste Welt. Sie erreichten den Rand einer unendlich weitläufigen Halle, über die sich durch ein fahles Blau erleuchtet eine unermesslich weiträumige Kuppel wölbte. – „Mondschein", flüsterte Johanna, „die tiefe Nacht. Wir sind am Ziel." – Kristallblumen wuchsen auf einer Wiese, Narzissen und Margeriten, Gräser und Sträucher, silberne Pappeln säumten in langen Reihen das Grasstück weit in die Höhle hinein. Über die Wiese die Allee entlang machten sie halt vor einem schweren schmiedeeisernen Tor. Durch die schlanken silberschwarzen Stäbe erkannten sie geschnittene Kegel-, Kugel- und Pyramidenbäume, Ziersträucher, Akazien, Kastanien und Eschen, allesamt mit Smaragden besetzt. Hinter dem Gitter befand sich ein einzigartiger Barockgarten. Gespenstische Stille umwob sie, kein Laut war zu hören. Begleiteten sie zuvor Rauschen und Plätschern, lagerten nunmehr Edelsteine unendlich ihrer Zahl in unmittelbarer Umgebung, ruhten Brillanten und Juwelen, wohin sie sahen. Purpurne Rosen schimmerten auf den von niedrigen Hecken eingefassten ornamentalen Beeten, den Bosketts. Dahlien, Nelken, Tulpen und Lilien glitzerten in den schillerndsten Farben, goldene Früchte, Pfirsiche, Zitronen und Orangen hingen schwer an den Ästen der Bäume, die eingepflanzt in Kübeln zwischen hohen Säulen aus Jade standen. Wege aus kiesligen Achaten und Opalen, Buchsbaum aus Malachit, flankierten Ziervasen die Wege, deren Ornamente Perlen schmückten.

„Was ist geschehen?" fragte Martin unsicher. „Es scheint, als sei die Zeit stehen geblieben", mutmaßte Johanna nach einer Weile. „Kühl zog die Nacht ein, legte die Decke des Vergessens auf all natürliche Schönheit. Aller Schein zur Ruhe gebettet, löst sich Sein. Das Streben des erhabenen Geschmacks, das geistig ästhetische Reifen steht still, erstarrt unter steinig Geflecht." – Vorbei an Platanen, Zypressen und Fichten gelangten Johanna und Martin durch ein granatgesprenkeltes Heckenkabinett zu einem groß angelegten ovalen See. Der steinerne Rand aus

Aquamarin ragte in dessen Mitte eine diamantene Fontäne klar in die Höhe. Kleine Wandbrunnen aus dunkelblauem Saphir reihten sich Parkbänke aus Elfenbein um das Rund. – „Irgend etwas stimmt hier nicht", argwöhnte Martin. Wo einst Schönheit, Gerechtigkeit und Weisheit auf Sockeln rund um den See posierten, wo ehemals Skulpturen in den Nischen der hohen Hecke eingerahmt als Hüter erstrebenswerter Güter wachten, las er lediglich die golden Namen zu ihren Füßen. „Wo sind die Statuen?" fragte Martin Johanna. „Für gewöhnlich stehen in solch Gärten massenhaft Standbilder griechischer oder römischer Herkunft." Johanna aber antwortete nicht. – Balustraden mit kunstvoll verzierten Urnen dekorierten den Weg. Vorbei an Hochhecken aus versteinerter Hainbuche, Steinbänken und Hermen, deren Büsten auf sonderbare Weise verschwunden schienen, führte sie ihr Weg durch das Labyrinth eines Laubengangs hin zu einem in der Waldregion von Linden versteckt liegenden kleinen Pavillon, einem phantasievoll geschmückten Baldachinbau, deren Blätterdach aus Türkis von Palmenstämmen gestützt wurde. Sie setzten sich unter die kleine Kuppel auf eine der schmalen Bänke, die sich um einen Tisch reihten. Über ihnen prangte ein kunstvolles Mosaik, eine Allegorie über Abend und Nacht. – „Ich versteh das nicht", zweifelte Martin fortdauernd. „Wo sind die Putten? Die Nymphen? Wo die Fabeltiere? Wo sind Fuchs, Storch und Wolf, wo das Heroische, anmutend Kämpfende?" –

Johanna und Martin saßen seit geraumer Zeit im Innern des Pavillons und bewunderten sprachlos die starre Schönheit, die sich ihnen bot, als plötzlich ein heller, gläserner Klang erscholl. Martin stockte der Atem: Seitlich von ihm erschien links fahlgrau ein gottgleiches Wesen, das dem Aussehen einer Statue ähnelte. Mit steifem Gang tauchte es aus einem nur wenige Meter entfernt liegenden Gebüsch auf. Es stieg über die niedrigen Hecken des gegenüberliegenden Rondells, stakte langsam über den Weg und querte die Mittelachse des Gartens, wo es in dem sich dort befindenden Lindensaal verschwand. Johanna und Martin würdigte es keines Blickes. – „Was meinst du", fragte Martin Johanna zögernd. „Ob es uns gesehen hat?" „Ich weiß nicht", antwortete Johanna. „Ich befürchte eher, dass es uns überhaupt nicht wahrnehmen kann."

Nachdem sie sich allmählich von ihrem Schrecken erholt hatten, wählten sie die Lindenallee. An reich verzierten Arkaden zu beiden Seiten stiegen sie die breiten Terrassen der ehemals rauschenden, den See einst mit klarem Wasser speisenden Kaskade an Wasserspielen der Quelle entgegen in Richtung Grottenhaus hinauf. Bogenförmig absteigende Treppen, die Geländer mit Muscheln, Schnecken und Krebsen verziert, führten die Stufen aus Tuffstein in eine düstre Grotte hinab. Glimmer, Perlen, Perlmutt, Bernstein und Korallen schmückten die Wände. Der Boden aus Kiesel, die Gewölbe fein stuckiert, präsentierten Fresken und Mosaike Tiere, die fern der Erinnerung Monstern glichen. Vielköpfige Schlangen, vielgliedrige Drachen verwiesen auf eine Welt, in der Fabelwesen kämpferisch wüteten, in der Stier, Wildschwein, Hirsch, Adler und Auerochse um die Gunst der Götter stritten. Johanna bückte sich und hob vorsichtig einen abgerissenen gläsernen Flügel auf: „Dies könnte ein Flügel von Eros sein", erklärte sie vielsagend. „Wo aber sind die Götter hin?" fragte Martin. „Ich weiß es nicht", antwortete Johanna. „Wer den Flügel abriss, das vermag ich nicht zu sagen."

Martin und Johanna weilten im Reich des Todes. Die Welt, in die Johanna Martin führte, in die sie nach langer Fahrt gelangten, war nichts anderes als das Reich ihrer ungestillten Sehnsucht nach der Schau universeller Lebenszusammenhänge, einer Weltordnung, der sie sich nie gewiss sein werden würde. Dort, wo sich Ungewissheit und Erkenntnis paaren, wo für gewöhnlich das absolute, nach Höherem gerichtete Streben die Szenerie beherrscht und das Ideale mit Ausdrücken versieht, schien jegliche Gesetzmäßigkeit aus unerfindlichen Gründen aufgehoben und aus dem Denken verbannt. Johanna hatte eine vage Vorstellung: „Der Mensch ist im Besitz vieler Möglichkeiten, er findet sich imstande, auf manch Weisheit zurückgreifen zu können, die im Laufe der Jahrtausende schriftlich überliefert wurde. Weiß er sie wahrhaft zu nutzen, sind Träume keine Hirngespinste, sondern erstrebenswerte Güter." – Im Reich des Todes hoffte

Johanna die kosmische Kraft des verlorenen Glücks zu finden, hoffte sie die Notwendigkeit ihrer Vergänglichkeit zu überwinden. Der Weisheit auf der Spur wurde sie sich einer Welt gewahr, die in den tiefsten Kellern des Daseins verborgen, vergessen, ungenutzt und von niemandes Hand denn der Jahre gehütet, einfror und zu Stein erstarrte. – „Das Wasser vergiftet, die Kälte, die sich einst auf die Hoffnung legte, erstickte die Träume, konservierte Illusionen und schlug ihnen rücksichtslos die Köpfe ab. Es scheint, als seien Glaube und Hoffnung auf ewig aus der Welt verbannt."

„Hab keine Angst", beruhigte Johanna Martin, „hinter den Säulen lauern keine Gorgonen, Dämonen oder Chimären geistern hier nicht umher. Auch Medusa wird sich hier nie wieder blicken lassen, ihr Werk ist bereits getan." – Johanna wandte sich von Martin ab. Sie schritt in den hintersten Winkel der Grotte, wo sie einen kleinen Brunnen fand, aus dessen Mitte klares Wasser quoll. Kaum dass das Wasser den Boden erreichte, war es bereits in die Tiefe gesickert. Oberhalb der Quelle sah Martin einen dunklen hölzernen Schrein. Dieser war einst in dem Fels fest verankert worden. Johanna öffnete die Türen, streckte sich und griff einen matten Kupferkrug weit hinten aus der Nische heraus. Diesen füllte sie mit Quellwasser. – „Trink!" forderte sie Martin auf, hielt ihm den Krug entgegen und hob ihn sacht an seinen Mund. „Dies Martin ist der Trank des Vergessens, einzig dient er der Erinnerung." – Geheimnis umwoben führte Martin das Gefäß an seine Lippen, senkte den Kopf und trank einen Schluck von dem seichten Wasser. Auf dem Grund des Bechers erkannte er ein rubinrotes, wild pulsierend Herz: Das Herz, das jenseits des weiten Meeres vor Urzeiten verloren sorgsam im wundersamen Lande fern des Ausharrens in der Wirklichkeit vergraben lag.

Eine ganze Woche lang stöberte Martin Tag und Nacht in Johannas persönlichem Besitz. Er hörte Musik: Mahler, Ligeti, Prokofiev und Rimsky–Korsakov. Er lauschte den zarten Tönen der Scheherazade. Sindbads Schiff lenkte ihn westwärts über den reißenden Strom. Die Tagebücher, von denen Martin sich Hilfe versprach, berichteten kaum Erfreuliches. Überwiegend Trauriges, Bedrückendes prägte die Jahre ihrer Jugend. Das belastende Verhältnis zu ihren Eltern endete nicht mit dem Auszug von zu Hause, der Konflikt blieb unangetastet. Die Fotos ihrer Alben trügten. Martin sah lachende Kinder, eine fröhliche Johanna, die stolze Oma, Konstantin, die sie zärtlich im Arm haltende Mutter. Stiefvater und die zwei Schwestern, Streit, Zurückweisung, Vernachlässigung und Demütigung dokumentierte kein Foto. Martin folgte Johanna und Ben um die halbe Welt. Auf Daniels einzigem Bild, das Johanna einst vom Sekretär seiner Eltern stahl, blieb sein Blick haften: Nichts wies auf den Tod dieser zwei Menschen hin. Den Zugang in Johannas verborgene Welt lieferten ihre Skizzen. Einzelne Gedanken, die sie die Bilder beschreibend an die Ränder der Kladden notierte, begleiteten ihren stillen Weg in die Einsamkeit. Ihre Zweifel wiesen auf den Ursprung tiefer Verunsicherung hin, voll Hoffnung klammerte sie sich ängstlich an Daniels Abschiedsworten fest. Der Wut abhanden fand ihr Protest einzig im Rückzug Gehör.

Martin hoffte, dass Johannas überstürzter Abreise lediglich das Bedürfnis nach etwas Abstand zugrunde lag, den sie meinte, dringend zu benötigen. Er war sich sicher, dass sie in absehbarer Zeit nach Hamburg zurückkehren würde, war überzeugt, dass sie den jungen Labrador nicht lange alleine lassen wolle. Aber auch ihre Wohnung und das Atelier, all das, was sie sich geschaffen und eingerichtet hatte, würde Johanna gewiss nur für einen begrenzten Zeitraum vernachlässigen wollen. Nach einer Woche schließlich fürchtete er, dass Johanna unvorhergesehen im Atelier stehen und das Chaos in den Räumen vorfinden könnte. Ohne sich zuvor anzukündigen, würde sie sehen, dass Martin das Vertrauen während ihrer kurzen Abwesenheit missbrauchte. Das hätte sie ihm nie zugetraut. Martin wurde sich der Unordnung bewusst. Er sah sich um: Überall standen leere Bierdosen, Weinflaschen, überfüllte Aschenbecher. Das Geschirr lag dreckig in der Spüle, Essenreste klebten an den Tellern, der Mülleimer war voll. Im Spiegel sah Martin ein schläfrig unrasiertes Gesicht. Die Wangen waren aufgedunsen, das Haar ungekämmt. Ging Martin an die frische Luft, dann um Ben auszuführen. Geschlafen hatte er auf dem Sofa. Er benutzte Johannas Zahnbürste, wusch sich am Waschbecken in dem kleinen Bad. Nach Hause ging er nur einmal, um seine Kleidung zu wechseln. Am Morgen nach Johannas Abreise, griff Martin betrunken zum Telefon und meldete sich krank, zu einem Arzt aber ging er nicht. Über die Folgen zerbrach er sich nicht den Kopf. Als Martin begriff, dass diese Weise zu keinem befriedigenden Ergebnis führen, sondern in einer Art Selbstzerstümmelung enden würde, fasste er den Entschluss, in den Alltag zurückzukehren. Er räumte die leeren Dosen und Flaschen weg, lüftete, putzte Küche und Bad, wischte den Boden auf und wusch das Geschirr ab. Die CDs und Fotoalben räumte er weg, sortierte Skizzen und Tagebücher und stellte die Geldkassette in die Anrichte zurück. Das Schloss ließ sich nicht mehr reparieren, die Beschädigung, Spur seines Vergehens, würde Martin absehbar Johanna gegenüber rechtfertigen müssen, als er überraschend ein kleines Notizbuch zwischen den Farben auf dem Maltisch fand. Das Buch stammte aus Johannas gemeinsamer Zeit mit Daniel:

Der Blick streckt seinen Kopf nach vorn, drückt seine Nase weit hinaus gegen eine dünne nicht zu durchdringende Scheibe aus Glas, Kälte spannt sich gleich einer Folie sanft auf die Haut. Mein Ruf nach Zärt-

lichkeit eilt in die Nacht, Sehnsucht fleht, die Ver-
zweiflung irrt durch die engen verwinkelten Gassen
der Stadt. Zerschellt an den trüb grauen Hauswänden,
rappelt sie sich mühsam verletzt auf, dicht gewachse-
ne Büsche schlucken den wimmernden Schrei. Erhebt
sich fern ein hell gläserner Klang, erwacht die Seele,
tief aus der Flut taucht das Wesen auf, stößt lau-
schend den Kopf voran in die Welt. Blumen blühen in
hehren Tönen, alte Linden säumen die Allee. Die Welt
hüllt weiße Pracht, dicke Säulen stützen das Dach.
Die Liebenden wandern durch goldgelben Ähren, das
Meeresrauschen in sengender Hitze, Wellen brechen
krachend auf trockenen Strandes Sand. Erinnerung
sinkt erlösend darnieder, Vergessen senkt die Spuren
des Nichtseins unter tiefen Stein. Nach des Erwachens
Rütteln stehen zwei Seelen am Abgrund vor des flim-
mernd Abendrots Verglühn, feurig berauschter Sinne
schwingen erfroren brennende Herzen ins Reich der
Dunkelheit auf.

   Meine Zukunft vor Augen: Ein böser Traum. Brutal
von hohen Wellen ans Land gespült, ausgesetzt in die
Wüstenei, hüllt mich Leere, Resignation. Inmitten der
Grenzen: Das Niemandsland. Eine Sandwüste, in der
nicht mehr existiert als Trockenheit. Dürres Gras,
brütende Hitze, ein abgerissener Zweig, fortgetragen
vom Wind, immerfort. Eine karge Landschaft, das
Gesicht im stetig blasenden Wind. Der Himmel düster,
das tief hängende Rot der untergehenden Sonne
scheint böse drohend am Horizont. Hier und da er-

kenne ich verschwommen Menschen, kein Tier kreuzt meinen Weg, nicht ein Blatt hängt weit und breit an den Bäumen, meine Füße brennen im heißen Sand. In meiner Welt sein: Voll der Trauer und Enttäuschung schleppt sich ein Mensch hungrig und dürstend zu ausgetrockneten Flüssen. An einem Bach schlagen sie von hinten rücksichtslos auf ihn ein. Wohin ich mich wende, kein Wegweiser steht in der Einöde, kein Halt weist mir die Richtung, kein Schlupfloch löst mich vom täglichen Kampf. Der Zukunft abhanden findet sich für Hoffnung kein Platz. Hier und dorthin gerissen treibe ich einsam im Sturm der Entscheidungslosigkeit. In die Welt getreten tanzt die Illusion vor mir in ihrem schönsten Kleid, zieht hässliche Grimassen, höhnisch lacht sie mich aus. Voller Spott brechen die hohen Wellen der Brandung, verwehren die Rückkehr, dort ist das Zurück. Abschied, keinen Schritt will ich fortan in diesem meinem Leben gehen.

Während meine Mutter teilnahmslos nebenan im Wohnzimmer auf dem Plüschsofa sitzt, sie strickt, winde ich mich verzweifelt auf meinem Bett. Im Geiste stehe ich neben dem Bett, sehe auf mich herab und schaue auf einen Körper, der dort wie eine leere leblose Hülle liegt. Ich fühle mich zerrissen, unruhig, furchtbar aufgewühlt. In mir tobt ein Sturm, wie ich ihn häufig erlebe. Um mich herum scheint alles still, ganz als bewege sich nichts. Der Wind pfeift mir um die Ohren, Regen peitscht mir ins Gesicht, mein Kopf droht zu zerplatzen. Die Last meiner Gedanken drückt

mir die Hände vors Gesicht. Ich winde mich, will flie-
hen, raus. Irgend etwas hält mich gefangen, stopft alle
Löcher, fesselt mich ans Bett. Meine Hände und Füße
sind wie gelähmt. Ohnmacht, meine Schreie dringen
nicht nach Außen. Kann ich nicht sprechen? Will mich
niemand hören? Bin ich stumm? Sind die taub? Es
fühlt sich an wie eine Falle, irgend etwas zerrt an mir,
ich sitze in einem tiefen dunklen Loch.

Wohin mich wenden? Weder das Gute noch das
Schöne dringen an mein Herz. Der Zorn walzt alle
Liebe nieder, Hass herrscht blind, Schwarz ist die
Farbe der Ungerechtigkeit. Freude keimt nicht in
Finsternis, Wut nährt den Zweifel, über welchen Sinn
Leben verfügt. Reich mir den Schlüssel, bereite mir
den Trank, der mein Bedürfnis nach Vergeltung stillt.
Mein Aufbegehren findet keinen Begleiter. Ich horche
dem Klopfen, dem Takt, ich spüre das Voranschreiten
der Zeit in meiner Brust: meine Vergänglichkeit. Ich
erschrecke vor dem Schrei meiner Verletzung, vergeb-
lich fleht er um Gehör.

Nebenan im Wohnzimmer läuft der Fernseher, auf
dem Tisch liegt eine leere Schachtel Konfekt. Der
Trost bleibt aus, auch meine Trauer findet keinen
Halt. Meine Tränen zertreten, dringt der Hohn voll
Gewalt durch die fest verschlossenen Türen in den
hintersten Winkel meiner Seele ein. Meine Fäuste
ballend drückt mich das Lachen ohne die geringste
Spur von Widerstand mit dem Rücken an die Wand.
Angst schnürt trocken meine Kehle zu, Freude heult

hell wiehernd auf. Schadenfroh wüten eisenbeschlagene Hufe, Zerstörung trampelt, die Verletzung: Ein Stich trifft mich ohn Macht mitten ins Herz. Auf dem Grund meiner Unvollkommenheit: Nach Hilfe wimmernd kauere ich voll Schmerzen auf kaltem Stein. In Lumpen gehüllt bricht der Wille erschöpft zu kämpfen der Schutzlosigkeit ausgeliefert zu Boden. Blut fließt, Lachen stehen auf nacktem Fels. Ratlos stehe ich am Fenster: der Blick in die Dunkelheit. Zitternd halte ich einen Becher Kaffee in der Hand.

Von hoch oben, der Welt abhanden, blicke ich über meine Schulter zurück in die Tiefe, sehe meinen Schatten an der Hauswand, auch dies ist ein Traum. Die Angst hält die Balance, mir fehlt der Mut zum Sprung. Mein Körper leblos auf dem Bett, mein Geist frei im Flug. Phantastisch bricht das Licht in die Nacht, das mich auf meinen Weg begleitet. Der Moment, in dem mein Abschied rein sein wird, die Erinnerung ist Fleisch, die Sorge schweigt, durchbreche ich kraftvoll die dicken Mauern meines Käfigs. Entlassen aus dem Strudel der Zeit wende ich mich vom Tage ab, die schwere Last auf meinen Schultern werfe ich weg wie unnützen Ballast. Einsam, wie ein Vogel fliege ich fort übers Meer, fort übers Gebirge, ich steige hoch auf. Der Sonne entgegen steuere ich in meinen Untergang. Der blaue Himmel über mir, dort unten das Grün, das Weiß, das Blau. Ein Tier, ein Baum, ein Teich, ohne Grenzen fühle ich mich frei. Liebende leben einsam. Sie fürchten keine Einsamkeit. Auf einer kleinen

Scholle treiben sie durch die Welt. Nackt und bloß ziehen Städte vorbei, Minute für Minute, Stunde für Stunde, Tag für Tag, ein ganzes Leben lang. Mal scheint die Sonne, mal fallen dicke Tränen auf das Eis. Freundschaften kommen, Freundschaften gehen. Wer bleibt? Wandern will ich, nie sesshaft sein. Getrieben, durchdrungen von Angst und Sehnsucht will ich entrücken, die Nebel durchstoßen, im Fort entschwinden, die Flucht.

Vollmondnacht ist Freudennacht. Bevor sich meine Mütter aus dem Plüschsofa quält, voll Sorge in mein Zimmer zu kommen und mich zu nerven droht, ziehe ich mich auf das Flachdach unseres Hochhauses zurück. Dort plaudere ich mit Eros. Gespannt lausche ich seiner traurigen Geschichte: In einer stürmischen Vollmondnacht, während eines unachtsamen Augenblicks riss die Erdgöttin Selene Eros beide Flügel raus. Mit Gewalt zwang sie ihn, hinunten in ihrem düstren Reich zu weilen. Seitdem irrt er von Dionysos verhöhnt auf Erden umher, vergebens sucht er verzweifelt nach seiner Mutter Kraft. Seit dieser Nacht schweifen staunende Blicke voll Sehnsucht gen Himmel. Traurig sitzen wir an der Kante, schauen in die Tiefe, wo Dionysos wütet, wo er unheilvoll sein Gift verspritzt. Eros und ich liegen auf dem Rücken, ich erzähle ihm von meiner Sehnsucht. Flügel wachsen mir, ich schwinge mich auf. An einer Brücke aus Licht ziehen wir uns an unsichtbaren Fäden hoch hinauf, fliegen Seite an Seite durch die dunkle Nacht, über uns leuchtet fern die Venus. Dies sind die wenigen Augenblicke, in denen ich meine, am Glück teilzuhaben, in denen ich meine Einsamkeit ertrage. Fern aller Schmerzen nehmen meine Gedanken Abschied, hinausgeschleudert aus der Welt genieße ich Leichtigkeit. Matt legt sich das fahle Mondlicht auf mein blasses Gesicht, kühl streichelt das schattige Grau meine zarte Haut. Meine Gedanken schweifen in unendlicher Leere, ein Stück Gewissheit: Sich seiner Existenz bewusst, durchdringt Sorglosigkeit die Seele.

Von weit unten, aus der Tiefe, brechen sie Stille umwoben auf, unstillbares Verlangen ergreift sie in der Nacht. Gefangen in den tosenden Wellen des Meeres, bricht die Flut über ihre Köpfe, spült sie gewaltvoll ans Land. Unaufhaltsam das Weltgeschehen, sie aber verzagen nicht. Ihr Wille ist stark, stärker als alle Kräfte der Welt. Sie steigen auf, weiter, hoch hinaus. Weit oben stoßen sie gegen die Himmelskuppel, finden sich auf der Oberfläche in Dunkelheit, das Reich der Schatten, auf dem Grunde der Welt. Nackt, verloren, der Welt abhanden ertrinken sie einsam in des Weltatems wehendem All. Im Angesicht des Todes gestehen sie sich unstillbare Liebe ein, die von jeher das übrig bleibende in Frage stellt.

Abends, sobald die Nacht anbricht und die Geister ruhn, erwachen die Liebenden, sie verlieren sich im Glitzer der Sterne, hoch oben am Firmament. Kurz vorm Ersticken in Alltag und Qual plagt sie das Gewissen. Sie winden sich durch schlaflose Nächte,

durchforsten die Dunkelheit. Ihr Geist, der schlum-
mert, der in Apathie verharrt, wird beseelt. Die Erin-
nerung stößt ihn an, ein ahnungsvolles Gefühl ergreift
sie, dass ihr Herz erwacht. Eingesponnen in ein Netz
des unendlichen Seins, das ihr Leben in Nebel hüllt,
stellen sie die Frage nach den letzten Dingen. Einge-
bettet in das, was sie erblicken, suchen sie einsam in
der Fremde. Sehnsucht und Leiden ergreifen sie, sie
beginnen zu fühlen, sie sehen, streben und treiben in
ihren Träumen. In einer klaren Sommernacht folgt ihr
Blick dem schimmernden Licht weit zum Horizont. Sie
rappeln sich auf, beginnen zu laufen, eine Antwort
keimt, wächst, gedeiht. Dort, wo Himmel und Erde
aneinanderstoßen, hebt ihre Seele ab, steigt auf, sie
fliegt. Einsam wie ein Vogel zieht sie durch die Lüfte,
steigt weiter auf, wird schneller. Unaufhaltsam, ra-
send durchstößt sie die Weiten, bis sie hoch oben über
dem Gipfel, jenseits der Kuppel schwebt. In langsa-
men Flug über dem, das ist, macht sie Rast. Weit ent-
fernt, ungreifbar nah bei sich, weilen sie dort, wo
Fragen sich nicht in Antworten umwandeln, sondern
sich preisgebend ins Nichts auflösen. Hier verweilen
sie in ihren Gedanken. Sie vergessen ihre Notwendig-
keit, ihre Endlichkeit und Angst, erleben den Augen-
blick, die Möglichkeit und Unendlichkeit, sie erinnern
sich an das, das ist. Klagend, wehmütig erhebt sich
ihr gläserner Gesang, der Gesang der Nachtigall. Die
Rufe werden wach, hell klingt die Stimme der Freun-
din des Gesangs durch die Finsternis herüber aus dem

Niemandsland. Herausgerissen aus dem Seienden triumphiert sie fern hinter dem Schleier, der meinen Augen die Sicht verschließt. Tonlos verhallt der Ruf in der Ferne, von niemandem gehört. Vergeblich rüttelt sie an des Menschen Seele, sie, selbst vom Aussterben bedroht. Ihr Gesang stört des Menschen Schlaf. Dieser möchte ruhn. Von seinen Träumen getragen, die nicht wahrhaft sind, kehrt er der Welt seinen Rücken zu.

Ich schweige, mein Geheimnis hüte ich wie einen kostbaren Schatz. Mich zu zwingen hilft kaum, ihre Fragen, die in meine Seele zu dringen beabsichtigen, höre ich nicht. Die Fäden durchschnitten, führte Dionysos Eros in die Welt der Schatten. Die Einsamkeit, der er mich überließ, ertrage ich nicht, ich fühle mich unvollkommen, hilflos. Das Fenster verhangen, den Mond darf ich nicht sehen. Sobald das fahle Licht Schatten auf mein Gesicht wirft, verwandle ich mich in eine Bestie, ich sinne auf Rache für den, der mich schlug: Eine Nacht schlafe ich mit dem Messer unter der Bettdecke, meine Mutter ist auf Schicht. Ich lausche, tief in die Stille, Dunkelheit, die Nacht. Mein Herz schreit, das Rumoren löst Gewalt. Als er sich nähert, halte ich die Klinge schützend vor meinen Bauch, er stürzt, seinen Leichnam schleppe ich aufs Dach. Der Himmel ist unheilvoll Wolken verhangen, der Sturm reißt die Decke auf, voll Verachtung richte ich den Spötter. Mit dem Küchenbeil schlage ich seinen Kopf ab. Zäh sitzt der Schädel auf dem speckigen

Hals, nach zwei Minuten ist das Werk vollbracht. Kurz vor dem Morgengrauen stehen sie aufrecht vor mir, sie tragen schwarze Lederjacken. Seiner Spur folgen sie bis zu meinem Bett, auf dem Dach finden sie mich starren Blickes. Meine Lippen sind Blut verkrustet, mein Nachthemd rot getränkt. Sie fahren mich in ein Krankenhaus, ziehen das Laken ab, eine Ärztin schneidet meine Fingernägel, bürstet meine Scham und tupft in mein Geschlecht. Sie fotografiert den zerkratzten Körper, mein Nachthemd stopfte sie sorgsam in eine Papiertüte, ich trage einen weißen Papieroverall, breite Gurte fesseln mich wenig später an ein Bett. Ich will zur Toilette, erreiche keine Klingel, ich schreie, niemand kümmert sich um mich. Zur Beruhigung verabreichen sie mir Drogen. Bin ich wach, verstehe ich jedes Wort, das sie sprechen. Leise erklärt der Arzt meiner Mutter, ich sei geistig umnachtet, das treffende Wort. Die Nacht hüllt meinen Geist, die Dunkelheit ist Herrscher meiner Seele. Der Arzt der Rechtsmedizin schreibt Eintritt des Todes vor dem Zeitpunkt der Enthauptung. Totschlag, Notwehr, kein Mord. Die Richter, Staatsanwalt und Verteidiger sehe ich mit leerem Blick an, ich stehe neben mir, all ihre Fragen beantworte ich meinen Geist dem Tage zugewandt. Sie erklären, ich sei jung, noch keine achtzehn Jahre alt. Auffälligkeiten? Keine. Keine Vorstrafen, gute Schulausbildung ... Ich aber fühle mich nicht jung. Ich fühle mich steinalt, fühle mich mehr tot als lebendig ... Das aber deutet Das.

Hoffnung hebt Spannung ladend den hölzern Vorhang, Liebe wiegt sich sanft in seichtem Wind. Sie sammelt sich reinen Herzens in weißem Kleid. Stürmt der Waldgeist in düster Gewand den anmutig Tanz, erstickt wehend die Lanze den der Schutzlosen Angst füllend Schrei.

Ich fürchte mich. Ich fürchte mich vor der Gewalt meines Wesens, vor meinem Schrei nach Vergeltung.

Johanna und Daniel, zwei sich verwandt fühlende Seelen. Der eine Mensch ist überzeugt: Übrig geblieben bin ich, das einzige, das ich fortan zu verlieren haben werde. Zu Tode verletzt, schließt sich hinter mir mit einem Schlag die Tür zur Welt. Hinausgetreten, mein Rütteln bleibt vergeblich. Leere kehrt ein, das Schweigen: Dem Tode nahe existiert über mich hinaus nichts, das wahrhaft von Bedeutung sein könnte. Der zweite Mensch antwortet überzeugt: Leben besteht einzig aus Ablenkung, Güter dienen dem Menschen, die tief in seinem Wesen schlummernde Gewalt zu kanalisieren, Drogen betäuben den Hass. Die Gefahr: Einsamkeit kennt keine Moral. Ideologien zeugen Wahnsinn, der Anspruch auf Allgemeingültigkeit, Wahrheit, die Idee von einer nicht zu widerlegenden Weltanschauung irrt auf Abwegen durch die Wirklichkeit. Gäbe es einen Teufel, würde er sein Quartier in New York beziehen, der Weltstadt des Okzidents, die Stadt, in der das Böse und das Gute Haus an Haus wohnen. Bieder taucht er unter dem Namen Ahriman in einem Luxusappartement in Midtown ab, besitzt den Blick auf den Central Park sowie auf das United Nations Headquarter. Mit Hilfe seines Computers verschafft er sich Zugang zu allen Datenbanken der Erde, sein Wissen übt Herrschaft aus, die den Glauben an das Gute verhöhnt. Er spannt das Netz, er knüpft die Fäden in alle Welt. Die Menschen zieht er gleich Figuren über das Spielbrett und lehrt sie von Geburt an das Böse. Leben entpuppt sich als Spiel, Hoffnung als Hirngespinst, der Hass allein bestimmt die Regeln.

Von seiner Einzigartigkeit erfährt der Mensch in der Stunde Null: Ein Mensch stürzt. Er fällt tief und findet keinen Halt. All das, an das er sich klammerte, bricht zusammen, die Fassade bröckelt, die Welt, die er sich einrichtete, bricht auseinander, nichts außer seinen Gedanken besitzt fortan an Wert. Schutzlos wähnt er sich unter die Menschen ausgesetzt, das Gefühl, ganz allein auf sich gestellt zu sein, setzt die Gewalt seines Wesens frei. Ohne Ziel irrt er durch die Straßen, an jedem Ort wittert er Gefahr. Sein Wille richtet sich gegen die Liebe, er begreift sich als Waffe, doch trotz seiner Verletzung empfindet er keinen Schmerz, er fühlt sich taub. Vom Bild zweier sich bis auf die Knochen zerfleischender Bestien besessen, reicht ihm die Überzeugung den Schlüssel, einzig sich selbst trauen zu können. Vorausgesetzt, der Mensch wäre von Natur aus Böse, dienen Normen der Unterdrückung von Gewalt, die dem Wesen seit Geburt an eigen ist. In der Not entwickelte der Mensch Verstand. Seine Hilflosigkeit, seine Schwäche vor der Gewalt des Stärkeren zu schützen, erfand er die Idee vom Guten, eine List: Er trennte die Welt in zwei Hälften. Das Wesen jedoch entlarvt Zärtlichkeit als Angriff, Zuneigung dient der Unterwerfung, jede nur denkbare Handlung empfindet das Wesen als Versuch einer weiteren Verletzung. Mit jedem Atemzug fühlt sich das Misstrauen der Gewalt auf der Spur, das Tier rüstet sich für den Kampf ums Überleben.

Martin saß auf der Bank in der untergehenden Sonne vor dem Werkstattatelier. Er rauchte und hörte bei geöffneter Tür das Largo der Symphonie Aus der Neuen Welt von Dvorak. Ben lag rechts neben ihm. Gemächlich schlenderte ich an den wenigen Geschäften der Wincklerstraße vorbei. Martin blickte auf, als er mich kommen sah. Hastig fuhr er mit der rechten Hand durch sein kurzes schwarzes Haar. Ich beschleunigte meinen Schritt und setzte mich schließlich zu ihm auf die Bank. Martin schwieg, während ich den zarten Klängen der Musik lauschte. Nach einer Weile griff Martin in die Innentasche seiner Jacke und reichte mir das kleine Notizbuch: „Die verbotene Zone", wies er geheimnisvoll auf den Inhalt der Aufzeichnungen hin. „Sperrgebiet. Johannas geheime Korrespondenz." Ich stutzte, ratlos sah Martin mich an. Ihn von seiner Hilflosigkeit und Verzweiflung zu befreien, sah ich mich in jenem Augenblick nicht imstande, dennoch suchte ich die Weise, ihn auf den Weg aus seiner tiefen Depression zu stoßen. Erleichtert spürte ich, dass der Moment seines Platzens bevorstand, Martin stand am Abgrund, ich sah ihn dort in die Tiefe blicken. Zumindest die ersten Schritte seines ihm bevorstehenden, unausweichlich unwegsamen Abstiegs werde ich ihn zu begleiten haben, dachte ich, kurz darauf stürzte Martin, er brach zusammen. Auch vor ihm lag der Haufen Scherben, auf den der Mensch starrt, sobald er den Spiegel sich selbst nicht ertragend wütend zerschlug, und kann es nicht fassen.

Wer stillt meinen Schmerz? Wer zähmt die Wut? Wer schützt mich vor der Zerstörung in Einsamkeit?

Rückzug auch hier: Die Flucht nach vorn, die Hoffnung, das Leben werde sich von Grund auf ändern. Martin senkte seinen Kopf und schluckte. Er schluckte den Schmerz hinunter, verbarg sein Gesicht in beiden Händen und begann bitterlich zu weinen. Die Tränen rannen heiß über seine roten Wangen, aufgelöst sah er mich an. Schluchzend forderte er die verlorene Zeit der vergangenen Jahre zurück. Martin tat mir leid. Sein Wiederhabenwollen aber griff ins Leere. Er tastete nach dem Gegenstand seiner Trauer, seine Suche war vergeblich, die Wut nicht zu lindern.

Ein Mensch steht am Abgrund, schweigsam senkt er den Kopf leicht nach vorn. Gebannt starrt er in die Tiefe, wo sich weit unten ein rauschender Bach durch die Felsenschlucht schlängelt. Der Abstieg ist mühsam, steinig, ein steiler unwegsamer Pfad führt am nackten Fels hinab ins weite Tal. Zweifelnd folgt der Blick dem schmalen Grat. Der Mensch zögert. Er ahnt die ihm drohende Gefahr, die der Abstieg in die Tiefe birgt, nach wenigen Felsvorsprüngen verliert der Blick allein bereits den Halt. Tief unten angelangt tritt er furchtsam auf glitschigen Stein, durchschreitet zaghaft das kühle Quellwasser, das klar der Finsternis des Massivs entflieht. Ohne Orientierung irrt der Blick verzweifelt durch die Leere, durchquert die karge, weite Ebene: Der Weg in die Ferne führt an die See.

Martin rastete an der See. Er saß aufrecht am Ufer im Schilf, der Wind blies böig über das Wasser. Martin lauschte dem Rascheln der Halme. Plötzlich streckte sich ihm ein Arm hilflos aus dem Dunkel der Tiefe entgegen, dass ihm graute. Ein Schauer lief ihm kühl den Rücken hinunter, vorsichtig auf allen Vieren kroch er an den Rand des Ufers und blickte über die Kante ängstlich ins Wasser hinab. Martin erschrak: Das Gesicht das er dort erkannte, sein Spiegelbild, das schmeichelte ihm nicht. Er sah ein trunksüchtiges, vom Alkohol gezeichnetes Gesicht. Er sah in das Gesicht eines von Wut und Hass zerfressenden, sich nicht lieben könnenden Menschen. Zornig hob Martin die Hand und schlug ins Wasser, zornig richtete er seinen Hass gegen sich selbst. Wutentbrannt zerschlug Martin das Bild. Sein Herz verkrampfte sich, ihn durchzuckte ein elektrisch stechender Schmerz, schluchzend schlug er beide Hände vor sein Gesicht und heulte laut wiehernd auf.

In dem Moment als Martin am Abgrund stand und entschied, sein Leben dem Vergessen auszuliefern und das Land zu durchqueren, um sich zu erinnern, ahnte er Gefahr: Er fürchtete den Augenblick seines Erschreckens. Der Blick in den Spiegel führt zu sich, dieser reißt die das Individuum vor seiner Umwelt schützenden Maske vom Gesicht. Martin führte er den tiefen Riss durch seine Seele vor Augen, den Abgrund zwischen ihm und seinem Wesen. Entsprach sein Alltag nicht mehr als dem Sekret, das der Körper absondert, nachdem der Wille gebrochen wurde und fortan den Boden unter den Füßen verloren durch die Welt irrte. Sich vor Schlägen und Tritten zu wehren, sah sich Martin nicht imstande, gleich eines geprügelten Hundes fühlte er sich schutzlos in die Welt gestoßen. Ausgesetzt streunte der Köter von einer Straßenecke zur nächsten, ihm graute vor den Menschen, er misstraute ihnen. Ihrer Gewalt fühlte er sich hilflos ausgeliefert, die Wut, die ihn vor seiner eigenen langjährigen Vernichtung geschützt hätte, vermochte er nicht zu fassen.

„Ich begreife nicht, wie das geschehen konnte“, erklärte Martin mir traurig. „Die Leere zu füllen, die sich in mir sammelte, fühle ich mich allein nicht gewachsen.“ – Martin stürzte tief, er fand keinen Halt. Unentwegt starrte er auf den Haufen Scherben, der vor ihm lag, nachdem er seine Unzulänglichkeit nicht ertragend den Spiegel zornig zerschlagen hatte. Aufgrund seines schwachen Willens ekelte er sich vor sich selbst, Selbstachtung und Selbstwert lagen vor ihm zertreten auf dem Boden – „Martin", munterte ich ihn auf, „ich bin überzeugt, dass du lange genug gelitten hast. Nun wollen wir dafür sorgen, dass die Freude in dein Leben einkehrt." Mein Trost erreichte Martin, zustimmend nickte er mit dem Kopf.

Die Furcht vor Zerstörung sowie das Unvermögen, sich dem Feind zu widersetzen, veranlasst einen geprügelten Menschen, seine Träume vor Angriffen von außen zu schützen, indem er diese tief in seinem Herzen verbirgt. Sicher verwahrt hütet er seine Wünsche, die Bilder, die sein Herz bewegen, vor den Augen anderer gleich einem Schatz. Er fürchtet Kritik, die Missbilligung, er fürchtet das ihn demütigende Lachen seiner Mitmenschen, die einen engen Kreis um ihn bilden und höhnend mit dem Finger auf ihn zeigen, Anerkennung würde er von diesen Menschen nie ernten. Von den Mitmenschen zurückgewiesen zog Martin sich enttäuscht zurück, traurig grenzte er sich ab. Er, der jede Stunde innerhalb einer Gruppe genoss, würde er sich mit einem Leben in Einsamkeit einrichten und abfinden können? Unvernommen rebelliert die Wut, die seitens der Mutter durch ihr Schweigen streng bestraft und für verboten erklärt weder Trost noch Gehör fand, sein Vater begegnete der Wut mit harten flachen Schlägen ins Gesicht. Fortan pochte der Verwundete auf sein Recht. Ein zutiefst verletzter

Mensch lebt im Protest. Sein Wille richtet sich entschieden gegen alle Form von Unterdrückung, Macht ist ihm zuwider, Ungerechtigkeit würde er in Zukunft im Notfall mit Gewalt durchbrechen, sein Zorn kocht. Die Wut um Anerkennung sowie die Angst vor Zurückweisung schlängelt sich gleich eines unbändigen Stroms durch das Land eines Niemands. – „Worauf kann ich mit Stolz zurückblicken?" fragte er mich resigniert. „Ich habe doch ganz einfach nur versagt." – Brutal zwischen die Fronten gestoßen, klagte Martin schließlich das Recht ein, dass zumindest auf seine Gefühle Rücksicht zu nehmen sei.

Im düstren Keller seiner Trauer führte Martin mich in einen grell ausgeleuchteten Raum. Die Wände und die Decke waren dicht mit Molekülformeln übersät. „Dies hier ist der Stoffwechsel der Pflanze", erklärte Martin mir das schwer zu durchdringende Geflecht. „Diesen übersichtlich zu gestalten, kostete mich sehr viel Mühe", bemerkte er, um mich auf den Umstand hinzuweisen, wieviel Kraft ihn diese Aufgabe gekostet hatte. Ich sah sorgsam gezogene, feine mit kleinen Ziffern versehene Pfeile, die Kohlenstoffketten, Lipide, Terpene und Phenole miteinander verbanden. Reaktionsmechanismen und Cyclen hatte Martin unterstrichen. Staunend stand ich inmitten der Foto- bzw. Biosynthese. „Die Schönheit einer Blumen etwa findest du hier unten rechts", bemerkte Martin und führte mich durch den hellen Raum. Er wandte sich der rechten Wand zu und zeigte mit seinem rechten Finger auf zwei Verbindungen rechts unten in der Ecke, denen auch nur einen Teil meiner Aufmerksamkeit zu schenken mir nie in den Sinn gekommen wäre. „Phaeonidin und Delphinidin, rot und blau, chymo–chrome Farbstoffe, Anthocyanidine, Flavan–Derivate. Gelöst in den Zellsaftvakuolen der Epidermiszellen verursachen sie die Färbung von Blütenblättern." Ich staunte. „Das ist kein Wunder", bremste er meine Erregung ohne Rücksicht. „Für alles gibt es eine Ursache, einen Grund, das Ganze lässt sich erklären, wie du siehst." Mein Erstaunen währte nicht lange: „Dies ist das Werk eines Wahnsinnigen", kommentierte Martin seine Arbeit. „Methylierung sowie Hydroxylierung bescheren uns Glück." Er lachte zynisch. „Die Überzeugung, der Schönheit auf die Weise auf die Spur zu kommen, klingt verrückt." Verständnislos schüttelte er den Kopf. Ich fühlte mich bestätigt: Der Grad seiner Frustration hatte eine Aggressivität entwickelt, die sich wie ein Bumerang gegen sich selbst richtet. Martin stellte sich nicht nur in Frage, vielmehr begann er das zu zerstören, auf das er mit Stolz hätte blicken können.

Martin war einsam. Er hatte keine Freunde, besten Falls einige Bekannte, auf diesen Unterschied legte er viel Wert. Er verzichtete auf einen Freundeskreis. Auf diese Weise, meinte er, erhielte er sich einen größt möglichen Spielraum an Freizügigkeit. Verpflichtungen anderen gegenüber ausschließlich Johanna wies er strikt von sich. Er schützte sich vor der Fortsetzung von Verletzungen, er fürchtete den Hohn der Gruppe, die Zurückweisung und Enttäuschung, er schadete sich, indem er die Einsamkeit wählte.

Ich fand Martin wenige Tage später im japanischen Garten. Er saß auf dem breiten Holzsteg vor dem Teepavillon in der Sonne und blickte auf das klare ruhige Wasser des kunstvoll gestalteten Sees. Ich setzte mich zu ihm, betrachtete links den Wasserfall, die hohen Zypressen, rechts die gestutzten Kiefern sowie die schweren Granitsteine, die in Ufernähe in das Wasser gesetzt worden waren. – „Die Schlichtheit des Gartens täuscht, sofern dem Betrachter das enge Verhältnis der Japaner zu ihrer Natur nicht gegenwärtig ist", erklärte mir Martin. – Breite Steilküsten begrenzen den Archipel, denen viele kleine Inseln vorgelagert sind. Weit über eintausend kleine Inseln zählt das Land, das viele schwere Erdbeben heimsucht. Bergketten nehmen ganze Inseln vulkanischen Ursprungs ein, die bis zu dreißig Meter hohen Flutwellen der um einiges gefahrvolleren Seebeben rasen mit bis zu siebenhundert Stundenkilometern auf die Buchten und Landspitzen zu. Einsam ragt der schneebedeckte Gipfel des Fudschijama über das Meer. Die japanischen Wälder, artenreicher als die in Europa, zählen zu den schönsten der Welt. – „Ursprünglich beabsichtigte ich Garten- und Landschaftsbau zu studieren. Noch bevor ich meinem Vater meine Pläne unterbreiten konnte, unterbrach er mich mitten im Satz. Er wies mich zurecht, dass ihm meine Vorliebe für Gärten stets ein

Dorn im Auge gewesen sei. Mein Biologiestudium schließlich beendete ich so rasch wie nur möglich, um mich aus der finanziellen Abhängigkeit zu befreien und um mich dem regelmäßig zu Weihnachten auftretenden Rechtfertigungszwang zu entziehen. Ich erinnere mich nicht daran, dass ich meinem Vater je vertraute."

Japanische Gärten dienen dem Menschen der Ruhe. Packte mich beim ersten Anblick der minimalistisch gestalteten, zueinander in Einklang stehenden Ordnung von Wasser und Felsen zu Pflanzen und Kiesel zunächst Ehrfurcht, durchströmte mich nach wenigen Minuten Heiterkeit. Die wohl durchdachte Steinsetzung sowie Bepflanzung rund um den See empfindet die kargen Küsten wie auch die dicht bewaldeten Berghänge des Landes nach. Landspitzen reichen weit ins Meer, die Wellen brechen an den scharfen Klippen der in die Höhe ragenden Inseln. Vielfältigkeit und Artenreichtum, das Wachsen, Blühen und Verwelken, der Regen, Wind und Schnee sowie der Sonnenschein, das enge Verhältnis der lebendigen Natur zu den Jahreszeiten weist auf das Dasein in Gegenwart, die Verzweiflung schweigt, das helle heitere Plätschern des Wassers, das in die Stille bricht, unterstreicht die Gelassenheit. Der Mensch lehnt sich zurück. Er besinnt sich, und für einen kurzen Augenblick füllt Harmonie die tiefe Kluft zwischen Ewigkeit und Vergänglichkeit. Das Individuum zeigt sich bereit, sich in der ihn umgebenden Welt zu setzen.

„Die Quelle des Verstandes speist die See, auf deren Grund das Geheimnis ruht, das ich zu finden hoffe." Martin brach das schöne Schweigen. Seine Stimme klang fremd, weit entfernt, diese Stimme stammte nicht von dieser Welt. Sein Berühren störte die Idylle. „Die Antwort auf meine quälenden Fragen liegt dort unten." Ich schwieg. „Der Verstand ertränkt die Gefühle, der Verstand erdrückte mein Herz. Ich sitze hier um den Schatz zu heben, der die Seele heilt", erklärte er. „Ich weiß nun, was Johanna meinte, als sie mir den Trank des Vergessens reichte. Einzig dient er der Erinnerung." – Meine Befürchtung, Martin würde seine Zeit aufgrund seiner Hilflosigkeit in naher Zukunft dem Buddhismus widmen, bestätigte sich nicht. Er nährte sich mit keinem ihm fremden Kleid, keinem Ersatz. Martin stellte klar: Er sehne sich nach Ruhe. Der Garten gewähre ihm für einen kurzen Halt die Möglichkeit, das Gefühl der Ausgeglichenheit zu spüren. Martin hatte sich abgewandt. Er zog sich zurück, um bei sich einzukehren, und wählte einen Ort, wo er keine Gefahr witterte. Instinktiv schütze er seinen Willen, das Wesen seiner Seele vor dem Einfluss der Menschen, die kraft ihres Verstandes Macht auf seine Entscheidungen ausüben und damit seine Freiheit einzuschränken drohten. Er wählte den Weg der Natur, den Ort der Geburt, an dem das Individuum das Licht der Welt erblickt: „Nach dem Ursprung ins Dasein klafft Leere, Gleichheit spannt die Fäden zu den Gestirnen, Ordnung bindet die Elemente und weist ihnen ihren Platz im Kosmos zu. Der Mangel an der Unterscheidung in gut oder böse und richtig oder falsch bändigt den reißenden Strom der Seele. Die Herrschaft der Unruhe im Herzen schweigt für einen Moment."

Martin führte mich in den japanischen Wandelgarten. Ich folgte ihm auf dem schmalen Kiesweg. Ein ruhig fließender Bach schlängelte sich durch die blühende Landschaft. Hügel aus Azaleen und roter Iris, Wälder aus Lavendel und moosbefleckte Schluchten begrenzten seinen Lauf. Kleine Felsen brachen die Strömung des klaren Wassers. Am Rand vom Kiesbett des kühlen Bergbachs wuchsen Farn und Wacholder, der Weg führte uns über einen schmalen Steg. Martin fragte, aus welcher Perspektive sich das rechte Maß bestimmen ließe: „Welche wissenschaftliche Disziplin, welche Theorie erfüllt mir den Traum und führt zu der Überzeugung, damit die Unruhe in meinem Herzen Frieden findet?" Martin richtete diese Frage nicht an mich, sein Blick schweifte weit in die Ferne. Die Schönheit, die ich beim Anblick der hoch wachsenden Sträucher und mannigfaltig bunten Blütenpracht empfand, genoss ich im stillen, Martin erwartete von mir keine Antwort. Sein Schluchzen, dass der Kampf enden möge, sein Weinen wünschte und griff nicht mehr als nach Frieden in seiner Seele, Martin befand sich in einer zutiefst erschütterten Verfassung. Die Depression zu überwinden, würde ihm ohne Hilfe mit Sicherheit nicht gelingen.

Ein Mensch, der über Jahre eine tiefe Depression durchlebte, benötigt Zeit, um wieder zu Bewusstsein zu kommen. Der Gang zu sich selbst, das Erschrecken, ist ein bedeutsamer Schritt. Die Trauer, Ausdruck für das Drama der Seele, sowie die Hilflosigkeit wollen nicht enden. Der Mangel, sich seinem Willen entsprechend nicht zu entwickeln, der Rückzug aus sozialen Kontakten, die Vereinsamung und der Verlust der Fähigkeit zu anderen Menschen Beziehungen aufrecht zu erhalten, führen im Einzelfall zu Entscheidungs- und Handlungsunfähigkeit. Der Mensch fühlt sich verunsichert, er ist auf die Hilfe seiner Mitmenschen angewiesen, das eigene Leben für sich zu bewältigen, sieht er sich nicht mehr imstande. Angst regiert ihn, in die Zukunft zu blicken, daran mag er nicht denken, scheu schreckt er vor den drohenden Rückschlägen zurück, eine weitere Verletzung würde er nicht verkraften.

Martin mangelte es an Zuwendung, an Gesellschaft und Zärtlichkeit. Kein Mensch erträgt auf Dauer die Einsamkeit, ohne Schaden an ihr zu nehmen. Ihm professionelle Hilfe zu empfehlen, wagte ich nicht. Ich fürchtete, dass mir der winzige Rückstand an Vertrauen, das er mir reichte, unmittelbar wieder aus beiden Händen gleiten würde. Er suchte keinen Rat bei mir, er suchte Trost. Er hockte gekrümmt in einer Nische, in die er sich geflüchtet hatte. Er zitterte am gesamten Körper, seine Haut war zerkratzt, er hatte sich sein Fell zerrauft. – „Ich will doch leben", schluchzte er. „Ich will mein Leben doch nicht zerstören." Aufmerksam hörte ich Martin zu, die Situation war sehr ernst. „Ich will nicht sterben, ohne mein Leben richtig gelebt zu haben. Aber wie finde ich das rechte Maß? Ich bin mir doch nicht einmal mehr meiner selbst gewiss. Wem soll ich da die Treue halten?" fragte er mich. – Das war sein Beginn. Die Talsohle war erreicht, von da an führte sein Weg, wenn auch mühsam bergauf.

Nach dem Erschrecken, setzt sich die Welt wieder Stück für Stück zusammen. Alle Gewissheit entbehrend bedarf die Unsicherheit eines Schutzes. Martin verglich sein Gefühl mit der Hilflosigkeit eines Neugeborenen, er litt unter Stimmungsschwankungen. Die Leere, die er in sich fühlte, reagierte unmittelbar auf alle Reize, die er um sich herum wahrnahm. Fühlte er sich gegen Mittag niedergeschlagen und saß er wie erstarrt, klagte er über seinen mangelnden Antrieb. Die ihn beherrschende Sinnlosigkeit, die ihn an seinem Alltag aktiv Anteil nehmen zu wollen hinderte, quälte ihn. „Ich wüsste nichts, das mein Interesse wecken könnte", äußerte er resigniert: „Ein Tag ist wie der andere." Abends im Kommunal plauderte er heiter: „Kein Tag ist wie der andere, das müsste ich doch wohl am besten wissen. Ich, der mit den Jahreszeiten lebt." Martin war fröhlich, seine Zurückhaltung war gänzlich gewichen: „Das kleine Paradies, um das ich mich Tag für Tag kümmere, die Pflanzen, die im Sommer blühen, das Laub, das im Herbst fällt. Wie kann da ein Tag wie der andere sein?" Seine Worte wirkten euphorisiert, der Optimismus, den Martin ausstrahlte, schien durch nichts zu bremsen. Am darauf folgenden Tag führte er mich am späten Nachmittag durch Planten und Blomen: Martin bestimmte die Pflanzen. Mit aufgeregter Stimme nannte er mir die Namen der Bäume, der Blumen und Sträucher. Zunächst wählte er die deutsche Bezeichnung: Schwarzpappel; wies mich auf die nahen Verwandten dieser Gattung hin: Silberpappel, Zitterpappel; der Vollständigkeit halber fügte er den lateinischen Namen der wissenschaftsbezogenen Nomenklatur hinzu: Populus nigra, Populus alba, Populus tremula. Er wies mich auf die vielen Merkmale hin, die die Pflanzen voneinander unterscheiden und die zur Bestimmung einer Pflanze notwendig zu beachten sind: Die Gestalt, die Größe und der Stamm. Blattstellung: ob gegenständig, wechselständig oder gescheitelt; der Blattrand: ganzrandig, gekerbt, gezähnt. Triebe, Knospen, Blüten, Früchte und Rinde, bewundernd hörte ich Martins Ausführungen zu. Nachdem wir eine große Runde gegangen waren, setzte sich Martin auf die Bank hinters Museum. Resigniert senkte er den Kopf. Ich verstand nicht, warum ihm seine Begabung nichts bedeute. Nach einer kurzen Weile antwortete er: „Das Bestimmen von Pflanzen ist eine kaum kreative Leistung. Ich dokumentiere, ich reproduziere, ich gestalte nicht, ich funktioniere. Ich eigne mir die Begriffe einer Norm an, die ich von außen vorgegeben stillschweigend zu akzeptieren habe. Ich schlucke und spucke sie wieder aus. Verdient diese Tätigkeit Anerkennung? Das Wissen allein genügt nicht, um sich mit Stolz zu präsentieren. Es mangelt an Persönlichkeit, meinem individuellen Beitrag."

Am Abend erzählte Martin mir, was geschehen werde, sobald er allein sein würde: Martin litt unter Schlaflosigkeit. Er fürchtete sich vor der Einsamkeit. Lag er nüchtern in seinem Bett, suchten ihn sogleich Gedanken verschiedenster Art heim: Erinnerungen aus ferner Vergangenheit, wie auch Ängste vor seiner Zukunft, Episoden aus seinem Leben, für die er sich bis heute schämte. Die Krise erreichte ihren Höhepunkt, nachdem Johanna ihn zum zweiten Mal verlassen hatte: Sein Körper weigerte sich zu schlafen. Martin betrank sich, bis er nicht mehr auf beiden Beinen stehen konnte. Er schwankte und stürzte, am nächsten Morgen wachte er matt auf, an die Einzelheiten konnte er sich nicht mehr erinnern. Martin wähnte sich den Menschen gegenüber schutzlos ausgesetzt. Als er in der Küche ein Messer in der Hand hielt, fragte er sich, ob er sich mit diesem zu zerstückeln habe. Seine Zukunft, fürchtete er, würde in einer psychiatrischen Klinik enden. „Freude", sagte er, „wird vorerst nicht einkehren."

Martin stellte sich das Ende vor: In den frühen Morgenstunden mitten in der Woche fällt einem Spaziergänger im Karolinenviertel ein Mann auf, der vollkommen nackt ohne Orientierung durch die Straßen irrt. In der rechten Hand trägt der Mann ein Küchenmesser. Der Spaziergänger ruft die Polizei, dem Mann folgt er unauffällig. Er verliert den Mann am Zaun zum Botanischen Garten aus den Augen, kurz nachdem der Mann über den hohen Zaun gestiegen war. Die Suche verläuft erfolgreich. Eine Streifenwagenbesatzung findet den Mann auf einer Parkbank ganz in der Nähe des Teepavillons im japanischen Garten. Der Mann sitzt gekrümmt, er zittert am gesamten Körper und stammelt wirres Zeug. Der drängenden Aufforderung der Beamten, das Messer auf den Boden zu legen, leistet der Mann Folge. Die Beamten stutzen, später wissen sie zu berichten: Ein Fall für den psychiatrischen Notdienst, auf der Klinge des Messers fand sich kein Blut. Mit keinem Wort beantwortet der Mann ihre Fragen, seine Identität bleibt ungeklärt. Wenige Tage später sieht man seinen kahlrasierten Schädel in der Zeitung: Wer kennt diesen Mann? Der Personalchef vom Gartenbauamt meldet sich bei der Polizei, nachdem ein Mitarbeiter Martin auf dem Bild erkannt hatte. Er fährt in die psychiatrische Klinik Ochsenzoll und bestätigt die ihm aus der Akte bekannte Identität. Fassungslos ruht sein Blick auf der ausgemergelt dürren, ehemals kräftigen Gestalt. Der diensthabende Psychiater fand nach der Einlieferung keinen Zugang zu dem Mann. Überhaupt einen Zugang zu dem Patienten zu finden, dürfte sich als äußerst schwierig erweisen. Wenige Minuten nach seiner Ankunft griff Martin in einem unbeobachteten

Moment das Krankenhauspersonal an. Vier Pfleger überwältigten den sich vollkommen verausgabenden Mann. Die Arme und Füße an ein Bett geschnallt, verabreichte ihm der Arzt ein starkes Schlaf- und Beruhigungsmittel.

Ich sehe Martin Tage später im Schatten eines Baumes auf einer Bank im Garten des Krankenhauses sitzen. Ein Arzt sitzt neben ihm und fragt ihn nach seinem Befinden: Wie geht es ihnen? Wie fühlen sie sich? Martin versteht die Frage des Arztes nicht: Wie ich mich fühle? Wer fragt nach meinen Gefühlen? Martin weiß nicht, was er auf diese Frage zu antworten hat. Martin weiß nicht, was für eine Antwort der Arzt von ihm erwartet. Martin wird die Situation später einmal wie folgt erklären: In jenem Moment wurde mir bewusst, dass mir der Zugang zu meinen Gefühlen völlig abhanden gekommen war. Mein Gefühlsleben blieb über Jahre aus. Die innere Erstarrung war das Ergebnis meiner gehemmten, reich an Konflikten und zutiefst belasteten, nie wirklich stattgefundenen Entwicklung einer eigenen Persönlichkeit. Ich lebte, ohne Rücksicht auf meine Gefühle, ohne Rückblick auf meine Wünsche und meine Bedürfnisse. Erregung und Missbehagen, Wut, Ekel, Furcht sowie Freude und Entzücken waren Gefühle, die mir fremd waren, deren Ort in meiner Seele näher zu bestimmen ich nicht imstande war. Diesen Zustand beschreibt die Medizin als Gefühlsstarre. Als ich begriff, dass meine Träume stets zurückgewiesen worden waren, sowie ich sie mir schließlich selbst verbeten hatte, begann ich in der Gegenwart von dem Arzt zu weinen. Ich ertrug die Schmerzen nicht, ich fürchtete mich vor der Gewalt meines Wesens, ich verlangte nach einem Schutz. Als ich die Augen öffnete, erwachte ich aus einem tiefen Schlaf. Mein Leben setzte sich von da an auf eine andere, mir neue Art zusammen: Begriffe wie Misstrauen und Vertrauen, der Selbstwert, Selbstvertrauen und Selbstachtung erhielten Eingang. Begriffe, deren Bedeutung ich zu Beginn nicht verstand, Gefühle, zu denen ich mir einen Zugang zu verschaffen, und denen ich einen Sinn zuzumessen zu lernen hatte. Ich benötigte Monate, um dieses Bewusstsein zu erlangen.

Martin war krank. Er klammerte sich an sein Leben. Ich nahm ihn mit zu mir nach Hause, wo er die nächsten Nächte schlief. Ben war Martin ein treuer Gefährte. Während Martin dem Hund zu trinken gab, legte ich seine Matratze in meinen kleinen Flur und bezog Decke und Kopfkissen. Vorsichtig empfahl ich Martin Regelmäßigkeit, einen geregelten Tagesablauf. Martin folgte meinem Rat. Bereits am darauf folgenden Morgen stand er um halb acht auf, er hatte nur wenige Stunden geschlafen. Pünktlich um neun Uhr erschien er überraschend zur Arbeit, die freien Tage golt er mit einer Mahnung ab, galt er als zuverlässig. Er schilderte seinem Vorgesetzten die Situation, erklärte seine unentschuldigte Abwesenheit mit einem depressiven Rückfall infolge seines Gedächtnisverlustes. Der Vor-

gesetzte hörte Martin mit ruhiger Haltung zu und reagierte unerwartet verständnisvoll: Er bat Martin, zumindest eine Krankschreibung nachzureichen. Martin
lud Harke, Spaten und Besen in die Schubkarre und
wandte sich den Beeten zu. Mittags saß er im Schatten
des Museums und beobachtete das rege Treiben im
Park: Mütter schieben ihre Kinderwagen, sitzen munter plaudernd auf den Bänken der Spielplätze, wo ihre
Kinder nach Herzenslust lärmen. Studenten breiten
ihre Badetücher auf der Wiese aus. Dort liegen sie in
ihre Bücher vertieft, während andere junge Menschen
in der prallen Sonne Fußball oder Federball spielen.
Nachmittags versammeln sich Jugendliche an der
Rollschuhbahn. Sie stehen in kleinen Gruppen am
Rand oder hocken vereinzelt auf den Stufen der klei-
nen Tribüne. Auf der Terrasse des Park Cafés trinken
Rentner im Schatten einer Pergola Kaffee. Kurz nach
Feierabend ging Martin zum Großneumarkt. Er setzte
sich auf eine der Holzbänke, die auf dem gepflasterten
Platz vor den Kneipen stehen, und bestellte ein Bier.
Ben begleitete Martin überall hin. Er lag hechelnd zu
Martins Füßen und sah erwartungsvoll zu ihm auf.

Abends kreiste Martins Grübeln stets um Gedanken
gleicher Art, tagsüber lenkte ihn die Arbeit ab. Betrübt
saß er am Tresen im Café Kommunal und stierte in
sein Glas: „Johanna", seufzte er und sah mich an: „Sie
fehlt mir." Johannas unterirdische Welt: Die Tiefe
ihrer Sehnsucht griff in weite Ferne, unerreichbar
verhallte ihr Ruf nach Menschsein. Martin sprach von

190

tief empfundener Nähe, die ihn an Johanna band. „Warum", fragte er, „nahm Johanna mich nicht an die Hand? Warum bat sie mich nicht, sie zu begleiten? Warum liebte sie Daniel? Warum Ben? Warum führte sie mich nicht fort in die Welt ihrer Träume? Warum zeigte sie mir gegenüber nicht die Bereitschaft, mich in ihr Herz zu schließen?" Martin bewunderte Johanna, sie war begabt. Sie teilten die Kunst sowie die Musik, vergnügten sich auf vielerlei Art. Dennoch: Das gemeinsame Interesse genügte nicht für eine liebevolle Bindung. Martins Aufmerksamkeit und Rücksicht fand nicht die gebührende Beachtung.

Johanna war nicht solchermaßen kompliziert veranlagt, dass Martin den Gegenstand ihrer Sehnsucht nicht hätte begreifen können. Ihr Bedürfnis, in andere Ecken des Erdballs zu fliehen, um dort ein Stück Glück zu erhaschen, war nicht sonderbar. Martin stellte sich ihrem Drängen nach Freiheit nicht in den Weg. Johannas Flucht aus ihrem Elternhaus setzte sich fort. Aus gutem Grund verlangte sie nach einer Heimat. Die fernen Länder bieten Möglichkeit, der Gedanke birgt Hoffnung, Träume erleichtern die Schmerzen, Wehmut ist da fehl am Platz. Johanna blickte nie zurück, ihren Blick wandte sie nach vorn. Räume öffnen sich, das schwere Tor steht sperrangelweit auf, ihr Wunsch: Das Dasein entfaltet sich rein. Im Hier und Jetzt empfindet der Mensch das nie Gefühlte, den Gegenstand seiner Sehnsucht in der Hand erklärt er überzeugt: Nichts wird umsonst gewesen sein.

„Glück findet sich an jedem denkbaren Ort der Erde", stellte Johanna mir gegenüber einmal in Aussicht. „Die Unzufriedenheit ist selbst verschuldet. Unglück zeugt vom Unvermögen, sich trotz seiner Verletzung zu entfalten. Mein Dasein fristet in einer Umgebung, die ich als Fremde empfinde. Nichts bindet mich an die Kälte dieser Stadt. – Heimat", fuhr Johanna fort, „ist der Ort des Vertrauens, der Mensch fühlt sich geschützt. Ohne dass er die Gefahr einer sich in naher Zukunft wiederholenden Verletzung wittert, weiß er sich geborgen. Er ist sich gewiss, seine Zweifel dem Verständnis seiner Mitmenschen anvertrauen zu können." Das Glück setzt weder eine kalkulierte Zukunft voraus, die Besitz garantiert, noch überzeugt die Notwendigkeit eines wohlgeordneten Alltags, der mit Absehbarkeit vollgestopft Störungen jeder Art ausschließt. „Die Furcht vor der Ungewissheit zu überwinden, reißt der Gewohnheit notwendig den Boden unter den Füßen weg." Johanna war überzeugt, trotz der Entbehrung zu überleben. Das Glück, das sie in Hamburg zu finden hoffte, hätte nie mehr als einem Kompromiss entsprochen.

Die Verletzung sitzt tief, das Misstrauen ist unermesslich. Johanna äußerte mir gegenüber ihr Bedürfnis nach Schutz und Geborgenheit. Der Konflikt mit ihren Eltern aber schlummerte auch weiterhin unangetastet. Von ihrem Stiefvater zutiefst gedemütigt floh sie aus dem Haus, ihre Mutter unternahm nicht einmal den Versuch, Johanna vor seiner Gewalt zu schützen.

Noch viele Jahre nach der Scheidung fühlte Johanna sich von ihrem leiblichen Vater verstoßen, bis sie schließlich von ihrer Großmutter erfuhr, dass ihre Tochter Hanna Konstantin jeden Kontakt zu seiner Johanna verbat. Hanna enthielt ihrer Tochter die Briefe und Karten ihres Vaters vor, so wie sie die Geschenke zu den Geburtstagen ihrer Tochter und zu Weihnachten in den Müll warf. In Einsamkeit schirmte Johanna ihre Gefühle, ihre Wünsche und Bedürfnisse vor Zurückweisung nach außen hin ab, ängstlich zog sie sich zurück. Die Wut und Trauer, die sie eigentlich hätte empfinden müssen, schluckte sie trocken die Kehle hinunter. Sie fühlte sich minderwertig. Sobald eine Hand an die Wunde griff, schossen Johanna die Tränen in die Augen, ihren tief empfundenen Schmerz offenzulegen, schämte sie sich. Zudem fürchtete sie, ihre Schwäche weiteren Stichen auszuliefern. Johanna mangelte es an dem Vertrauen keiner weiteren Verletzung. Ihrer Erfahrung gemäß endete jeder Konflikt in Unterdrückung und Ausgrenzung. Sich vor der ihr drohenden Zerstörung zu schützen, war sie sich keines Mittels gewiss. Der Verstand ist der Willkür eines Menschen sich zu widersetzen nicht gewachsen. Der einzige Ausweg, erwog sie, ist die Flucht. Ihr Rückzug sicherte das Überleben. Die Schwäche aber, den Konflikt zu meiden, die Furcht sowie der schweigende Schrei lasteten schwer auf ihrer Seele. Schweigsamer Protest begleitete sie, Rastlosigkeit, die Unruhe nach Überwindung und Linderung ihrer Verzweiflung. Ich wünschte Johanna einen Ort, wo sie Ruhe, wo sie ihren Platz in der Gesellschaft finden und wo ihre Flucht enden würde. Martin empfand Mitleid für Johanna, er zeigte die Bereitschaft, sie zu schützen. Aber: Welcher Mensch möchte Mitleid ernten? Möchte der Mensch nicht vielmehr bewundert werden und auf Fürsprache hoffen können?

Ende August erreichte Martin ein Brief. In dem Kuvert steckten eine Karte aus Agrigent und ein Flugticket nach Sizilien: Hamburg – Catania, Italien. Hoffnung flammte auf. Am Abend saß Martin mir gegenüber am Tresen im Kommunal. Karte und Ticket bewahrte er griffbereit in der Innentasche seiner Jacke auf. Der Hinweis, dass sie ihn gefunden habe, lockte Martin aus seinem Loch. *Komm und sie ihn dir an.* Martin suchte meinen Rat: Die Überzeugung, Johanna sei zu mehr als Freundschaft nicht bereit, hielt Martin von dem Versuch einer Annäherung ab, die über ihr freundschaftliches Verhältnis zueinander hinausführte. Er fürchtete die Zurückweisung ihrerseits, die damit einhergehende Gewissheit, die seine Hoffnung endgültig in Stücke schlagen würde. Er zwang sich zur Zurückhaltung. Johanna auch nur ein Mal aus freien Stücken zu berühren, wagte er nie. Den Schmerz, meinte er, hätte er zu ertragen. Die Liebe sei nicht zu erzwingen, dieses Gefühl erwache tief in ihr selbst. – „Wie lange willst du warten?" fragte ich. Ratlos zog Martin beide Schultern hoch. „Denke ich an Johanna", erklärte er, „durchströmt mich ein Gefühl, das stärker ist als der bloße Eroberungswille oder das gierig nackte Verlangen. Ihre Gegenwart kehrt die Welt auf den Kopf." „Deine Welt steht Kopf", unterbrach ich Martin. „Ihre Verletzung aber", fuhr Martin unbeirrt fort, „die Vergangenheit, die sie tief in ihrem Herzen trägt, sitzt tief verwurzelt." „Dessen ist sie sich bewusst", wies ich Martin zurecht: „Du aber unterschätzt ihren Willen." Martin sah mich erstaunt an. „Martin, du und deine Resignation, ihr steht euch im Wege. Du strahlst nichts von Zukunft aus. Trauer steht dir ins Gesicht geschrieben. Wie könntest du Johanna trösten? Du selbst ringst doch um Trost. Wie könntest du Johanna zu etwas ermuntern? Benötigst du doch selbst jemanden, der dich aufmuntert." Betrübt senkte Martin seinen Kopf. „Harte Worte", bemerkte er, „sie stechen mitten in mein Herz." „Ganz gewiss", antwortete ich, „harte Worte. Niemand aber erhebt dir gegenüber einen Vorwurf oder meidet dich gar mit Hinblick auf deine verfahrene Situation, in die du dich einst selbst katapultiertest. Ganz im Gegenteil: Du Martin verfügst über Begabungen, die ich für bewunderungswürdig halte, die du aber zu meinem Erstaunen gegenwärtig von dir zurückweist. Du ganz allein konfrontierst dich mit dem Vorwurf, wie das geschehen konnte." „Eine Änderung wird die Grenze zwischen Johanna und mir nicht niederreißen", widersprach Martin. „Was um alles in der Welt gibt dir diese Gewissheit?" entgegnete ich ihm: „Du ganz allein Martin gestaltest dein Leben. Du ganz allein richtest dein

Möglichsein gemäß deiner Vorstellungen ein. Du ganz allein bist für dein Glück verantwortlich, ich nicht und Johanna ebenso nicht. Gehe in dich, horche tief und kehre zu den Gründen deiner Trauer zurück. Werde dir deiner Wünsche gewahr und setze sie kraft deines Willens in die Tat um. Löse dich von der Abhängigkeit zu anderen Menschen, um der zu werden, der du sein willst. Schütze dich vor dem Einfluss der Mitmenschen, um nicht gelebt zu werden und um nicht in dem Gewolltwerden zu ertrinken." „Soso!" fuhr Martin mich an: „Wer bin ich denn bitte?" „Das weiß ich doch nicht", entgegnete ich ihm: „Das Leben, das du gegenwärtig führst, denke ich, ist denkbar ungeeignet, um dir deine Frage zu beantworten." Martin schluckte. „In welchem Zusammenhang aber steht dies zu der Beziehung zwischen Johanna und mir?" fragte Martin nach. „Sobald die Leere", erklärte ich, „die du gegenwärtig in Einsamkeit wahrnimmst, gewichen ist und du für dich ganz allein das Gefühl spürst, dein Leben verfüge vollkommen unabhängig von dem Urteil deiner Mitmenschen über glückliche Momente, frage, ob die Liebe, die du einst für Johanna empfandst, in der Tat Liebe war oder ob dich dein Gefühl in die Irre führte und du das drängende Bedürfnis nach ihrer Nähe vielmehr mit deiner Hoffnung und deinem Hilfeschrei verwechseltest, der gefürchteten klaffenden Leere zu entrinnen sowie die in Einsamkeit peinigenden Momente aus deinem Leben zu drängen und dich mit Hilfe ihrer Gegenwart vor die-

196

sen zu schützen." Martin stutzte. Ich fuhr fort: „Ich unterstelle dir die Resignation, dem wahren Selbst abhanden gekommen zu sein, sowie die Furcht, diesem auch in Zukunft nicht auf die Spur kommen zu werden. In diesen Punkten unterschied ich Johanna nicht von dir. Anstatt ihr aber den Rückzug zu sichern und sie vor der Einsamkeit zu schützen, die du ebenso fürchtest, rate ich dir, dich zunächst deiner eigenen verloren gegangenen Möglichkeit zuzuwenden! Dein Pflichtempfinden, dich um das Wohl Johannas zu sorgen, lenkte dich ab von deinem Streben, fort auf einen schmalen Pfad, wo du kaum auf Rücksicht stießt. Johanna gegenüber bist du vorerst zu nichts verpflichtet."

Roman betrat das Lokal. Als er Martin erkannte, der mit hängenden Schultern niedergeschlagen am Tresen saß, zog er erstaunt, ohne dass Martin dies bemerkte, seine Augenbrauen hoch. Roman war mein Freund. Wir lernten uns vor über zehn Jahren kennen, kurz nachdem ich nach Hamburg gezogen war. Martin war inzwischen wieder in seine eigene Wohnung zurückgekehrt, und ohne dass ich Martin davon erzählte, weihte ich Roman vor Wochen in Martins Probleme ein. Nickend grüßte Roman Martin. Ich reichte ihm ein Glas Rotwein, woraufhin er sich wie gewohnt ans Klavier setzte, das in dem Lokal hinten rechts in der Ecke stand. Kurz darauf fragte Martin: „Sollte das Vergessen, die Möglichkeit seine Vergangenheit zu versenken, tatsächlich richtig sein, anstatt ihr entschlossen gegenüber zu treten, mit ihr und aus der Erfahrung zu leben?" – Was hätte ich antworten sollen? – „Ich meine", fuhr Martin fort: „Denke ich an meine Zeit in Göttingen zurück, ergreift mich keine Wehmut. Denke ich an mein Tätigsein als Mikrobiologe, an die Zeit im Institut, will ich auch heute meine Arbeit im Botanischen Garten nicht zurücktauschen. In Abwesenheit von Johanna aber fühlen sich all meine Beschäftigungen stumpfsinnig an. Es mangelt an Hoffnung. Sag du mir, wie ich entscheiden soll!" – Was sagt dir dein Gefühl? Diese Antwort lag mir auf den Lippen. Dennoch entschied ich zu schweigen und überließ Martin sich selbst in Einsamkeit. Eine Entscheidung hatte er ganz für sich allein zu treffen.

Wer bin ich? Was will ich? Wer bin ich ohne sie? Fragen, für die Martin keine Antworten bereit hielt, Fragen, die ein Mensch nur ganz allein für sich zu klären imstande ist. Der Blick reicht tief, schweift weit in die Vergangenheit zurück, ich erinnerte mich. Während sich das Lokal an jenem Abend allmählich füllte und ich zunehmend mit der Bedienung der Gäste beschäftigt war, spulte mein Gedächtnis fortwährend ein Ereignis vor und zurück: Franziska. Ich lernte sie im Frühjahr nach der Maueröffnung im Café Rosali kennen, einem hellen kleinen gemütlichen Lokal, unten am Eck einer mäßig befahrenen Einbahnstraße in Berlin Kreuzberg. Am frühen Abend kehrte ich von einer kleinen Fahrradtour zum Großen Müggelsee im

Osten der Stadt zurück, ich genoss in jenen Monaten die offenen Grenzen. Fühlte ich mich die Jahre zuvor in der Millionenstadt von der übrigen Welt stets abgekapselt, eingeschlossen, machte ich seit diesem November von meiner hinzugewonnenen Freiheit vielfach Gebrauch. Meine Eltern verstanden meine Vorliebe nicht, trug ich mein Rad die Kellertreppe hoch, um durch die Großstadt zu fahren, ebenso wie sie meine Vorliebe für die Musik mit mir nicht teilten. Ich hingegen sah mir Berlin unzählige Stunden an. Berlin bei Tag, Berlin bei Nacht. Am Tage fiel mir das Rad fahren in dem dichten Autoverkehr schwer, in der Nacht aber bereiteten mir die Lichter, der dunkle Himmel sowie die Sterne eine ganz besondere Freude: Ich fühlte mich frei, leicht, unabhängig. Losgebunden, bald schwebend raste ich durch die hell leuchtende Stadt: Über den Kurfürstendamm in Richtung Siegessäule, am Schloss Bellevue vorbei nach Moabit, quer durch die Stadt nach Steglitz, Zehlendorf, die Havelchaussee entlang am Wannsee weiter nach Charlottenburg. Der Beton und Stacheldraht versperrten mir die Sicht. Mir meine Sehnsucht von der Sonne über dem Meer und nach nicht enden wollenden Wäldern zu erfüllen, Berg rauf, Berg runter bis zur Erschöpfung, eine frische Brise, den Regen im Gesicht, ein feuchtes T–Shirt, feuchtes Haar, einen kühlen Bauch, bestand ich die Aufnahmeprüfung an Musikhochschule in der Freien und Hansestadt Hamburg. Die Zusage in der Schublade vom Schreibtisch fiel mir der Abschied nicht schwer. Das Sommersemester begann im April. In der Gehörbildung lernte ich Roman kennen, einen Tag später begleitete er auf dem Klavier mein Gitarrenspiel.

Ich mutmaßte, dass Franziska in regelmäßigen Abständen am frühen Abend ins Rosali gehe. Aufgrund ihrer Ruhe, mit der sie sich in die Tageszeitung vertiefte, schloss ich auf eine Art Routine, die ohne die Schale Milchkaffee und die Zigarette ihre Bedeutung verloren hätte. Ab und an strich Franziska sich durch ihr glattes dunkelblondes Haar, das weit über ihre schmalen Schultern fiel. Sie strich mit der flachen Hand über ihren Hinterkopf oder kringelte eine dünne Strähne um ihren linken Zeigefinger. Nach einer Weile richtete Franziska sich auf. Sie legte die Zeitung beiseite und zog mit beiden Armen ihren blauen Wollpullover über den Kopf. Sie warf ihr Haar zurück, zum Vorschein kam ein hellgraues T–Shirt, unter dem sich faustgroße Brüste verbargen. Ich zögerte. Ich beobachtete Franziska heimlich aus den Augenwinkeln heraus. Obwohl die Entfernung zu ihr nur wenige Meter betrug, eine Strecke, die kaum der Rede wert, die mit einem Sprung, einem entschiedenen Satz zu bewältigen war, bedurfte es vorerst der Überwindung meiner Furcht vor einer Zurückweisung ihrerseits. Ich war mir meiner nicht sicher, dachte, entweder oder, und gab mir schließlich einen Ruck. Ich sah auf die Uhr, trank meine Schale Milchkaffee aus und stand auf. Mit wenigen Schritten ging ich zu dem

Tisch hinüber, an dem Franziska saß. Ohne zu fragen, setzte ich mich auf den freien Stuhl links neben sie und sah sie an. Ob sie einen Freund habe, fragte ich nach einem kurzen Augenblick. „Nein", antwortete sie mit ruhiger aufgeschlossener Stimme, senkte leicht die Zeitung und musterte mich zu ihrer Linken. Von da an, scheint mir, entschied ich, mich in Franziska zu verlieben, ganz so als hätte ich vom ersten Augenblick an nie eine andere Möglichkeit in Erwägung zu ziehen gewagt, als mich auf diese Frau einzulassen, sie fraglos zu akzeptieren und mich ohne Vorbehalte mit einem klaren Ja zu ihr zu bekennen.

Interessiert wartete Franziska ab. Sie war gespannt, wie ich das Gespräch beginnen würde. Später gestand sie mir ihr Entzücken, das meine breiten Schultern in ihr hervorgerufen hatten, die ich leicht nach vorne schob, während meine Hände verlegen zwischen meinen Knien ruhten. Mit sicherer Hand griff sie die Zigarettenschachtel und bot mir eine Zigarette an. Ich wusste nicht, was ich in einem solchen Moment erwartungsgemäß zu fragen hatte, zog mit leicht zitternder Hand eine Zigarette aus der Schachtel und wäre am liebsten sofort im Boden versunken. Franziska ließ sich nicht aus der Ruhe bringen. Sie zündete einen Streichholz an, beugte sich vorn über und hielt mir die Flamme unter die Nase. Sie warf einen flüchtigen Blick auf meine linke Hand und betrachtete kurz meine kurzgeschnittenen, gepflegten langen Finger. – „Machst du das immer so?" fragte sie mit fester

Stimme. Ihre Frage verunsicherte mich. Ich fürchtete, dass sie in mir aufgrund meiner Verlegenheit bereits wie in einem aufgeschlagenen Buch las. Franziska hatte jedoch nicht die Spur einer Ahnung, was sie von all dem halten sollte. Sie nahm ihren Milchkaffee, hielt diesen mit beiden Händen und sah mich mit amüsiertem Blick abwartend über den Rand ihrer Schale an. „Nein", antwortete ich schließlich, „noch nie", fügte ich schnell hinzu und hoffte zugleich, dass meine Worte sie überzeugen würden. Franziska lächelte. Sie lehnte sich zurück, zog mit Genuss an ihrer Zigarette und blies den Rauch weit in den Raum. „Wohnst du hier?" fragte sie und erlöste mich von meiner Qual. „Nein", antwortete ich, „ich wohne noch bei meinen Eltern in Charlottenburg", und begann zu erzählen. – Dass wir wenige Stunden später gemeinsam aus dem Rosali aufbrechen würden, hätte ich nie erwartet. Franziska trug eine grüne Wollmütze auf dem Kopf und einen grünen Rucksack auf dem Rücken. Keine hundert Meter entfernt tanzten wir am frühen Morgen eng aneinandergeschmiegt auf der kleinen Tanzfläche der Diskothek Underground, als ich sie zum ersten Mal küsste. Ich war überzeugt, dass Franziska die Frau war, auf die ich gewartet hatte, die Frau, die ich immer lieben würde.

„Stell dir vor: Eines Tages stehe ich unangemeldet vor deiner Tür in Hamburg. Wie wirst du reagieren?" Die Antwort blieb ich Franziska schuldig, bis sie schließlich im Mai vollkommen überraschend vor meiner Wohnungstür stand. Roman besaß eine Vier-zimmerwohnung in der Wincklerstraße, meinen Lebensunterhalt bestritt ich zu jener Zeit mit Straßenmusik. Franziska hob ihren schweren Koffer an und stellte ihn wenige Meter weiter in den Flur. Während ich vier Jahre später das Lokal pachtete und mich für den Namen Kommunal entschied, mietete Franziska einen kleinen Laden in der Martin–Luther–Straße, wo sie ihre Schneiderei einrichtete. – Martin und Ben lagen im Flur, als sie mich fest in ihren Armen hielt: „Er wird das schon packen, hab Geduld." – Ihre Worte beruhigten mich. Ich vertraute ihrem Rat, wie wir einander immer vertraut hatten. Mein erster Eindruck damals im Rosali hatte mich nicht getäuscht. Wir waren jung, hielten den Blick auf unsere Gefühle gerichtet, wir brauchten uns nicht zu erinnern. Wir trauten dem Gefühl, spürten Schmerz und Freude, Hoffnung und die Enttäuschung, der Wille wies uns den Weg. Wir handelten stets im Einklang mit unseren Gefühlen, wir waren glücklich, ebenso wie wir die Trauer kannten.

Johanna wünschte sich einen Menschen in ihre Gegenwart, dem zu vertrauen war. Das Vertrauen aber beruht nicht auf Schweigen, das Vertrauen spricht. Vertrauen bekundet die Bereitschaft, sich dem Freund zu offenbaren und ihm die Einkehr in das Herz zuzubilligen. Johanna wünschte sich einen Menschen, der ihren gequälten, kurz vor dem Ertrinken gurgelnden Hilfeschrei vernahm, der ihr Drängen hoch an die

Oberfläche nachempfand, ein Freund, dem sie ihre geistige Einsamkeit zu schildern bereit sein würde, ohne dass die Furcht von ihr Besitz ergriff, sich lächerlich zu machen und gar ausgelacht zu werden. Johanna wünschte sich, dass ihre Not ernst genommen würde. Martin begriff, dass die vielen Fragen, die er an sich sowie an Johanna richtete, nicht geklärt sein würden, solange er nicht Gewissheit schuf. Seine Zweifel und Spekulationen würden nicht ruhen, ehe er sich um die Antworten bemüht hätte. Sich einen Menschen zu denken, ihn mit Eigenschaften auszustatten und mit Attributen zu versehen, ihm Merkmale anzudichten, die überwiegend der eigenen Phantasie entspringen, birgt Gefahr: Die Wirklichkeit des geliebten Menschen, seine Beschaffenheit stimmt nicht mit den gewünschten Begabungen überein. Dem im Traum geschaffenen Bild mangelt es an Entsprechung. Martin versäumte, seine Erwartungen auf deren Richtigkeit zu prüfen.

Wie fühlt sich ein nach Liebe, ein nach Zuwendung und Zärtlichkeit dürstender Mensch, der einst aufgrund mangelnder Aufmerksamkeit und des mangelnden Respekts aus dem Elternhaus getrieben seine Ziele zu verwirklichen nicht die erhoffte Unterstützung fand? Martin hätte die das Vertrauen raubende Missachtung nachempfinden können, die Trauer und Enttäuschung, aber auch die Wut, sein Leben gemäß dem eigenen Wunsche nicht einrichten zu dürfen. Einsam, auf sich allein gestellt, kämpft der Mensch viele Jahre um die Anerkennung seiner ehemals für förderungswürdig geglaubten Begabung, deren Wert zu jener Zeit nicht geschätzt wurde, derer Zustimmung es dem Heranwachsenden bedurft hätte. Wie fühlte sich Johanna, nachdem Daniel, sich das Leben genommen hatte? Offenbar der erste Mensch nach vielen langen Jahren zu dem Johanna Zutrauen entwickelte. Und Ben?

Anstatt Johanna vorerst verstehen zu wollen und das Unverständnis, seinerzeit durch die Eltern gesät, ausräumen zu helfen sowie der Trauer genügend Zeit einzuräumen, neigte Martin dazu, Johanna eine Bedeutung zuzumessen und sich eine gemeinsame Zukunft mit ihr in Aussicht zu stellen, der sie, ausgestattet mit den Fehlbarkeiten seiner Persönlichkeit, kaum hätte entsprechen können. Martins Hoffnung, Johanna statte sein Leben mit der Lebendigkeit aus, die er aus sich zu schöpfen sich nicht imstande sah, setzte ihn der Unfreiheit aus, der Ohnmacht, sich nicht seines Willens zu bemächtigen und sich nicht seiner Wünsche entsprechend zu entfalten. Die für ihn nicht zu ertragende Verachtung aber, die Martin für sich empfand, sein sich selbst zugeschriebenes Versagen, würde nicht durch die Hilfe seiner Bewunderung für Johanna ausgelöscht. Liebe, als Schutzschild gegen die Einsamkeit, vermag zwar die qualvollen Momente der Scham und Schuldzuweisungen zu verscheuchen. Das gegenseitige Begehren, die gegenseitige Achtung und Wertschätzung, stillt die Schmerzen der Verletzung.

Die Liebenden, zwei sich verwandt fühlende Seelen, reichen sich die Hände. Fest aneinander geschmiegt decken sie für einen Augenblick die tief klaffende Wunde zu, dass der Hass schweigt. Der Selbstakzeptanz jedoch verwehrt diese Liebe den Zutritt. Die Fähigkeit, sich selbst zu vertrauen und sich selbst lieben zu können und nicht den Hass gegen sich oder andere richten zu müssen, würde Martin nie entwickeln, er würde den Mangel weder aufspüren noch seine Wünsche verwirklichen sowie sich sein Wille nie entfalten können würde. Sein Glück würde immer von der Gegenwart Johannas abhängig sein.

„Wie hast du entschieden?" fragte ich Martin nach einer Weile. „Ich werde fahren", antwortete er knapp. „Da ist nichts, das ich zu verlieren haben werde." – Für einen kurzen Moment wich seine Unsicherheit, Martin schien überzeugt. Mit keinem Laut wies er mich noch einmal auf seine Furcht vor der endgültigen Zurückweisung ihrerseits hin, fortan verweigerte Martin mir den Zugang in die eng verschlungenen, ihm das Gehirn zermarternden Theoriegebilde, die nach der Ursache tasteten, warum Johanna sich niemals mehr als zu einer Freundschaft zu ihm bekannt hatte. Einmal erklärte er mir, dass er offenbar nicht attraktiv genug sei, das andere Mal meinte er, dass Johanna die Freundschaft nicht aufgrund intimer Unbedachtheiten hätte gefährden wollen. Die Furcht vor dem Scheitern der Beziehung hätte sie zum Verzicht gemäßigt, einzig um die Freundschaft zu erhalten, eine Gedankenkonstruktion, wie ich meine, die ihm half, den Schmerz der erlittenen Zurückweisung zu lindern und die herumirrenden Gedanken in Einsamkeit zu stoppen, hatte Martin sich ihren Bedürfnissen angepasst und sein Verlangen unterdrückt, um Johanna nicht zu verlieren. – „Nimm dir Zeit", gab ich ihm mit auf die Reise. „Sei nicht streng und erwarte nicht zu viel. Gestatte dir, was du Johanna zugestehst, sorge dich nicht nur um sie, trage ebenso für dich Sorge. Schaff das notwendige Vertrauen." – Um den Hund, die Wohnung und das Atelier würden Franziska und ich uns kümmern, ganz so war es mit Johanna abgesprochen, als sie Franziska vor Tagen anrief. – „Johanna kann mir vertrauen" entgegnete Martin. „Ich fürchte", riet ich ihm, „dass Johanna noch nie jemandem vertraute."

Der Scherbenhaufen liegt zusammengekehrt auf dem blanken Boden. Scharfkantig schichten sich die zerbrochenen, von dem in tausend Stücke geschlagenen Spiegel vor dem auf, der vornübergebeugt am Rande, mit gekrümmten Rücken auf einem Hocker kauert und auf die Erinnerung starrt. Der Abstieg schmerzt. Die Hände blutig, beide Unterarme aufgeschnitten mangelt es dem Kramenden an Freude. Mühsam stöbert er unter den Scherben nach vereinzelten Spuren aus seiner Vergangenheit, übrig bleibt einzig Trauer. Mühsam setzt er die Welt wieder zusammen, Stück für Stück, taps taps taps. Fassungslos starrte Martin auf seine Einsamkeit, als er die Augen öffnete. Martin entschied, ein zweites Mal zu sterben. Er wusste, wie das anzustellen war. Martin packte und brach in Richtung Süden auf.

Während Martin einige Tage später gegen zwölf Uhr seinen Rucksack auf das Laufband am Schalter der Fluggesellschaft stellte, verteilte ich die Aschenbecher auf die Tische im Café Kommunal. Ben saß in der Tür. Neugierig hob er den Kopf und spitzte die Ohren. Er folgte mir schwanzwedelnd durch das Lokal, lief mir aufgeregt zwischen die Beine und sprang an mir hoch. Offenbar hielt er meine Beschäftigung für ein Spiel. Später, als sich die ersten Gäste setzten, suchte er sich lange und umsichtig einen Platz neben dem Tresen, wo er sich niederließ. Treuselig sah er zu mir auf, während ich an der Kaffeemaschine stand, Milch schäumte und die Kuchen in Stücke schnitt. Tags darauf legte ich ihm eine Decke auf die kühlen Fliesen.

Ben döste, als ich nach zwei Wochen die erste Ansichtskarte vor mir auf den Tresen legte: Agrigento – *... führte mich Johanna hinab ins Tal der Tempel. –* Das Flugzeug, *Hamburg – Catania*, hob um 14.00 Uhr ab. *Nach gut vier Stunden nahm Johanna mich gegen 18.00 Uhr am Ausgang im Flughafen in Empfang. Wohin mich die Reise führt, das will sie mir nicht verraten. Ich bin gespannt.* Und auch mir blieb lediglich Raum für Spekulationen. Lauschte ich bis zu diesem Moment den Erzählungen meiner zwei Gäste, zum Teil bis früh in den Morgen hinein, griff ich bisher auf Informationen zurück, die sie vor ungebetenen Zeugen in ihren Schränken verbargen, folge ich nunmehr den beiden gleich einem Schatten nach Italien. Ich stelle mir vor, Zeuge vom weiteren Verlauf ihrer gemeinsamen Geschichte zu sein: Johanna schickt mir in unregelmäßigen Abständen einen Umschlag mit einigen Fotografien ihrer gemeinsamen Stationen, sie schicken mir Ansichtskarten und schreiben lange Briefe. Auf diese Weise liefern sie mir das notwendige Material, den Halt, der meine Phantasie in Bewegung setzt und ihre gemeinsame Geschichte mit bunten Bildern schmückt. Erhasche ich lediglich Bruchstücke ihrer Wirklichkeit, lege ich die dünnen Fäden behutsam vor mir auf den Tresen und führe die Enden sorgsam zueinander, als knüpfte ich einen Teppich. Ich stelle mir vor: Johanna nimmt Martin am Flughafen in Catania in Empfang. Ungeduldig wartet er in der Gepäckausgabe auf seinen Rucksack, schnallt diesen hastig über die Schultern und eilt zum Ausgang. Nach einem kurzen Moment erkennt Martin Johanna an ihrem kurzen schwarzen Haar. Ihr Gesicht ist braungebrannt, sie trägt ein leichtes, mit bunten Blümchen bedrucktes Sommerkleid. Als sie Martin erblickt, strahlt sie fröhlich. Erleichtert fällt sie ihm in die Arme, ihren Kopf schmiegt sie sanft an seine Schulter, Martin schließt sie fest in seine Arme.

Menschenmassen strömen auf den verstopften Flughafenvorplatz. Die Abgase hängen klebrig schwül in der Luft. Einheimische, in Begleitung ihrer Verwandten, verstauen hastig ihr Gepäck in die Kofferräume vorfahrender Autos, laut hupende Taxifahrer bahnen sich wild gestikulierend einen Weg durch das Durcheinander, etwas abseits nehmen Reiseleiter verstörte Touristen in Empfang, die in Kürze in den Bussen der Reiseveranstalter in die ruhig gelegenen, ihnen versprochenen Küstenorte fahren werden. – „Der Himmel im Schatten des Ätna ist zu dieser Tageszeit meist düster", erklärt Johanna. Sie warten auf den Alibus, der Zubringer, der sich über holprige Straßen in die Innenstadt müht. – Am Bahnhof steigen sie aus und setzen ihren Weg zu Fuß fort. Den Corso Sicilia entlang knattern Motorroller mit lautem Getöse an ihnen vorbei, Autos verstopfen an der belebten Piazza Stesicoro, dem gesellschaftlichen Mittelpunkt der Stadt, die gepflasterten Straßen, die Polizei regelt mit schrillen Trillerpfeifen den dichten Straßenverkehr. Johanna führt Martin zu den Überresten eines römischen Amphitheaters. Sie gehen die Via Etnea, eine Flaniermeile mit kleinen gemütlichen Cafés und hübschen bis eleganten Boutiquen zwei Häuserblöcke weit bis zum Central Palace, ein Hotel der Luxusklasse, wo Johanna für sie zwei Doppelzimmer für die Nacht buchte. Dass Martin bereits in der ersten Nacht ein Bett mit Johanna teilen würde, das hätte Martin nicht ernsthaft in Erwägung zu ziehen gewagt. Zu seiner Begrüßung steht auf dem Tisch in seinem Zimmer eine Flasche Sekt. Martin stellt seinen Rucksack ab, öffnet die Flasche und gießt den Sekt ein. – „Martin, ich freue mich, dass du meine Einladung angenommen hast, ich habe dich vermisst." – Eine Stunde später sitzen sie auf einer Bank im Bellini Stadtgarten und genießen den Blick auf den im Norden in die Höhe ragenden Ätna. Sie schlendern die Via Etnea entlang und wählen einen freien Tisch in einer kleinen gemütlichen Trattoria nahe der Universität, um dort zu Abend zu essen. Die Auswahl ist reichlich: Antipasto, Salate, Pasta als Primo, Pesce mit Beilagen als Secondo, und und und. Als Johanna Martin noch zu einem Eis ermuntern möchte, lehnt er freundlich lächelnd ab: „Danke, ich bin pappsatt." – Früh morgens gehen sie auf den wenige Meter vom Hotel entfernten Markt auf der Piazza C. Alberto. Sie schlängeln sich an den niedrigen Ständen vorbei, an denen die Catanesen Obst, Fisch, Meeresfrüchte und Gemüse, Käse sowie Kleidung zum Kauf anbieten, und bestellen in einer kleinen Bäckerei zwei Cappuccini. Ganz zu Martins Überraschung spricht Johanna italienisch. Sie wählt drei Croissants, je mit Marmelade, Schokoguss oder Vanillecreme gefüllt. Im Anschluss zeigt Johanna ihm die quirlige Stadt.

Nachmittags führt sie ihre Reise bereits nach Syrakus. Sie fahren mit der Bahn an der Küste entlang Richtung Süden. Johanna erklärt Martin: Syrakus sowie Agrigent seien Etappenziele. Ihre Reise würde sie zunächst an die Südküste führen, für Palermo würde sich im Anschluss genügend Zeit finden. Am Bahnhof in Syrakus winkt Johanna einem Taxi zu, das sie in ihr Hotel fährt. Sie wohnen im Grand Hotel, im Herzstück der Stadt auf Ortygia, die von Wasser eingeschlossene Wachtelinsel, am Rande der historischen Altstadt mit dem Blick auf den Porto Grande im Ionischen Meer. Am Nachmittag besichtigen sie die ehemals mächtige, häufig umkämpfte Stadt der Antike: Sie spazieren die Hafenpromenade entlang, schlendern im Schatten durch die engen Gassen und setzen sich auf die Piazza del Duomo. Staunend betrachten sie schweigsam die kunstvoll verzierte Barockfassade der Kirche, die in sich aufgrund mehrerer Umbauten vollkommen verschiedene, in sich fremde Baustile auf sonderbare Weise miteinander vereint. – „An dieser Stelle atmet Krieg wie auch der Frieden", bemerkt Johanna. „Elend paart sich mit einem Stück Harmonie. Das zunächst als Tempel zur Huldigung der griechischen Göttin Athene errichtete Gotteshaus", fährt sie fort, „diente in den folgenden Jahrhunderten den Christen als Kirche, den arabischen Moslems als Moschee, später dann eroberten die Normannen die Insel. Die arabischen Zinnen oberhalb der dorischen Säulen, die Gegensätze griechischer, arabischer sowie normannischer Baukunst sind stumme Zeugen grausamer Tage." – Vorbei an den Überresten des Apollo Tempels und Teilen der griechischen Stadtmauer gelangen sie über den Umberto Corso zu dem auswärts der Stadt gelegenen archäologischen Park, besichtigen das griechische Theater, eines der größten Theater aus jener Zeit, die Steinbrüche und das römische Amphitheater. Martin zeigt sich überwältigt. Sie sitzen im Schatten einer Pinie, als Martin Johanna erklärt: Vor Antritt seiner Reise hätte er nicht erwartet, dass Sizilien reich an archäologischer Kultur sei. Johanna lächelt. „Gefällt dir die Insel?" fragt sie. Martin nickt. „Schön", antwortet sie. „Dann vermute ich, dass du hier die ein oder andere Überraschung noch erleben wirst."

Im Garten der Villa Landolina befindet sich das archäologische Museum, das unzählige Ausstellungsstücke aus der griechischen und römischen Zeit beherbergt. Der Aufenthalt in den gut klimatisierten Räumen ist angenehm. Er gestattet den beiden, die Hitze, die in den Nachmittagsstunden herrscht, für eine Weile zu vergessen. Gemächlich schlendern Johanna und Martin durch die Ausstellung. Sie betrachten Gefäße, Krüge und Becher aus der Jungsteinzeit bis zur Eisenzeit, Wasserflaschen, Grabplatten und Schmuck. Fasziniert steht Johanna vor den Vitrinen griechischer Kunst. Sie blickt auf die kunstvoll verzierten Vasen, verharrt vor den Skulpturen, Masken und Ehrfurcht einflößenden Marmorstatuen. – „Ist der Besucher mit der Erzählung der griechischen Mythologie nicht vertraut, vermag er den Wert der hier ausgestellten Kunst nicht zu begreifen", unterbricht Johanna die Stille. – Sie unterstreicht die Notwendigkeit von Museen, von einer Institution, die dem Interesse eines Individuums gerecht zu werden sucht, ihm den Zugang sowie den Einblick in das Kulturerbe zu gewähren. Martin nickt ihr zustimmend zu. Ich denke zugleich, noch in dem Moment als Johanna die Worte ausspricht: Überzeugungen sind wandelbar, die Überzeugung ist nicht der Unabänderlichkeit unterworfen, und ich fühle erleichtert, dass Johanna in diesem Augenblick einen positiven Blick auf ihre Umwelt richtet.

Ich blicke auf den Moment in einer Ausstellung im Juni zurück, in die Martin, Johanna und ich gemeinsam gegangen waren: Aus einem mir unerfindlichen Grund erklärte Johanna plötzlich Museen zu den Folterkammern der Welt. Bereits an jenem Tag schlummerte in ihr rumorend die Enttäuschung, die einige Wochen später zum Ausbruch gelangte. Sie hinterließ auf mich einen frustrierten, bald aggressiven Eindruck. – „Ich verabscheue Museen", erklärte sie voll Abneigung. „Sie tragen zum Vergessen bei." – Ich erinnere: Wenigen Museen gelingt der Beitrag, dass der Mensch sich wirklich erinnert, dass er sich die Gegenwart ins Bewusstsein ruft, während er in vergangenen Zeiten schlendert. Museen erheben den Anspruch eines vermeintlich objektiven Wissens, sie sind der Gegenstand unstillbarer Sammelwut. Ebenso wie empirisches Wissen in die Computer eingespeist wird, entsteht ein nicht zu überschauendes Wissenschaos, das kaum einer zu entwirren vermag, ein nicht zu durchdringender Dschungel, ein Dickicht ohne Qualität, das uns eine Antwort schuldig bleibt. Museen sind das Ergebnis von einer in Aussicht gestellt vollkommenen Erkenntnis, einer Erkenntnis ohne Sinn. Sie vertreten das Verlangen, Wissen als einen erschließbaren Prozess einzufangen, aufzuschichten, in Räume einzusperren und einzukerkern, damit der Mensch sich schließlich an irgend etwas festzuhalten imstande sieht. Ich halte eine riesige Glaskugel in der Hand und blicke staunend durch das Glas auf ein Durcheinander, ohne das ich mich verloren wähnte. Unbeteiligt stelle ich mich neben die Ereignisse, beobachte das Treiben, als hätte ich mit all dem nichts zu tun, bemerke jedoch in dem gleichen Moment, auch in Zukunft in die Ungewissheit zu blicken. Das Ergebnis, dieser Art empirisch zu denken, ist, dass ich mich nicht zurechtfinde. Orientierungslos irre ich in der Masse an Informationen umher. Die Darbietungen sind unzureichend. Erinnere ich mich und bedenke ich die Umstände, die das Vorhandensein von all den ausgestellten Gegenständen ins Leben riefen, vermag ich schwer ausschließlich die Schönheit zu empfinden, geschweige zu begreifen. Gemessen an der Tatsache, dass sich die Lebensumstände für den überwiegenden Teil der Bevölkerung mehr barbarisch gestalteten, büßen die Krüge, Teller, Becher, Statuen, Bilder, Sessel, Vitrinen und Zahnbürsten ihren Glanz ein. Wieviel Menschen opferte der Bau von einem Gotteshaus? Von den Pyramiden? Jeder Gegenstand der Aristokratie birgt von sich aus Zwang. Alle Schlösser sowie jeder Mahagonischrank, Waffen und Monumentalbauten weisen auf die Unterdrückung und Ausbeutung, den Krieg und die Sklaverei hin. Hierüber verliert kaum einer ein Wort. Ganz im Gegenteil: Voll Stolz werden die Besitztümer von Königen und Adligen, von Bankiers sowie Kolonialherren präsentiert, die sich im Grunde genommen einen Dreck um das Wohl anderer Menschen scherten. Ungeachtet eines kollektiven Bedürfnisses häuften diese Menschen Güter an. Sie unterdrückten die Bevölkerung und beuteten die Allgemeinheit aus, um sich an ihr zu bereichern, um an ihrem lächerlichen Besitz und um an ihrer Macht festzuhalten. Ihren Solidarbeitrag jedoch zu leisten, zeigten sie sich nicht bereit. Ich kann mir nicht vorstellen, welcher Qualen es bedurfte, unter solch Voraussetzungen zu überleben. Wer aber kann das Leid tatsächlich nachempfinden, das er nicht selbst am eigenen Leib erfuhr?

Vor vielen Jahren, ich erinnere mich, zwei Jahre vor meinem Abitur, ich ging in die Oberstufe, während unserer einwöchigen Studienfahrt nach Weimar, besuchte ich gemeinsam mit einigen Mitschülern das Wohnhaus von dem Pianisten und Komponisten Franz Liszt, ein Freund und Weggefährte von Richard Wagner. Als ich die Wohnstube betrat, wo der Flügel von dem Virtuosen stand, vernahm ich aus Lautsprechern die zart fließende Melodie von seinem Liebestraum Nr. 3. Ich stand mitten im Raum, die Töne überwältigten mich, dass ich eine Gänsehaut bekam. Gedankenverloren lauschte ich der Musik und sah den Komponisten wenige Schritte von mir entfernt am Flügel sitzen. Später, als ich das Geburtshaus von Beethoven oder das Haus von Brahms oder Mozart besuchte, fragte ich mich: Wie hatten diese Menschen tatsächlich gelebt? Was mochte in Beethoven vorgegangen sein, während er seine Klaviersonaten komponierte? Wie ertrug er das Unglück seiner Taubheit, worüber unterhielten sich Mozart und seine Frau? Warum war Schubert ein so hoffnungslos unglücklicher Mensch? Ich erinnere Ausflüge, während derer ich in einem Schloss etwa mehrere Stunden in der Nähe von einem Flügel saß und mir das Leben ausmalte, das in den Gemäuern geherrscht haben mochte.

„Hast du dich schon einmal gefragt, was von unserer Zeit übrig bleiben wird, sobald sie unsere Zeit in Räume einschließen werden?" unterbrach mich Johanna. „Welches narzisstische Erbe wird die Städte nachfolgender Kulturen schmücken? Welche Bedeutung wird die Zivilisation ihr Eigen nennen können? Bereitet der Fortschritt gegenwärtig nicht vielmehr die Gaskammer für uns Menschen?" – Johanna klang verzweifelt, ohne die Spur einer Hoffnung. Der Glaube, ihre innere Überzeugung und Gewissheit, Vertrauen sowie Zuversicht waren ihr abhanden gekommen. – Als ich vor Monaten das Museum of Modern Art in New York besuchte, erklärte sie, bemerkte ich, dass ich mich weder auf den Inhalt, noch auf die Aussage der dort ausgestellten Bilder konzentrierte. Ich war anwesend, sah Farben, Darstellungen, Leinwände, bunt gewürfelt, Reichtümer noch und nöcher, ich stelle mir jedoch keine Fragen, trat in keinen Dialog mit dem Künstler. Die Bilder weckten in mir überhaupt kein Interesse, meine Seele schwieg. Ich war verzweifelt. Am Ziel von einem lange gehegten Wunsch spürte ich weder Aufregung, noch das erwartete Herzklopfen. Statt dessen war ich müde, fühlte mich leer und leblos. An jenem Tag hätte ich dir nicht einmal mehr den Grund nennen können, der mich in das Gebäude getrieben hatte. Ben stand dicht neben mir. Er hielt meine Hand. Schweigsam beobachtete er mich. Die Vielfalt in den Räumen war überwältigend, sie erdrückte mich. Ich fühlte mich überfordert.

Am Abend fragte mich Ben, ob der ein oder andere Mensch einen Entschluss fasse, da dieser wirklich dem eigenen Willen entspringe, oder ob dieser ein Ziel ins Auge fasse, um später voller Stolz berichten zu können, einen bedeutsamen Ort aufgesucht zu haben, den gesehen zu haben gesellschaftlich Anerkennung genießt, jedoch ohne dass der Einzelne hierfür persönliche Gründe hätte nennen können. In jenem Moment wünschte ich mir in jeden Raum ein oder zwei Bilder, maximal drei, an jede freie Wand je ein Bild und in die Mitte eine Sitzgelegenheit. Auf diese Art, war ich überzeugt, hätte ich mich auf die Einzigartigkeit eines jeden Bildes wahrhaft einlassen können. Und auch heute vermag ich keinen Sinn darin zu entdecken, Bilder in Massen vorzufinden. Dicht aneinander gedrängt büßt jedes einzelne Bild seinen Wert ein, etwa so, wie die Individualität sich verliert, sofern

Menschen in Massen auftreten. Die Aussage, die der Maler einst zu treffen beabsichtigte, verblasst. In dem Museum hingen hunderte guter Gedanken, an jenem Tag aber gelang es mir nicht einmal, auch nur einen Gedanken zu fassen zu bekommen. Stattdessen beobachtete ich die übrigen Besucher, die überwiegend eher gelangweilt als fasziniert durch die etlichen Räume schlenderten. Ich erschrak. Nichts wurde begriffen, aber auch gar nichts. Die Künstler hingen unverstanden. Aber auch mir wurde in jenen Minuten bewusst, dass es mir am Hintergrundwissen mangelte, den Künstler, seine Kunst, den Gegenstand seines Werks zu greifen, die Botschaft, die er uns mit Hilfe seiner Kunst zu vermitteln beabsichtigte. Es mangelt mir ganz einfach an der Zeit, das alles begreifen zu können. Es wird mir aber immer an Zeit mangeln. Das Streben nach Vollkommenheit wird stets vergeblich sein. Trotzdem: Johannas Klage blieb mir ein Rätsel. Umso erleichterter sah ich sie neugierig und interessiert durch ein Museum in Syrakus schlendern und sich die Ausstellung antiker griechischer Kunst ansehen.

Ich erinnere: Beethoven, die Mondscheinsonate. Die Wochen und Monate vor meinem Abitur, die Tage, in denen ich zu entscheiden hatte, wie ich mein Leben in Zukunft zu gestalten beabsichtigen würde, war die von Unruhe getriebene Zeit, notwendig und absehbar eine Entscheidung treffen zu müssen. Stärkte mich zuweilen die Gewissheit, dass ein Umzug nach Hamburg die richtige Entscheidung sei, lähmte mich wiederum die Ungewissheit, einen folgenschweren Fehler zu begehen. Einige lange Nachmittage hielt ich inne. Ich lag auf meinem Bett, fühlte mich leer, taub, starrte die weiße Decke an oder blickte aus meinem Fenster auf die Straße und dachte angestrengt darüber nach, was zu tun sei. Stille umwob mich, ganz als stände das Leben still. Die Pforte für den Moment stand weit geöffnet, ich betrat den Raum, der mich zu dem Augenblick führte, der mein Dasein von Grund auf in Frage stellte. Alle die bis hierher erworbene Selbstverständlichkeit meines Handelns brach auseinander. Alle meine Überzeugungen, die Gewohnheiten wie auch Regelmäßigkeiten verstanden sich nicht mehr von selbst. Vor mir klaffte das Nichts. Ich fühlte mich einsam, ganz auf mich allein gestellt. Ratlos sah ich mich gemeinsam mit anderen verzweifelten Menschen ohne Orientierung vereinzelt im kahlen Wartesaal des Lebens auf der Suche nach Vollkommenheit sitzen. Die Klaviermusik von Beethoven begleitete meinen Streifzug durch die Zukunft, den Gegenstand der Musik vermochte ich jedoch zunächst nicht zu greifen. Ich spürte Traurigkeit, Resignation; verzweifelt suchte ich wenig später nach dem Gegenstand meiner Sehnsucht, dem Ausfüllenden, das mein Leben mit der notwendigen Kraft versorgen würde. Aber: So häufig ich die wundersamen Töne der Sonate auch hörte, der Gegenstand meiner Sehnsucht blieb mir dennoch verborgen. Ich tappte im Dunkeln. Unbeugsam schimmerte er hinter dem undurchdringbaren Schleier der Dunkelheit auf der Schattenseite des Mondes und weigerte sich mir gegenüber, sein Gesicht zu offenbaren.

Dennoch suchte mich eine fundamentale Gewissheit heim: Der Abschied. Mit dem Abschied aber, der mich umgebenden tödlichen Ruhe, kehrt die Hoffnung ein. Die Notwendigkeit meiner Endlichkeit ließ mich vor Angst erstarren. Anstatt aber enttäuscht ob der Gewissheit schweigsam auszuharren, richtete ich mich auf und riss mich los. Der Abschied gebar die mich überwältigende Leichtigkeit, die all meine Befürchtungen in ein sorgloses Licht rückte: Ich wurde mir meiner selbst bewusst. Ich rief mich zu mir zurück. Und dieses Gewahrwerden des Ichs nimmt dem Leben die Schwere und befreit von der Last: die Angst. Übrig bleibt ein schlichtes Ja. Dieses Ja treibt frei der Sorge an, bar der Furcht vor der eigenen Hilflosigkeit oder vor dem Mangel an Halt. Mit einem kräftigen Ruck erwachte ich aus meinem tiefen Schlaf, in den ich mich versetzt wähnte, der mir widernatürlich schien und nicht von mir ersonnen. In jenen Tagen entschloss ich mich für das Jetzt. Ich entschied, mein Leben selbst in die Hand zu nehmen, stieg aus dem Abgrund meiner Fremdheit und wandte mich dem Diesseits zu. Fortan hielt ich an meinem Glück fest oder an dem, für das ich es hielt. Ich hielt es fest mit beiden Händen umschlossen und verlieh meinem Leben die Gestalt, die meiner Vorstellung und meinen Wünschen entsprach. Ich wählte mich selbst.

Am folgenden Tag steigen Johanna und Martin am Vormittag in den Zug. Auf der wenig befahrenen, eingleisigen Strecke verkehrt ein einfacher, zwei Abteile zählender Triebwagen. Johanna und Martin verstauen ihre Rucksäcke im Gepäcknetz, langsam setzt sich der Triebwagen in Bewegung. Die Strecke führt ruckelnd an der Küste entlang, führt quer durch das hügelige im September ausgedorrte Landesinnere. Links und rechts liegen Getreidefelder, wachsen die Johannisbrotbäume, stehen Olivenhaine. Die Sonne sticht. An Gärten, Weiden und vereinzelten Weinbergen vorbei blicken sie auf bunte Flickenteppiche, grün und braun. Sie verlieren sich in den hügligen Hochebenen und Schluchten, bis der Zug sich die Berge nach Ragusa hinaufschlängelt. Die Route führt sie durch das Industriegebiet von Gela, weiter an der Küste entlang, bis sie schließlich am Nachmittag Agrigent erreichen.

Freundlich werden Johanna und Martin in einem kleinen gemütlichen Hotel empfangen, einer Stadtvilla. Der Angestellte an der Rezeption, erinnert sich sofort an Johanna. Als er sie im Eingang erblickt, hebt er temperamentvoll die Arme in die Höhe, geht ihr zügig entgegen und schließt sie herzlich mit geschlossenen Augen in die Arme. Er lächelt. Mit Respekt empfängt er Martin und drückt ihm fest die Hand.

Erstaunt zieht Gino die Augenbrauen hoch, er grinst kurz, legt den Kopf schief und mustert das Paar: Zwei Doppelzimmer für die Nacht? Johanna und Martin füllen jeweils mit einem Schmunzeln die Anmeldungen aus, greifen kichernd ihre Rucksäcke und verschwinden kurz darauf in ihre kleinen Zimmer, ihre Sachen auszupacken, sich einzurichten und für das Abendessen frisch zu machen.

Zu Abend essen sie in einer Trattoria: Crossini, Gurkensalat, Tomatensalat, Minestrone, Muscheln und Pasta werden auf der bunten Tischdecke serviert. In dem kleinen, gemütlich eingerichteten Lokal hängt unter der Decke ein Fischernetz dekoriert mit Muschelschalen und Seesternen, am Nebentisch isst eine italienische Familie, ein Ehepaar mit zwei Kindern, im Hintergrund läuft im Fernseher ein Fußballspiel. Im Anschluss führt Johanna Martin zielstrebig durch die engen, verwinkelten Gassen der Oberstadt. Sie schlendern durch das Stadttor die Via Atenea entlang, eine Einkaufsstraße mit zahlreichen Boutiquen und Cafés, Kirchen und Paläste schmücken ihren Weg. Einige schmale Treppen hinab gelangen sie in der Dunkelheit zur Via della Vittoria, einer vielbelebten Promenade am Rande vom Hang der Oberstadt. Sie sitzen auf einer Bank und blicken schweigsam hinab ins Tal. – „Dort unten, in helles Licht getaucht, dort liegt das Tal der Tempel", sagt Johanna ehrfurchtsvoll. „Dies wollte ich dir unbedingt zeigen. Morgen steigen wir hinab."

Das Tal der Tempel zählt zu einem der größten Baudenkmäler der griechischen Hochkultur. Ein historischer Ort, der nicht ein Produkt kindlicher Phantasie oder Vorstellungskraft blieb, kein Ort jenseits dessen, dessen wir gewahr zu werden vermögen, ein Traum, der Wirklichkeit ist, ein Gegenstand, den der Mensch lediglich zu suchen und zu finden braucht. Am hellichten Tage wird Agrigent von tristen Wolkenkratzern, rauchenden Schornsteinen, Fabriken und lieblosen Wohnsiedlungen, von dem Verkehr und der schier nicht endenden Betriebsamkeit eingeschlossen. Mit dem Einbruch der Dunkelheit aber, dem ganz allmählichen Verschwinden des Meeres und dem schillernden Aufflackern sternenklarer Nacht, wölbt sich hoch oben die Himmelskuppel über einem Flecken Erde am Hang, unterhalb dessen der Sandstein imposanter Tempel in hellem Lichterschein atemberaubend in der Dunkelheit leuchtet.

Nach einem ausgiebigen Frühstück am Morgen auf der Terrasse im bunt bepflanzten Garten, unter Palmen und Pinien, steigen Martin und Johanna in der glühenden Mittagshitze hinab. Auf dem Athenefelsen, einer Hinrichtungsstätte, wo Opfer gesteinigt oder den steilen Hang hinabgestoßen wurden, blicken sie ins Tal der Tempel. Unter ihnen befindet sich das steinerne Heiligtum zur Verehrung der Erdmutter und Fruchtbarkeitsgöttin Demeter, Göttin des Ackerbaus und der Feldfrucht, Schwester des Zeus und Mutter der Persephone. „Persephone", erklärt Johanna, „ist die Göttin der Unterwelt und der Toten, eine bedeutende Göttin der Fruchtbarkeit des Bodens, Tochter der Demeter und des Zeus. Glaubt man den Erzählungen, war sie eine Jungfrau von außergewöhnlicher Schönheit, als Hades, der Gott der Unterwelt, die raubte, die unter der Obhut ihrer Mutter stand. Er entführte sie in sein Königreich, in die Unterwelt, das Land jenseits des Meeres, fern im Westen, wo niemals die Sonne scheint. Dort machte er sie zu seiner Gemahlin. Es soll dort ein Stück heiliges Land gegeben haben, Pappel- wie Weidenhaine, nahe dem Tor der sinkenden Sonne und dem Land der Träume. Demeter in Sorge um ihre Tochter grollte Zeus und Hades. Ihre Tochter suchte sie in der ganzen Welt. In ihrer Abwesenheit aber war das Land öde, der Boden trocken und die Menschen von Hunger bedroht. Keine Pflanze wuchs, das Getreide wollte nicht reifen, bis sie schließlich mit Hades den Kompromiss aushandelte, Persephone für zwei Drittel des Jahres aus der düstren Unterwelt zurück auf die Erde zu entlassen. Persephones Gegenwart, ihr Erscheinen und Verschwinden, hängt eng mit dem Wachstum, dem Blühen und Welken zusammen, den vier Jahreszeiten und ihrem Wandel."

Johanna und Martin durchqueren die Überreste eines römisch-hellinistischen Wohnviertels bis sie schließlich zur archäologischen Zone gelangen, wo sich die Tempel des Zeus, des Herakles, der Hera und der Concordia in gutem wie auch kaum erhaltenem Zustand aneinanderreihen. „Concordia, die Eintracht", erklärt Johanna. „Hera, Schwester und Gemahlin des Zeus, Beschützerin von Ehe und Geburt. Herakles, oder auch Herkules, der Held, der für die Aufgaben und Taten, die ihm auferlegt wurden, Unsterblichkeit erlangte. Zeus, höchster Gott der Griechen, Poseidon und Hades teilen sich die Herrschaft über die Welt, die die Mythologie in Himmel und Erde, Meer und Unterwelt unterteilt. Die kosmische Ordnung aber hält Zeus zusammen." „Alles findet sich an einem Fleck", bemerkt Martin. „Nicht ganz", widerspricht Johanna. „Zumindest scheint es so", wirft Martin ein. „In der Oberstadt", fährt Johanna unbeirrt fort, „findest du etwas versteckt in einer Seitengasse eine kleine Kirche, die Kapelle Santa Maria dei Greci. Sie wurde auf dem Fundament eines ehemaligen Tempels errichtet, nämlich dem, der der Göttin Athene geweiht war. Athene wiederum war die Lieblingstochter des Zeus. Mit einem Helm und Brustpanzer ausgestattet, steht sie für göttliches Denken und weisen Rat. Sie ist die Herrin der Weisheit, schützt Kunst und Wissenschaft, wie sie die Förderin der Besonnenheit ist sowie Friedensstifterin."

Gerührt lausche ich dem Dialog der beiden. Interessiert aber vor allem überrascht lauscht Martin Johannas für ihn unerwarteten und nicht für möglich gehaltenen Ausführungen. Fasziniert stehen sie vor der dorischen Tempelarchitektur am Fuße des Concordia–Tempels. „Von welch schimmernden Glanz müssen die Säulen und Giebel einst gewesen sein, als der Sandstein vor Jahrhunderten noch mit Stuck versehen und mit Fresken bemalt war?" fragt da Johanna den staunenden Martin. Abends sitzen sie sich in der Trattoria mit zufriedenem Gesichtsausdruck gegenüber. Hungrig bestellen sie die Speisen, trinken durstig vom kühlen Wasser und dem fruchtigen Wein. Johannas Augen glänzen vor Freude, erfreut lausche ich ihren von Aufregung und Begeisterung erfüllten Worten: „Aphrodite?" fragt sie, „Aphrodite ist auch eine Tochter von Zeus. Sie ist die Göttin der sinnlichen Liebe und der Schönheit", antwortet Johanna sachbezogen, während Martin amüsiert darüber lächelt, mit welcher Ernsthaftigkeit Johanna seiner mehr schmeichelnden wie auch werbenden Frage begegnet.

So geht es bald jeden Abend. Eine Vorstellung, die mich mit Freude füllt. Wer mag da die Freude stören, wäre da nicht die Trauer, die sich mit aller Gewalt ihren Weg aus der Tiefe an die Oberfläche bahnt, und sei es auf Umwegen, auf denen sie sich unbemerkt der fröhlichen Seele bemächtigt, je weiter die Türen geöffnet stehen. – „Hephaistos zählt zu meinen Lieblingsgöttern", erklärt Johanna. „Der Feuergott. Sohn von Zeus und Hera, Gatte der Aphrodite, eine unbedeutende Gottheit. Er steht im Zusammenhang zu der Tätigkeit von Vulkanen, gilt als der Gott, der das Feuer aus dem Boden aufflammen lässt. Ein Schmied, der seine Werkstätten an vielen verschiedenen Orten unter der Erde betrieb. Feuer und Rauch gaben jeweils kund, wo das unbeholfene Geschöpf, das die Götter stets verhöhnten, seine Standbilder schuf, Rüstungen, Rüstzeug, die Waffen für die Helden der Sage." – Die Traurigkeit aber verebbt, sobald die bedrückenden Worte ausgesprochen das Tageslicht erblicken und voll Vertrauen in den fürsorglichen warmen Händen eines anderen Menschen ruhen. Trost entwaffnet die Trauer, die das dunkle Kleid der Vergeltung hüllt. Nach langer Fahrt an der Oberfläche angelangt, streichelt der Trost sanft die verletzte Seele, streichelt über Wangen und Haar und schließt zärtlich die weit offen, nach Vergeltung schreienden Lippen, dem kurz darauf ein erstes Lächeln folgt.

Ich lausche: Die letzten Wochen schon konnte ich mich in diese Geschichten versenken, in die Mythologie, dem Geheimnis, das Sinn stiftet und Halt gewährt. Konstantin, mein Vater, las mir beinahe jeden Abend eine Geschichte vor. Ich lag unter meiner Bettdecke, rechts mein Teddy, links mein Vater. Wenn es mir schlecht ging und ich traurig war, dann kroch er auch manchmal zu mir unter die Decke. Ich fühlte mich in seinem Arm geborgen, den er um mich legte, während er las. Zunächst las er mir aus meinen Kinderbüchern vor, die von Otfried Preußler etwa: Der Kleine Wassermann, Die Kleine Hexe. Es folgten die Märchen von Grimm und Andersen, später las er Homer, die Ilias, die Odyssee und weitere Sagen. Seine Nähe tat mir gut. Seine Wärme, die ruhige Stimme, mit der er las, die Sanftheit und Behutsamkeit, mit der er mir mein Menschsein in die Wiege legte, aber auch früh ein Bild von der Menschheit vermittelte. In der Schule hatte ich früh eine Vorstellung von der Lebensweise der Griechen, die der Römer oder Germanen, kaum eine Antwort blieb Konstantin mir schuldig. Gemeinsamkeit, das Teilen, ich hatte eine Ahnung von der Schönheit einer Prinzessin, wusste, was ein Seefahrer oder Flaschengeist ist, wie ich auch von Ungerechtigkeit, Neid, Missgunst, Hass und den verheerenden Folgen eines Krieges eine vage Vorstellung hatte. Mein Vater las, bis ich müde die Augen geschlossen hatte und eingeschlafen war.

Auf das Tal der Tempel stieß ich mehr durch Zufall. Ben und ich sahen uns Palermo an, reisten über Enna nach Catania, die Küste im Süden der Insel reizte uns nicht. Was aber trieb mich auf die Insel zurück? Wonach suchte ich, als ich vor Wochen entschied, in den Süden nach Catania zu fliegen? Die Sonne? Der Ätna? Hephaistos? Woher rührte die plötzliche, mich überwältigende Faszination beim Anblick der Tempel, als ich vor Monaten das Tal zum ersten Mal sah? Martin, du hast gar keine Vorstellung davon, wie erleichtert ich mich fühlte, wie glücklich ich war, wie mir aber auch plötzlich die Tränen in die Augen schossen, als ich in der glühenden Mittagshitze zwischen den Säulen saß, meinen Blick schweifen ließ und ganz allmählich zur Ruhe kam. Ein plötzlicher Stich in mein Herz, gleich einem Pfeil, der mich aus dem Irgendwo traf, stieg die Erinnerung in mir auf. Völlig unvermutet, unbedacht. Die Tränen flossen, ich heulte auf, vergaß die Menschen um mich herum, aber ich schämte mich nicht. Mit der Scheidung meiner Eltern und dem Auszug meines Vaters endete meine Kindheit, endeten die Geschichten, Wärme und Fürsorge fielen aus mir nicht zu erklärenden Gründen aus meinem Leben hinaus. Die Zuverlässigkeit der Liebe meines Vaters war nicht mehr gewiss, die Kontinuität seiner Nähe, sein Schutz. Die Trennung meiner Eltern überrumpelte mich völlig, ich hatte doch nichts geahnt, wusste nicht, dass ich etwas zu befürchten hätte, hatte meine Eltern doch immer nur darum gebeten, dass sie zu streiten aufhören mögen. Die Ohnmacht und Hilflosigkeit, der ich plötzlich ausgesetzt war, die darauf folgenden Jahre der Einsamkeit, Ausgrenzung und Gewalt. Bis dahin wusste ich doch noch nicht einmal, dass Eltern sich trennen, wir waren doch schon immer zu dritt gewesen. War das so einfach zu ändern? Immer war mein Vater für mich da gewesen. Er war mir gegenüber liebevoll, voll Aufmerksamkeit, er hegte und pflegte mich, beschäftigte sich mit mir, war stets bemüht, Antworten auf meine Fragen zu finden und mir zu helfen, sobald ich hilflos und in Not war. Ich bin nicht zu überzeugen, dass er mich nicht schweren Herzens verließ.

Hier nun erinnere ich mich, Martin. Dass ich dir meine Entdeckung mitteilen kann, tut mir gut, das erleichtert mich. Damals rissen die Geschichten ab, für die ich mein Interesse wiederfand. Die Tage las ich viel. Hier nun wiege ich den ein oder anderen Gedanken sanft in positiver Erinnerung und beginne, mein Kindsein neu zu entdecken. Die Faszination ließ die Geschichten wieder aufleben, denen ich mit Eifer lauschte, weckte meine Träume und Wünsche von damals zu neuem Leben, plötzlich fühle ich ganz klar. Die Wut und der Frust der vergangenen Jahre sind mir plausibel, all die schrecklichen Ereignisse wie weggeblasen, sofern ich dort anzuknüpfen vermag, als meine Seele starb. Seit einigen Wochen nun fühle ich mich lebendig, ins Leben zurückgekehrt. Und trotzdem hier und da die Trauer lauert, und ich nicht mit Gewissheit sagen kann, wie es mir gelang, das Leid, den Schmerz und die Angst zu überleben, erlebe ich bald jeden Tag mehr und mehr glückliche Momente, wie auch du sie erleben wirst. Sei gespannt. Ich würde mich freuen, würdest du an diesen Momenten teilhaben wollen, zumal du mir die vergangenen Jahre hindurch ein treuer Begleiter warst. Ich würde mich darüber freuen, dies ist mir eine Herzensangelegenheit, würden wir trotz meiner Veränderung unseren Weg gemeinsam fortsetzen und einige Augenblicke des Glücklichseins gemeinsam erleben.

... nach Agrigento reisten wir weiter nach Marinella di Selinunte, einer zweiten großen Ausgrabungsstätte im Süden der Insel. Während ich Ben die Karte von Martin vorlese, mehr zum Spaß, ich spreche mit ihm, legt er seinen Kopf schief. Er spitzt die Ohren und

sieht mich hechelnd an. In fröhlicher Erwartung klopft seine Rute auf den Fußboden. *Gestern schließlich bezogen wir abseits von einem kleinen unbekannten Fischerdorf in einer kleinen hübschen Pension Quartier.* Ich wende die Ansichtskarte. Auf der Vorderseite ist eine alte zweistöckige, typisch italienische Villa abgebildet. Die Villa steht am Rand der Felsküste oberhalb vom Meer. Ein großer Balkon im ersten Stock führt gleich einem Laubengang um das Haus mit Garten. Bäume wie auch Hecken und Blumen säumen die Ränder. Wilder Wein rankt bis unter das Dach. *Die Felsküste hinab sind es nur wenige Meter bis zum Strand.*

„Hier mag ich wohl gerne bleiben", erklärt Martin bestätigend, während er seinen Rucksack in den Eingang stellt. Johanna lächelt erfreut. In der Pension wird sie von der Besitzerin, Maria, einer etwa dreißigjährigen, ledigen Italienerin auf das Herzlichste empfangen. Johanna führt Martin in den ersten Stock, zeigt ihm dort ihre zwei spartanisch eingerichteten Zimmer. In einem von beiden steht nahe vom Balkon eine Staffelei. Johannas Malutensilien, die Pinsel und Farben liegen auf einem Tisch, den sie in die Ecke rückte. Zahlreiche Aquarelle hängen an den Wänden. Martin wohnt in dem Zimmer nebenan. Erwartungsvoll öffnet er die Balkontür und tritt ins Freie. Entzückt schweift sein Blick den Hang hinunter zum Strand. Er lässt sich auf das bequeme Doppelbett fallen: Ein kleiner Schrank, ein Tisch und zwei Stühle genügen. Über dem Bett hängt ein Kruzifix, das Badezimmer befindet sich am Ende vom Gang.

Am Morgen weckt Martin das Geklapper von Geschirr aus dem Garten hinterm Haus. Er schlägt die Augen auf, steht neugierig auf und wankt noch schlaftrunken zum Fenster. Unten im Garten sieht er Johanna, die gemeinsam mit Maria munter schwatzend im Schatten der Pinie den Frühstückstisch deckt. Wenig später steigt Martin geduscht und in einem frischen Hemd die Stufen hinunter in den Garten. Johanna sitzt am Tisch in die Tageszeitung vertieft, neben ihr im Gras liegen ein italienisches Wörterbuch und eine Grammatik, die sie vor ihrer Abreise nach Italien in Hamburg kaufte. Als Martin sich zu ihr an den Tisch setzt, faltet sie die Zeitung zusammen und legt diese beiseite. Es herrscht eine himmlische Ruhe, einzig durchbrochen vom wehenden Wind und dem Gezwitscher der Vögel, vom Brechen der Brandung unten am Strand oder vom Summen der Bienen und dem Zirpen der Zikaden. Der Garten selbst ist ein Paradies. In seiner Mitte wächst die alte Schatten spendende Pinie. Ihre hohen Zweige überspannen den Rasen und ragen bis an das Dach heran. Bunt gemischt reihen sich einige Orangen, Mandel und Zitronenbäume aneinander, zwischen denen Wacholder und Agaven ihren Platz einnehmen. Palmen, Olivenbäume und Zypressen säumen die Ränder, Efeu und wilder Wein ranken an der Hauswand empor bis unter das Dach. Entzückt erkundet Martin den Garten von seinem Platz aus. Er begutachtet die Akazien, die vielen bunt bemalten Blumentöpfe mit den orangefarbenen Lilien und den blau und rosafarbenen Orchideen. Neugierig fragt er Johanna nach dem Namen der ihm unbekannten gelben Schmetterlingsblütlern. Wenig später ertönt das freundliche buon giorno der liebenswerten Maria, die mit einem Tablett in beiden Händen an den Tisch herantritt und mit vielerlei Köstlichkeiten aufwartet, die das Herz begehrt. Zwei Schalen Milchkaffee, Martin lächelt fröhlich, Croissants, Butter, Marmelade, Salami, Käse und Obst. Phantastisch, lobt Martin die Auswahl. Maria bedankt sich mit einem freundlichen Lächeln für das Kompliment.

Jeden Morgen nach dem Frühstück widmet sich Johanna mit Eifer der italienischen Sprache. Sie blättert in der Tageszeitung, entziffert die Ereignisse und sieht sich die Bilder an. Maria ist ihr hierbei eine Hilfe. Zunächst freute sie sich über jede kleine Verständigung, die ihr gelang: jede Bestellung, die Buchung von einem Zimmer, Auskünfte vielerlei Art, während sie bummelte oder im Dorf einkaufte. Später bald folgten kleine Unterhaltungen über das Wetter oder das Essen. Inzwischen unterhalten die zwei sich recht flüssig. Während Johanna liest und die Sprache lernt, sitzt Maria neben ihr am Tisch. Eine Schüssel auf den Knien puhlt Maria Erbsen, schneidet das Gemüse und bereitet das Essen vor, während Johanna ab und an eine Frage an sie richtet. Geduldig antwortet Maria mit ruhiger Stimme, sie nimmt die Schwierigkeiten ernst. Johanna gebraucht die Sprache, die die Menschen hier sprechen, auf diese Weise knüpft sie Kontakt.

Gleich nach dem Frühstück geht Martin allein hinunter zum Strand, während Johanna in der Pension zurückbleibt. *Unbeschwert leben wir hier in den Tag hinein*, schreibt er. *Nach dem Frühstück gehe ich hinunter zum Strand im Meer baden, lege mich für einen Moment in die Sonne und gehe anschließend ins Dorf bummeln oder in der Umgebung spazieren. Jeden Morgen genieße ich die Freude, die mich nach dem Aufwachen beim Anblick des Gartens ergreift. Sobald ich meine Füße in das Meer tauche und mich kopfüber in die Wellen stürze, durchströmt mich Begeisterung. Als Kind schon fand ich Gefallen am Schwimmen. Ich sitze auf dem Balkon in der Sonne, blicke in den strahlend blauen Himmel und sehe Johanna beim Zeichnen zu. Ein phantastischer Wind weht hier, ein wenig Regen mag mich da nicht betrüben, ich habe ein Dach über dem Kopf. Zu essen gibt es hauptsächlich, was die Natur der Umgebung uns zu bieten hat. Diese vielen schönen Erlebnisse der vergangenen Tage in wenige Worte zu fassen, mag mir nicht gelingen. Nur soviel: Die Tage mit Johanna zu teilen, die Gewissheit, sie in meiner Nähe zu wissen, ist Freude und Beruhigung zugleich. Ganz bestimmt wird sie diesen Flecken Erde sobald nicht verlassen werden. Das stimmt mich friedlich.*

Waschgang. Johanna träumt. Sie sitzt vor ihrem Werkstattatelier unten am Eck, Ben schläft zu ihren Füßen, ihren Gedanken lässt sie freien Lauf. Ihre Gedanken festzuhalten, sucht sie nach Worten, die sie in ihr Notizbuch schreibt: *Mein Bedürfnis nach Idylle, nach Harmonie und Geborgenheit wird einzig an einem Ort gestillt werden, wo zu leben Gegenstand, eng verwoben mit Ursprünglichkeit weilt. In die Wirklichkeit gekehrt steht das Leben ursprünglichem Denken nahe.*

Ich steige aus: Die Fahrt führt mich in einem Reisebus auf der wenig befahrenen, asphaltierten Straße durch das karge Landesinnere in zügiger Fahrt. Ich sitze im Bus hinten links am Fenster, meinen Rucksack gab ich nicht aus der Hand. Ich vertraute ihn nicht der Obhut des Fahrers an. Ich bestand darauf, diesen nicht unten im Gepäckraum zu verstauen, sondern stellte ihn zum Ärger des Fahrers links neben mir auf den Sitz. Als ich ihm schließlich mein Ziel nannte und zahlte, zog der Fahrer verwundert seine Augenbrauen zusammen und sah mich mit musternden Blicken an. Ohne Halt nach Stunden schließlich hält der Bus unvermutet in der kargen, von Menschen verlassenen Ebene. Rechts vom Straßenrand steht ein alter, von den Jahreszeiten, vom Wind und Regen verwitterter Wegweiser, der mir meinen weiteren Weg nach links durch die Einöde zur Küste ans Meer weist. Die Tür vom Bus öffnet sich. Als ich die Stufen hinunter ins

Freie steige, ergreift mich das Gefühl, als stiege ich durch den hölzernen Rahmen von einem zerbrochenen Spiegel in eine andere Welt hinein. Meinen Rucksack setze ich im trockenen Staub gleich neben der asphaltierten Straße ab. Der Bus fährt ab, und mit ihm zugleich verschwinden die Regeln, die Gesetze, sorgfältig geordnet und eng beieinander im Gepäckraum verstaut, dicke Bücher, die in gewaltigen Bibliotheken und stickigen Archiven konserviert und für manch denkenden Menschen kaum verständlich diskutiert die Welt vor dem Spiegel zusammenhalten. Das Überangebot sowie die Konkurrenz, der Geiz, Neid und die Missgunst regelnden Institutionen brechen die vertrauten Bindungen der Menschen zueinander auf. Vereinzelt gleich Ware weisen sie den fortan verängstigten, durch die Leere irrenden Menschen jeweils ihre Plätze in den Regalen zu. Die Überzeugung aber, die sich das Zusammenleben dortiger Lebenswelt einzig durch Zwang aufrecht erhaltend zu kontrollieren imstande wähnt, weilt fern meines Weges, der aus Gras und bunten Blumen gepflastert auf der mir gegenüberliegenden Straßenseite beginnt.

Das ist, was das ist. Idylle, Fraglosigkeit, die Welt jenseits des Zweifels, das Dorthin, wo die Gedanken ruhn. Der Kampf will nicht enden. Der peitschende Schmerz des geprügelten Kindes, der grelle Schrei der Demütigung sind Antrieb der Rebellion, das zu begreifen sich weigert, die Liebe verletze notwendig.

Das in die Einsamkeit gestoßene Kind, das dem Unverständnis entrinnende, auf sich allein gestellte Streben nach Erkenntnis, nach Wahrheit, nach dem Guten, und dem Schönen beruht auf der tief liegenden Sehnsucht, den Widerspruch zu lösen, der sich zwischen das Gefühl und das Lernen drängt, Gewalt sei ein Produkt der Vernunft. Die Herrschaft der Gewalt, den Willen zu brechen, stößt auf Widerstand. Die Wut heult laut auf, der Weg des Verzeihens streckt sich in die Endlosigkeit, zu entschuldigen ist das nicht. Das Kind, das aufgrund seiner lähmenden Angst nicht zu widersprechen wagt, verzweifelt. Die erschrocken zerstümmelte Seele protestiert fortan, Erklärungen vermögen nicht zu trösten. *Einklang schreit nicht nach Gerechtigkeit.*

Draußen vor der Tür leuchtet ein Licht, das gilt mir. Der Mut: *Befindet sich der Mensch im Aufbruch, keimt Hoffnung.* Johanna fuhr nicht mit der Absicht, sich mit ihren Gefühlen zu konfrontieren noch zu trauern. Sie lief weg. Ihrem Sehnen lag der Wunsch zugrunde, ihren Platz in der Welt zu finden, dem sie sich fraglos zugewiesen fühlte. Sie forderte einen Neuanfang und war fest entschlossen, die Chance zu nutzen, ihr Leben frei nach ihrem Willen zu gestalten. Der Spur jedoch zu folgen, die den Pfad zurück zum Willen weist, ist nicht frei von Gefahr. Eine ganze Weile noch führt dieser durch das Niemandsland. Das aber hatte Johanna nicht vorausgesehen. Seicht hebt sich der samtene Vorhang, ganz allmählich tauchen die Bilder der Erinnerung aus dem Dunkel der Tiefe auf, als ihr plötzlich, wie aus dem Nichts Dämonen gegenüberstehen und den Weg versperren. *Ummäntelt vom trügerischen Schleier der Illusion erhält die einst schlummernde Verstümmelung zum Leben erwacht Einlass in die Gegenwart. Schafspelze liegen abseits der Wege, Bestien reißen ihre Mäuler weit auf und fletschen sich die Zähne*, schreibt sie mir. *Ohne Rüstzeug stand ich nackt und bloß alleine da. Hephaistos ließ mich hier wie damals im Stich.* Dem Leiden Ausdruck zu verleihen, das in der Vergangenheit seinen Anfang nahm, ist der Kunst zu eigen. Das Misstrauen aber, Zorn und Wut zu enttarnen, die wie Pech zäh auf dem Grund kleben, vermag den Schatz alleine nicht zu bergen. Die Klinke hielt Johanna bereits in der Hand. Die Tür aber, das schwere hölzerne Tor, das aus dem Niemandsland in das Jemand führt, wo ihr *Ich bin* geschrieben steht, vermochte sie nicht alleine zu öffnen.

Johanna wünschte, eine archaische Lebensweise kennen zu lernen und dort zu leben. Die Vorstellung faszinierte sie. *Meer und Sonne, eine Familie und Freunde, das allein genügt, die Melancholie aus dem Alltag zu verbannen. Das Wissen dieser Menschen hier wurzelt althergebracht in ihrer seit Jahrhunderten von Generation zu Generation mündlich überlieferten Lebenserfahrung, der Weisheit der Alten.*

Nach zwei Wochen schließlich gelangt Johanna an ihr Ziel. Ein Bauer mittleren Alters aus der Umgebung liest sie in der Mittagshitze auf der ausgestorbenen Landstraße auf. Johanna und er verständigen sich mit den wenigen Worten, die sie bereits lernte, so gut es geht. Er nimmt ihr zuvorkommend ihren kleinen roten Koffer ab und verstaut diesen auf dem Rücksitz von seinem Transporter. Johanna nimmt zu seiner Rechten auf dem Beifahrersitz Platz. Ruckelnd über den steinigen Feldweg setzt der Bauer schweigsam seine Fahrt fort. Kurz bevor sie das Dorf am Meer erreichen, zeigt er mit dem Finger empfehlend auf Marias Pension oberhalb der Steilküste. Er wünscht Johanna alles Gute und setzt sie auf dem Dorfplatz nahe der Kirche ab.

Johanna sieht sich nach einem schattigen Plätzchen um. Die Hitze brennt in ihrem Nacken, die Sonne steht kurz vorm Zenit. Sie nimmt ihren kleinen Koffer und gleich neben der Kirche setzt sie sich auf dem von einer niedrigen Mauer eingefassten Kirchhof unter eine alte Eiche ins Gras. Ausgestorben findet sie das Dorf vor. Auf dem Platz wie auch in den Straßen regt sich kein Mensch. *Siesta*, schreibt sie in ein kleines blaues Buch. *Eine kühle Brise weht vom Meer hinüber und wirbelt etwas Staub auf, die Menschen ziehen sich in den Schatten ihrer Häuser zurück. Niemand hier wird mir Auskunft geben. Die Störung der heiligen Mittagsruhe erregt Missmut und wird Übellaunigkeit hervorrufen, während zu später Stunde über beinahe alles lange und ausgiebig zu verhandeln sein wird.* Johanna erinnert sich an die bis zum frühen Abend menschenleeren Straßen Palermos, auf die wenig später, so scheint es dem Betrachter zumindest, beinahe die gesamte Bevölkerung tritt. Familien, Alt wie Jung schlendern den Boulevard auf und ab, munter plaudernd stehen sie auf Plätzen oder an Straßenecken im dichten Straßenverkehr, nehmen in den Cafés Platz, um ein Eis zu essen oder um eine Limonade zu trinken. Zur Mittagszeit aber ist die Anzahl der Menschen in den Straßen an zwei Händen abzuzählen.

Nach gut zwei Stunden öffnet auf der anderen Seite vom Platz eine Bäckerei. Der Inhaber schiebt die Rolläden hoch, rollt eine bunte Markise aus und stellt einige Tische und Stühle vor den Laden auf den Gehweg. Blinzelnd aus der Entfernung entdeckt er Johanna unter dem Baum. Kurz entschlossen klappt Johanna ihre Grammatik zu, packt das Buch in einen kleinen schwarzen Rucksack, der sie überall hin begleitet, den sie ansonsten auf dem Rücken trägt, und geht über den Platz zu der Bäckerei. Ihre Flasche Wasser hatte sie bereits ausgetrunken, eine Zeichenkladde, Kreide, Bleistift und Radiergummi hält sie stets griffbereit. Etwas misstrauisch mustert sie der Bäcker, als Johanna ihren Koffer abstellt und sich an einen von den runden Tischen setzt. Sein Argwohn aber weicht, als Johanna ihm voller Erwartung in die Augen sieht und lächelnd in der Landessprache Croissant und Cappuccino bestellt. Interessiert fällt sein Blick auf die Kladde, die Johanna vor sich auf den Tisch gleich neben den Aschenbecher legt. Wenig später, als er den

Kaffee und das Gebäck serviert, stellt er sich neugierig schräg hinter Johanna und beobachtet gespannt ihre Hand, als sie den Dorfplatz und die kleine Kirche zu skizzieren beginnt. Als Johanna zahlt, fragt er sie höflich, ob sie ihm einen Blick auf das Bild gewähre. Er wirft einen kurzen Blick auf die Zeichnung, nickt knapp zustimmend und sieht Johanna anerkennend an. Sein Lob ist voll Bewunderung.

Auf die Empfehlung des Bauern begibt Johanna sich auf den Weg zu der Pension. Sie klopft an die Tür und wartet einen Moment, bis sie Schritte hört und Maria ihr öffnet. Überrascht sieht Maria Johanna an. Nach einem kurzen Zögern fragt Johanna nach einem freien Zimmer. Sehr gerne, antwortet Maria erfreut und bittet Johanna freundlich lächelnd in den dunklen Hausflur. Johanna stellt ihren Koffer an der Garderobe ab und folgt Maria in den ersten Stock. Das kleine, spartanisch eingerichtete Zimmer mit Balkon gefällt Johanna auf den ersten Blick. Sie tritt auf den Balkon, blickt fasziniert hinunter in den Garten und hört das Brechen der Brandung. Hier will ich bleiben, entscheidet sie. Johanna packt ihre wenigen Sachen aus, duscht ihren Körper kalt ab und richtet sich ein. Sie zieht ihr buntes mit Blumen bedrucktes Sommerkleid an, geht hinunter in den Garten und setzt sich in die Sonne auf die Bank, die auf der Terrasse steht. Maria hängt Wäsche auf. Den Wäschekorb in den Armen strahlt sie, als sie Johanna sieht. Sie betrachtet ihr Kleid und überschüttet sie mit Komplimenten. Wenig später verschwindet Maria im Haus und kehrt kurz darauf mit einer bis oben hin gefüllten Karaffe frisch zubereiteter Limonade zurück, ihren Gast willkommen zu heißen. Munter klappern die Eiswürfel, als Maria die Limonade umrührt und Johanna ein Glas eingießt. Maria bemerkt sofort, dass Johanna kaum italienisch spricht. Dies tut ihrer Unterhaltung jedoch keinen Abbruch. Maria spricht langsam und deutlich, Johanna hört ihr aufmerksam zu, sie ist bemüht, die Fragen der Wirtin in einem möglichst korrekten Italienisch zu beantworten. Sie scherzen und lachen, zur Not verständigen die zwei sich mit Gesten oder Mimik. Johanna erfährt von Maria, dass die Pension ein Familienbetrieb mit sechs Gästezimmern ist. In dem Haus selbst leben neben Maria ihre Eltern sowie Großeltern. Ihr Vater ist Zimmermann, ihr Bruder lernte das Handwerk vom Vater, zog jedoch vor etwa fünf Jahren nach Palermo, wo er jetzt in einer Baufirma arbeitet. Frühstück bereitet Maria ab sieben Uhr, ein Abendessen serviert sie auf Vorbestellung ab acht. Eine Speisekarte gibt es nicht. Das Essen spricht sie jeweils im voraus ab, die Zutaten kauft sie am Morgen im Dorf ein.

Am Abend sitzen die Bewohner auf dem Dorfplatz in kleinen Gruppen vor den Häusern. Sie stellen Stühle vor die Türen auf den Gehweg und genießen die Abendstunden in der Gesellschaft ihrer Nachbarn. Johanna bemerkt die sie durchbohrenden Blicke auf ihrem Weg hinunter zum Hafen, einem Anleger, an dem einige Fischerboote am Steg vertäut liegen. Tags darauf sitzt sie mit Kladde und Kreide unter der Markise vor der Hafenbar und skizziert den Anleger, die Steilküste und das Meer. Ihren Badeanzug hängte sie zum Trocknen nach dem morgendlichen Bad in der See über die Brüstung von ihrem Balkon. Sie spülte das Salz von ihrer Haut und bestellte wenig später durstig einen Kaffee und eine Limonade.

Johanna beobachtet das muntere Treiben der Kinder auf dem Steg. Kopfüber springen oder schubsen sie sich gegenseitig ins Wasser, sie schreien, schwimmen lachend einem Ball hinterher, den sie ins Wasser warfen. *Sonnenkinder*, schreibt Johanna und lauscht den Gesprächen der Jugendlichen in der Bar, die sie bruchstückhaft zu entziffern sucht. Jungs, die ihre Motorroller vor der Bar abstellten, mit denen sie kurz zuvor durch das Dorf rasten, und sich nun aufgeregt mit einem Eis in der Hand um ein Videospiel scharen. *Die Jungen tummeln sich am Strand, während die Alten den Schatten bevorzugen. Ich genieße die Ruhe, die Rolle der Reisenden und Fremden. Ich habe mich keiner Pflicht streng unterzuordnen, ich habe mich lediglich ein wenig anzupassen, damit der Alltag nicht aus den Fugen gerät. Noch vor dem Frühstück gehe ich schwimmen, anschließend gehe ich spazieren und bummel durchs Dorf hinunter zum Hafen. Am liebsten aber esse ich gemeinsam mit Maria im Garten zu Abend. Morgens, gleich nach dem Frühstück kaufen wir gemeinsam ein. So lerne ich die Menschen ken-*

nen. Wir gehen zum Bäcker, zum Krämer, Fisch kauft man hier direkt bei den Fischern am Steg, Obst und Gemüse beim Bauern ein. Beim Kochen helfe ich Maria, so gut es geht. Die Gespräche und Unterhaltungen, die wir führen, beschränken sich überwiegend auf Alltägliches, beschreiben die Beschäftigungen, die mich durch den Tag begleiten. Unser Kontakt ist zwanglos und freundschaftlich. Vom Tag erschöpft rolle ich mich abends in meinem Bett zusammen und schließe immer häufiger zufrieden meine Augen.

Johanna beobachtet aufmerksam den Alltag in dem Dorf, die Regelmäßigkeit wie auch die Bescheidenheit verschrecken sie nicht. Sie schreibt: *Die über Jahrhunderte währende Lebenserfahrung verbannt die Melancholie aus dem Alltag. Die Menschen widmen ihr nur wenige Augenblicke. Die verpasste Möglichkeit bedauern sie kaum, sondern leben den Tag, wie dieser in ihre Welt tritt. Sie plaudern, gehen baden oder in kleinen Gruppen spazieren, essen Eis und lachen viel. Trotzdem die Menschen hier viel arbeiten und ihr Beruf den Tagesablauf bestimmt, herrscht eine gewisse, wenn auch mir gegenüber reservierte Fröhlichkeit. Ihre Gewohnheit weckt die Gewissheit einer überzeugten Notwendigkeit.*

Der Argwohn, der hier gegenüber Fremden zum Ausdruck kommt, das Verstummen der Gespräche, sobald ich ein Geschäft betrat, scheint eine Art Verteidigung zu sein, der das Altbewährte gegen das Neue abschirmt, das in die Lebenswelt tritt, das Un-

ruhe mit sich bringen oder Schaden zufügen könnte. Diese anfängliche Distanz spüre ich nach wenigen Tagen dank der gemeinsamen Einkäufe mit Maria kaum noch. Sobald Klarheit herrscht, dass die befürchteten Ereignisse nicht eintreten werden, entwickeln die Menschen mir gegenüber entgegen aller Erwartung eine Freundlichkeit, die ich eine herzliche Gastfreundschaft zu nennen bereits versucht bin.

Ich lese im Waschgang: *Das Leben in dem Dorf gleicht einem Uhrwerk. Die Familien besitzen, was sie zu leben benötigen, jedem Menschen ist in der Gemeinschaft notwendig ein Platz zugewiesen. Respekt und Wertschätzung, Liebe tränkt das Gleichgewicht und trägt für die Selbstverständlichkeit Sorge, dass der Mensch Mensch ist. Ohne Unterschied ist der Bäcker Bäcker, der Fischer Fischer und der Bauer Bauer. Brot, Fisch, Getreide und Obst, das Handwerk wie die Werktätigen tragen dazu bei, ein Leben jenseits von Prestige und übermäßigem Luxus einzurichten und zu pflegen. Die Menschen sind sich ihrer Abhängigkeit bewusst. Neid aber ist der Gemeinschaft fremd, die Missgunst vermag sich im Räderwerk der Generationen nicht zu verhaken und das Fließen zu unterbrechen. Über Recht und Pflicht thront ein unsichtbarer Gott, dessen Existenz der Ungewissheit die Maske herunterreißt. Dem Dasein verschafft er mit der Gegenwart Klarheit, das Leben findet er mit dem Schicksal ab.*

Das Eis bricht schließlich, als Johanna an einem Nachmittag die Kinder zu porträtieren beginnt. Neugierig gesellte sich ein Mädchen zu ihr: Zurückhaltend stellte sie sich zu Johanna an den Tisch und blickte interessiert auf die Skizze. Johanna setzte ihre Arbeit fort. Als sich das Mädchen schweigsam neben sie setzte, blätterte Johanna entschlossen die begonnene Seite um, sah das Mädchen lächelnd an und nahm Maß. Schüchtern lächelte das Mädchen zurück, reckte den Hals, als sie begriff, dass Johanna sie zeichnete. Nach und nach gesellten sich weitere Kinder aufgeregt unter die Markise. Johanna bat sie jeweils, sich ihr gegenüber zu setzen. Da standen sie dann laut durcheinander quatschend mit ihren kleinen braun gebrannten Körpern. Die Jungen meist in nasser Badehose, mit feuchtem Haar, Wasser tropfte auf die Holzplanken. Mit einem Lachen quittierten sie die Porträts. Artig saß ihr ein Junge mit geradem Rücken gegenüber, der ansonsten wild und laut schreiend über den Steg lief und ins Wasser sprang. Als er nicht mehr still sitzen konnte, schnitt er Grimassen, woraufhin Johanna den Burschen karikierte. Breite Nasen, lange Ohren, wulstige Lippen und Stoppelhaar sorgen unter den Kindern für Belustigung. Die Zeichnungen schenkt Johanna den Kindern jeweils. Stunden später schließlich kehren die Fischer heim. Sie vertäuen die Boote und schlendern über den Steg in Richtung Hafenbar. Fröhlich laufen die Kinder auf sie zu, umarmen ihre Väter und strecken ihnen aufgeregt die zum

Teil feuchten Zeichnungen entgegen. Die Fischer werfen einen Blick auf die Bilder, lachen und halten das Papier lobend in den Händen. Liebevoll streicheln sie ihren Kindern über die Köpfe, klemmen sie quietschend unter ihre kräftigen Arme oder tragen sie auf den Schultern über den Steg. Als sie unter die Markise treten, grüßen sie Johanna mit einem kurzen Nicken und setzen sich auf ihre ihnen angestammten Plätze. Wenig später überreicht einer der Männer Johanna anerkennend ein Eis. Johanna schreibt mir in der Nacht: *Ein unfassbar glücklicher Augenblick. Als ich in die dunklen Augen von dem Fischer sah, als er mir das Eis reichte, fühlte ich seine aufrichtige Sympathie, die mich ein kleines Stück weit in die Mitte ihrer Gesellschaft rückte. Ich fühlte Ankunft.*

Und Martin? erfahre ich im Dezember: *Der entwickelt sich hier zu einer Art Mädchen für alles,* schreibt sie. *Die Tage gestaltet er auf eine mir gänzlich unbekannte Weise.* – Die ersten Wochen verhielt Martin sich zurückhaltend und schüchtern. Er ging regelmäßig schwimmen, spazieren, in der Mittagszeit saß er meistens im Garten auf der Terrasse und lernte Italienisch. Später schlenderten die zwei hinunter zum Hafen, um dort den Kindern beim Spielen zuzusehen und um gemütlich einen Kaffee zu trinken. Mit jeder Begegnung aber, mit jedem Tag fasste er Mut. – *Mit einer fröhlich aufgeschlossenen Art wickelt er seine Mitmenschen um den Finger. Glaub nicht, dass ich für sein Zimmer Miete zahlen dürfte, Maria nimmt das Geld nicht an.*

Ich stelle mir vor: Johanna stellt ihre Staffelei auf den Balkon. Die Temperaturen sind während dieser Tage angenehm kühl. Sie setzt sich, klappt ihren Kasten mit den Aquarellfarben auf und beginnt zu malen. Martin sitzt wenige Meter von ihr entfernt in einem Liegestuhl und sieht ihr beim Malen zu. Ab und an lächeln sie sich zu. Martin denkt nach, mit welcher Tätigkeit er seine Zeit ausfüllen könne.

Geklapper durchbricht die Stille. Unten im Garten erkennt Martin Maria, die eine Schubkarre quer über den Rasen schiebt. In der Schubkarre stapeln sich Spaten und Harke, eine Schaufel, Ast- und Heckenschere. Angrenzend zur Felsküste beginnt Maria zwischen den Büschen Laub zu harken und Unkraut zu jäten. Martin beobachtet Maria eine ganze Weile. Als sie zur Hacke greift und er erkennt, wie sie mühsam den trockenen Boden aufzulockern versucht, steht er kurz entschlossen auf. In seinem Zimmer zieht er sich feste Schuhe an. Wenig später sieht Johanna Martin über den Rasen zu Maria gehen. Nach einem kurzen Wortwechsel nimmt Martin Maria die Hacke aus der Hand. Maria hebt laut protestierend beide Arme, greift nach der Hacke, Martin lacht und ungeachtet ihres Protests beginnt er zu arbeiten. Eine gute Weile noch tänzelt sie aufgebracht und auf ihn einredend im Kreis um ihn herum, bis Martin schließlich zur Schubkarre geht und Maria den Astschneider in die Hand drückt.

Amüsiert sieht Johanna, wie Martin Maria rechts zu einer Zypresse führt, wo sie kurz darauf die zum Boden vertrockneten braunen Äste abzuschneiden beginnt. Nach einer Weile gelingt Martin schließlich, den vollkommen ausgetrockneten Boden aufzulockern. Er greift zum Spaten und gräbt mit einzelnen kräftigen Stichen die Erde um, die Wurzelreste reißt er aus den Erdklumpen, ebnet die Hügelchen und harkt die Erde glatt.

Am Morgen darauf schneidet Martin die Hecken, während Maria Laub und Äste zusammenharkt. Die Abfälle lädt sie in die Schubkarre und fährt diese auf den Kompost. Er steigt die Leiter in die Bäume hinauf und knipst die alten Äste heraus. Maria steht unter ihm und hält die Leiter. Ab und an weist sie ihn auf den ein oder anderen nicht zu vergessenen Ast hin. Nachdem der Rasen geschnitten ist und die Kanten gestochen, sitzen die beiden auf der Terrasse und topfen einige Blumen um. Martin düngt den Garten, spritzt die Platten mit einem Schlauch ab und wässert die Pflanzen. Die folgenden Tage und Wochen ist Martin beschäftigt. Er repariert die Markise, beizt und schmirgelt die Veranda ab, streicht die Fenster und schließlich sämtliche Außenwände, während Maria für ihn kocht und seine Kleidung wäscht. Als Dank braucht Johanna die Zimmer und auch das Essen nicht zu zahlen. Neben seiner Tätigkeit in der Pension nimmt Martin schließlich Gelegenheitsarbeiten im Dorf an. Während der ein oder anderen Besorgung lernt Martin einige Leute kennen. Zunächst arbeitet er in den Gärten der Nachbarn, repariert kleinere Schäden, hilft beim Dachdecken oder Pflastern einer Auffahrt. Einige Abende spielt er nach Feierabend Billard oder sieht gemeinsam mit den Italienern Fußball im Fernsehen in der Hafenbar. *Martin ist guter Dinge. Für nichts ist er sich zu schade. Vor einigen Tagen fuhr er sogar mit den Fischern in der Nacht zum Fischen hinaus.*

Wenige Wochen später, im Januar, entscheiden Johanna und Martin mit dem Zug nach Palermo zu fahren. Johanna benötigt einige Malutensilien, Farben und Pinsel, sie fragt Martin, ob er sie in die Stadt begleiten werde. Der Weg vom Bahnhof führt sie in Palermo geradewegs die Via Roma entlang nach etwa einem Kilometer links in eine Fußgängerzone, die Via Principe di Belmonte. Dort wünscht Johanna zu wohnen, wünscht sich ein Zimmer mit Blick auf die Straße. Telefonisch buchte sie ein Doppelzimmer im Voraus. Mit einem Augenzwinkern erklärt sie, dass nur noch ein Zimmer zu haben gewesen wäre. Etwas verstört stellt Martin seinen Rucksack neben das Bett, Johannas Entscheidung weiß er nicht zu deuten. Einer drohenden Zurückweisung ihrerseits ausweichend, hatte er sich nicht gewagt, Johanna nahe zu kommen. Sein Zimmer in der Pension hatte seiner Schüchternheit bisher genügend Schutz geboten, mit Johanna aber ein Bett zu teilen, rückt das Begehren in die Mitte ihrer Freundschaft, das er sich in ihrer Abwesenheit zu zügeln imstande sah, das ihm aber aufgrund der mangelnden Distanz schlaflose Nächte an ihrer Seite zu bereiten droht.

Nachdem sie ihre Sachen ausgepackt und sich eingerichtet haben, starten sie in den Nachmittag. Zielstrebig steuert Johanna Martin durch die Innenstadt. Ihre Einkäufe möchte sie bis zum Abendessen erledigt haben. Für Besichtigungen bliebe genügend Zeit. Auf dem Rückweg weckt eine Buchhandlung nahe der Universität Martins Aufmerksamkeit. Flüchtig streift sein Blick die Bücher im großen Schaufenster, Bücher der Naturwissenschaft. Ohne dass ihm dies bewusst ist, bleibt er wie angewurzelt stehen. Er liest die Titel in italienischer Sprache, murmelt die Übersetzung abwesend vor sich hin, bis ihn Johanna nach einem Moment sachte anstupst und in die Gegenwart zurückruft. Martin entschließt, den Laden zu betreten, und zieht Johanna hinter sich her. In den vergangenen Wochen hatte er Steine gesammelt, den Bereich auf dem Balkon vor seinem Fenster mit den verschiedensten Blumen bepflanzt und außerdem die Tiere der nahen Umgebung beobachtet. Hier und jetzt verfügt er über die Möglichkeit, vernünftige Bücher zu erwerben, um seine Steine, die Pflanzen und die Insekten der Region bestimmen zu können. Während Martin die entsprechenden Bücher in den Regalen sucht, erklärt Johanna ihm, dass sie etwas zu kaufen vergessen habe. Martin möge schon ins Hotel vorweggehen, sie würden sich dann dort treffen und im Anschluss zu Abend essen. Kurz nachdem Martin jedoch das Geschäft verlassen hat, kehrt Johanna ohne sein Wissen zurück. Martin war ihr aufgefallen, als er für einen Augenblick vor einem Mikroskop stehen geblieben war, das er mit an Sicherheit grenzender Wahrscheinlichkeit nicht bezahlen konnte, das er jedoch vermutlich insgeheim in seinen Besitz wünschte. Ohne dass Martin hierüber ein Wort verloren hatte, entschließt sich Johanna, das Gerät zu kaufen. Lange und ausführlich lässt sie sich beraten und kauft schließlich darüber hinaus das notwendige Zubehör, das ihm wissenschaftlich zu arbeiten garantiert.

In das Hotel zurückgekehrt, sitzt Martin auf dem Balkon und blättert ruhig die Seiten seiner neu erworbenen Bücher um. Leise nähert Johanna sich ihm von hinten und stellt die Pakete in Plastiktüten verstaut ihm vor die Nase auf den Tisch. – „Für dich", sagt sie und lächelt ihn erwartungsvoll an. Überrascht legt Martin sein Buch zur Seite und steckt neugierig seine Nase in die Tüten. Er jauchzt auf, schnellt von seinem Stuhl hoch und schließt Johanna überglücklich, fest an sich drückend in seine Arme. Er schiebt die Bücher zur Seite und packt ohne zu zögern seine Geschenke aus. „Woher wusstest du, dass ich zu mikroskopieren wünschte?" fragt er. „Als ich sah, wie du dich vorhin in der Buchhandlung enttäuscht von dem Mikroskop abwandtest, war ich überzeugt, dass es dir gefallen würde", antwortet Johanna. – Martin stellt das Mikroskop vor sich auf den Tisch, sortiert das Zubehör und verlässt kurz darauf das Zimmer, ohne ein Wort zu sagen. Johanna beobachtet ihn unten in der Fußgängerzone einige verschiedene Blätter pflücken. Er hebt seinen Kopf, erkennt sie oben auf dem Balkon und winkt ihr zu. Über Johannas Gesicht sehe ich ein Lächeln huschen.

Nach dem Abendessen rückt Martin den Tisch vor das Fenster. Er stellt die Leselampe links neben den Tisch und schaltet das Licht an. „Dann will ich doch mal sehen, ob mir das Präparieren noch gelingt", sagt er nach links zu Johanna gewandt, die dicht hinter ihm steht und über seine Schulter hinweg zuschaut. Martin setzt das Mikroskop in der Mitte vom Tisch ab und sortiert das Zubehör zu seiner Rechten. „Ich falte das Blatt zu einem kompakten Paket, klemme dieses zwischen die zwei Korkplatten und schabe mit der Rasierklinge feine Querschnitte von der Breite der Blattdicke ab. In der Hoffnung, dass mir ein dünner Schnitt gelang, trage ich den Schnitt, oder besser das Präparat, mit der Pinzette auf den Objektträger auf, einige Fetzen genügen häufig bereits, füge mit der Pipette einen Wassertropfen hinzu und kante das kleine Deckblatt schräg an den Wassertropfen. Dann kippe und lasse ich das Deckblatt möglichst langsam hinunter über das Präparat fallen. Eventuelle Luftbläschen sauge ich mit der Hilfe von dem Löschblatt ab. Zu guter Letzt trage ich einen Tropfen Kontrastmittel zum Anfärben des Präparates links neben das kleine Deckblatt auf den Objektträger auf, das das Löschblatt von rechts unter das Deckblatt saugt. Infolgedessen verteilt sich das Mittel gleichmäßig im Präparat."

Martin spannt den Objektträger unter das Objektiv auf den Objekttisch und knipst das Licht vom Mikroskop an. Er beugt sich vor und blickt in das Okular. Mit einem Rad unterhalb vom Objekttisch stellt er die Höhe ein. Als die Konturen von dem Objekt schließlich deutlich zu erkennen sind, äußert er: „Na, siehst du, es geht doch noch!" „Lass mal sehen!" sagt Johanna bald aufgeregt und beugt sich von hinten vor. Ihren rechten Arm legt sie sanft auf Martins Schulter ab. Gleich einem Blitz trifft Martin die Berührung, ein Zucken durchschlägt seinen Oberkörper, er erschrickt. Überrascht wendet Johanna ihm den Kopf zu. Sie greift seinen Nacken, wendet seinen Kopf und blickt ihn an. „Aber Martin", spricht sie beruhigend und blickt tief in seine Augen: „Du brauchst vor mir doch keine Angst zu haben." Beschämt senkt Martin seinen Kopf. Johanna streichelt sanft seinen Nacken, legt den Arm um seine Schultern und drückt Martins Kopf sacht an ihr Ohr. „Hab keine Angst. Nach allem anderen steht mir der Sinn, als dich zu verletzen", wirkt sie weiter auf ihn ein und streichelt durch sein Haar. Martin aber regt sich nicht. „Hey!" meint sie aufmunternd, drückt seine rechte Schulter: „Vertrau mir!", das die Spannung löst.

Vertrauen, welch Wort, denkt Martin, das augenblicklich, fühle ich, den Kopf ausfüllt, bald darauf den

Blick durch das Fenster in die Dunkelheit schweifen lässt und den Blick gen Himmel richtet, weit hinauf. Johanna drückt die Lehne vom Stuhl nach hinten, dass Martin kurz hochkommt und den Stuhl nach hinten rückt, und setzt sich ihm seitlich auf den Schoß. Mit beiden Armen umschließt sie seinen Hals und drückt ihren Kopf an den seinen. Sie wendet ihren Kopf dem Fenster zu. Schweigsam blicken sie gemeinsam zum Fenster hinaus auf die ihnen gegenüberliegenden Häuser, inzwischen brach die Nacht herein. Gedankenverloren streichelt Martin Johanna leicht über ihren Rücken, welche sich ihm schließlich zuwendet, zart mit ihren Fingern über seine Wangen streichelt, sich vorbeugt und ihm die Stirn küsst. „Ich kann dir wirklich vertrauen?" fragt Martin sie zögernd. „Du kannst", flüstert Johanna ihm ins Ohr, nimmt seiner Schüchternheit damit Schwert und Schild aus der Hand und reißt das letzte Bollwerk seiner Furcht darnieder.

„So", unterbricht Johanna die Stille: „Nun lass aber mal sehen, was es da Neues für mich zu entdecken gibt." Neugierig beugt sie sich vor, bleibt auf seinem Schoß sitzen und blickt staunend in das Mikroskop. „Im Grunde genommen ist so gut wie alles zu erkennen", erklärt Martin ihr. „Du siehst den Querschnitt von einem Blatt. Links oben befinden sich die quer aneinandergereihten Zellen der oberen Epidermis und die Kutikula, eine wachsartige, wasserundurchlässige Schicht. Darunter das senkrechte Palisadengewebe, die Leitbündel, das Schwammgewebe und die untere

Epidermis mit den Stomata, den Schließzellen. Die Leitbündel, Xylem und Phloem, dienen in erster Linie dem Transport von Nährstoffen, von Wasser und den darin gelösten Salzen. Hierin gleichen sie durchaus unseren Adern. Die Zellsaftvakuolen könnte ich durch spezielle Färbemethoden besser sichtbar machen, wie auch die Chloroplasten, die du in den Vakuolen erkennen kannst, sofern du ein wenig mit dem Rädchen spielst und die Bildtiefe variierst." „Das ist ja klasse", Johanna blickt begeistert auf. „Und so etwas Schönes förderst du zutage?" „Naja", wiegelt Martin ab: „Das ist nun keine große Kunst. Das lernt jeder Student im Grundpraktikum der Botanik im ersten Semester." Johanna kommt hoch, setzt sich zurück, fest auf Martins Schoß und wendet sich ihm zu. Sie legt den Kopf schief und lächelt ihn an. „Hm", meint sie nachdenklich und legt beide Arme um seinen Hals: „Das farblich zu gestalten, das wird mir mit Aquarellfarben aber nicht gelingen, da werde ich für die Lasuren besser mit Acryl arbeiten. Ich müsste morgen früh also noch mal los. Willst du mich begleiten?" Johanna sieht Martin an, Stille kehrt ein. Langsam neigt sie sich Martin entgegen, vorsichtig legen sich ihre Lippen auf die Seinen, ein erster zarter Kuss, dem weitere folgen, bis Johanna schließlich aufsteht und Martin zum Bett hinüberzieht. Später, als sie sich unter der Decke aneinanderkuscheln, als Johanna zu seiner Linken die Augen schließt, schaltet Martin das Licht aus. Eng an sie geschmiegt, folgt er Johanna in den Schlaf.

Am Morgen frühstücken sie in einer kleinen Bäckerei ums Eck: zwei Cappuccini und Croissants. Heute aber wählt Johanna einen anderen Weg. Sie bummeln über einige enge Märkte, wuseln sich durch das Labyrinth aus Gassen, das abseits der Hauptstraßen das Stadtbild prägt und schauen sich neugierig um. Nachdem Johanna schließlich ihre Einkäufe ins Zimmer hochgetragen und abgestellt hat, machen sie sich auf, neben Kirchen und Stadtpalästen den eindrucksvollen Dom sowie den Normannenpalast zu besichtigen. In den Reiseführer vertieft, liest Martin Johanna jeweils die bemerkenswerten Passagen vor, folgt ihr, während sie sich durch den Dom treiben lässt und fasziniert vor dem Sarkophag Friedrichs des Großen verweilt. Sie besuchen das Museo Archeologico, betrachten punische Stelen sowie Terrakotten und griechische Skulpturen aus Selinunt. Im Anschluss wählt Johanna die belebte Via Vittoria Emanuele, die sie geradewegs zum Hafen führt.

In die Pension zurückgekehrt, ändert sich am Tagesablauf der zwei kaum etwas. Fortan aber teilen Johanna und Martin ein Bett: Sie schmiegen sich eng aneinander und berühren einander liebevoll. Ihre Gemeinsamkeit findet sich neu. Jeweils jedoch hält jeder an seinem Alltag fest und schwört seiner Errungenschaft die Treue. Johanna widmet sich der Malerei, während Martin seine freien Stunden nutzt, um zu mikroskopieren. Einige Präparate, an denen Johanna Gefallen findet, die ihrer Kunst nützen, konserviert Martin und bewahrt diese in einer eigens von Johanna gebastelten kleinen Schachtel auf. Seine Bestimmungsbücher, die Mittelmeerflora, Mittelmeerfauna, begleiten ihn auf seine Ausflüge in die Natur. Ein Buch über die Mineralogie, wie auch über die Paläaontologie gesellen sich hinzu. *Spannende Ausflüge*, schreibt mir Johanna, die ihn ab und an auf seine Streifzüge begleitet. *Ganz besonders hübsche Exemplare pflanzt Martin auf dem Balkon in die von mir bunt angemalten Terrakottatöpfe. Mineralien vom Ätna liegen auf der Balustrade nahe der verschiedensten Steine und Muscheln vom Strand.* Gespannt liegen Johanna und Martin nebeneinander im hohen Gras einer Wiese. Sie beobachten den Flug einer Libelle, von Pfauenauge und einem Zitronenfalter. Die Heuschrecken, Bienen und Käfer in freier Wildbahn, Schwalben, Specht und Meisen, gelbblühende Magnolien, Jasmin und Oleander. Erklärend führt Martin Johanna an der Hand haltend durch seine ihr bis dahin verborgene Welt und zieht sie für diese Momente fort aus ihrer Welt voll Schrecken und Gewalt, die sich hier und dort Gehör verschafft. Entzückt blickt sie durch das Okular von seinem Mikroskop und bemerkt erstaunt: Was für eine Welt.

Johanna und Martin lernen ihre Gemeinsamkeit neu entdecken: Taps taps taps, Stück für Stück, von Stein zu Stein tasten sie sich behutsam aneinander heran, umsichtig, das Bedürfnis des anderen stets im Blick, aufhorchend, fassen sie Vertrauen zueinander. Nach dem morgendlichen Bad in der See, erwartet Maria sie im Garten mit dem Frühstück. Sie kochen gemeinsam, gehen einkaufen, sitzen am Hafen und trinken Kaffee. Einige Abende gehen sie ins Dorf. Sie tanzen und lachen, lauschen der Musik oder flanieren die Dorfstraße entlang. Hier und dort bleiben sie stehen, essen ein Eis, grüßen und plaudern mit den Männern, die Martin inzwischen kennengelernt hatte, kichern mit den Frauen, die Johanna ihm vorstellt. Und trotzdem die Freude in ihren Alltag einkehrt, bemächtigt sich die Melancholie der Seele des am Grunde gedemütigten Menschen. Die Trauer sowie die Wut bahnen sich ihren Weg durch die dunklen, verwinkelten Gänge weit hinauf an die Oberfläche, deren Tür in die Vergangenheit sich leicht öffnen, die sich nicht wieder ganz ohne Mühe fest verschließen lässt. Doch die sich mit drängender Gewalt des Raumes bemächtigende Trauer wie auch die Wut zuzulassen, den beiseite gedrängten Schmerz zu erleben und den Zugang zu längst vergessen gemeinten Gefühlen zu gewinnen und wahrhaft zu durchleben, Gefühle, die ihren Einfluss auf die Gegenwart geltend zu machen bestrebt sind und unaufhörlich um Gehör schreien, birgt die Möglichkeit, sich ihnen in den Weg zu stellen, sie zu entwaffnen und ihrer Macht zu berauben. Den Mut zu fassen, in die Tiefe der Seele hinabzusteigen, verheißt Reinigung.

Mit den Tränen fließt der Schmerz in die Welt: Pechdurchtränkt windet sich der zähfließende Strom durch die feuchten Gänge und finstren Grotten des Steinmassivs ans Tageslicht. Das Weinen aber stillt die Schmerzen, kann sich derjenige Mensch glücklich schätzen, der sich einen anderen Menschen in seiner Nähe zu wissen imstande sieht, der die Tränen fortwischt, der den Geschundenen fest in die Arme schließt und tröstet, anstatt sich wie einst der Trauer einsam und ohne Hilfe ausgeliefert zu wähnen. Gefühlsduselei, lautet da der Kommentar des ein oder anderen auf der anderen Seite von meinem Tresen. Höhnend heben sich die Wundwinkel, lachend hebt er das Glas und spült seine Traurigkeit mit einem großen Schluck seinen fauligen Schlund hinunter, zurück in die schwarzen Seen der Nacht, die die Seele mit Trauer tränken und das Wasser, den Alltag in Liebe zu leben, vergiften. Ein zu bemitleidender Mensch, denke ich, ein armseliges, zu bedauerndes einsames Geschöpf.

„Was zeichnet eine gut funktionierende Beziehung aus?" frage ich Franziska. Sie sitzt über ihre Nähmaschine gebeugt und zieht ein Stück Stoff unter die Nadel. Ich sitze ihr gegenüber auf dem Sofa, das in ihrer kleinen Schneiderei der Nähmaschine gegenüber an der Wand steht, und sehe ihr bei der Arbeit zu. Überrascht hebt sie den Kopf und sieht mich an. Sie zieht die Augenbrauen in die Höhe und runzelt erstaunt die Stirn. „Warum fragst du mich das?" „Ich frage", antworte ich, „weil ich mir nicht sicher bin, woran es Johanna und Martin mangelte, dass sie solcherart schwer zueinander fanden. Ich meine: Was kennzeichnet zum Beispiel unsere Beziehung, die Liebe, die wir füreinander empfinden?" Franziska denkt laut nach: „Lass mich mal überlegen. Moment. – Ich würde sagen, Freundschaft und Begehren, vom ersten Augenblick an. Meine Neugier, mein Interesse, aber auch meine Bewunderung und meine Wertschätzung für dich, für das, was du tust, und für das, was du willst, was du dir wünscht und was du von deinem Leben erwarten kannst. Deine aufrichtige Bescheidenheit, Zufriedenheit und Ausgeglichenheit. Hinzu kommt unsere gemeinsame Vergangenheit, die Vielzahl an schönen Erinnerungen. Freude, Fröhlichkeit, Augenblicklichkeit. Ich liebe dich aufgrund der kleinen Aufmerksamkeiten, die du mir zuteil werden lässt. Wenn du am Morgen aufwachst und mich anlächelst, wenn du mir beim Anziehen zusiehst und ich immer noch deine Blicke auf meinem Körper spüre, als sähest du mich zum ersten Mal, als wolltest du mich sofort wieder ausziehen. Die Liebe, die ich dir zukommen lasse, erachtest du nicht als eine Selbstverständlichkeit, sondern vielmehr als ein Geschenk, das ich dir täglich und immer wieder aufs Neue reiche. Nahezu jeden Tag bestätigst du mir in irgendeiner Weise, mich zu lieben, das empfinde ich als ganz wunderbar. Ich bin mir deiner Treue sicher, wie du mir vertrauen kannst. Ich fürchte nichts oder müsste mich ängstigen, dass du mich verletzen oder verlassen könntest. Ich schätze deine Offenheit, deine Zuverlässigkeit, natürlich schätze ich die kleinen Überraschungen und Geschenke. Was möchtest du hören? Liebe entwickelt sich. Der Alltag, die äußeren Umstände fordern die Liebe immer wieder aufs Neue heraus. Zu lieben bedeutet ebenso, dem Partner die ein oder andere Last abzunehmen, ihm zuzuhören, sofern dieser Kummer hat, oder ihn vom Druck seiner Sorgen zu befreien, ihn zu pflegen, sofern er krank ist. Zu lieben bedeutet für mich auch verzeihen zu können, die Versöhnung, obwohl wir uns gestritten hatten." – Mir schwindelt der Kopf, lausche ich den Worten, die Franziska nach einem kurzen Nachdenken aus ihrer Tasche zaubert und vor mir auf einem Tisch ausbreitet. – „Liebe ist vielseitig, facettenreich, Liebe und Glück sind Ereignisse, die man nicht mit Hilfe weniger Worte zusammenzufassen sind. Bei der Liebe handelt es sich um einen Oberbegriff. Hinter diesem verbirgt sich ein äußerst kompliziertes Geflecht vieler verschiedener Gefühle, Eigenschaften, die aufeinandertreffen und ineinander verwoben eine Gemeinsamkeit anstreben. Ich liebe unsere enge Zusammengehörigkeit, wie ich die Unabhängigkeit liebe, die Gleichberechtigung und den Mangel an Macht innerhalb unserer Beziehung, die Ausgewogenheit. Habe ich etwas vergessen?" – Damit riss Franziska dem Göttlichen der Liebe die Maske herunter. – „Das Göttliche",

entgegnete sie, „das Göttliche stellt das Erstrebenswerte in Aussicht. Was aber geht mich die Unsterblichkeit oder Ewigkeit an. Ich blicke auf das Hier und
Heute. Ein schöner Tag mit Liebe gefüllt, das ist für
mich erstrebenswert. Johanna und Martin aber, für die
zwei empfinde ich Mitleid. Sehe ich ihre Hilflosigkeit,
die Last, die jeder von beiden zu tragen hat, wundert
es mich nicht, dass sie schwer zueinander finden."

„Maria", erklärt Johanna Martin unvermittelt an einem Abend, „lehrte mich den Weg zu gehen." Sie
sitzen vor ihren Zimmern auf dem Balkon, es däm-
mert bereits. Johanna greift Martins Arm, erhebt sich
aus ihrem Stuhl und zieht ihn fort die Klippen hinab
zum Strand. Dort sehe ich sie in der untergehenden
Sonne sitzen, am Strand. Am Horizont geht der Voll-
mond auf, die Sterne beginnen zu funkeln, sanft streichelt Johanna Martins rechten Arm. Sie zieht die Beine an und gemeinsamen sehen sie gebannt hinaus auf
das in der Dunkelheit verschwindende Meer. Gespannt lauschen sie dem Brausen der Brandung. Mit
Gewalt brechen die Wellen, das Salzwasser kriecht
flach über den Strand bis hin zu ihren nackten Füßen
im Sand.

Eudämonis, bemerkt Johanna vielsagend, glückselig
im Reich der Vollkommenheit. Zwei tote Geliebte in
meinem kurzen Leben, ein mir abhanden gekommener
Vater, eine ganze Menge Leid für mein Alter. Seiner
Zeit fühlte ich, dass Daniel Recht behalten würde, den

Weg dorthin hatte ich jedoch alleine zu beschreiten, nachdem er mich in Einsamkeit zurückgelassen hatte. Zu Daniel fasste ich Vertrauen. Er gewährte mir Trost. Viele Stunden lang hielt er mich in seinen Armen. Die Kraft aber, ihn zu trösten, die besaß ich nicht. Er hätte diesem ebenso bedurft. Stattdessen meinte er, sich an denjenigen, seinen Eltern rächen und sie strafen zu wollen, die ihn seiner Perspektive, seiner Wünsche beraubt hatten. Zu dem Gang, losgelöst von den Erwartungen seiner Eltern, sah er sich nicht imstande. Die folgenden Jahre fühlte ich die Schuld für seinen Tod. Warum aber fühlte ich mich für ein Vergehen schuldig, das ich nicht zu verantworten hatte? Und dann Ben, fährt Johanna fort: Ben verletzte mich nicht, Ben erfüllte mir einen Lebenswunsch, Ben reiste mit mir in die Welt hinaus, an seinem Tod trägt niemand die Schuld. Lange zu trauern, gestattete ich mir jedoch nicht. Statt ihrer gebrauchte ich meinen Verstand und verdrängte den Schmerz. Ich lenkte mich ab, beherzigte Bens Rat und stattete mein Leben von Grund auf mit neuen Attributen aus. Die Flucht in den Verstand aber stillt die Trauer nicht, da ist keine Trennung. Maria wusste dies, als sie mir mit Verständnis und Geduld begegnete. Kurz nach meiner Ankunft muss sie meine Verzweiflung gespürt haben. Voll Anteilnahme sah sie mich an. Ihr Blick stieß direkt in mein Herz. Ich zuckte mit den Achseln. Sie aber nahm meine Hand und schickte mich zum Strand. Geh hinunter zum Meer, sagte sie, das Meer weiß Antwort. Sammle all deinen Mut und blick in die See. Mit diesen Worten schob sie mich sanft ins Freie und schloss die Tür leise hinter mir. Ich beherzigte ihren Rat. Ich ging hinunter zum Strand und saß dort lange, einige Nachmittage und Abende. Ich vergrub Hände und Füße im Sand und sah hinaus aufs Meer, weit hinaus bis zum Horizont, wo Himmel und Erde einander berühren, wo die Liebenden von der Himmelskuppel in die Welt hinabsteigen. Stille kehrte in mir ein. Den Wind hörte ich geheimnisvoll über die See pfeifen. Seicht streifte er das Wasser, bis sich die Wellen schließlich tosend vor mir hoch auftürmten. Ohne Beistand brach ich so auf die Reise in meine Vergangenheit auf und erinnerte das Vergessene. Maria wusste: Der Schlüssel zu meinem Glück, dem Schatz in der verschlossenen Truhe, lag auf dem Grund der See meiner in die Vergessenheit gestoßenen Welt. Sie gab mir das Vertrauen, dass die Zeit manche Wunde heilt.

Ich fand hier an der Küste im Süden nicht nur eine schöne Unterkunft am Meer, Sonne, Sand und Strand, ich fand hier auch Mitgefühl und Trost. Ich erinnerte mich an das Verhältnis zu meiner Großmutter, bei der ich Zuflucht fand, die mich tröstete, so gut sie konnte, die sich meiner Not bewusst war, die abseits stand und hilflos zuzusehen hatte, wie meine Mutter die Zerstümmelung der Seele ihrer Enkeltochter zuließ. Meine Mutter, eine einfältige Frau, die ihrem Mann, meinem leiblichen Vater nicht das Wasser zu reichen imstande war, die seinen Wert wie auch seine Fähigkeit zu lieben nicht zu schätzen wusste. Die mich quälende Frage, was aus meinem Vater geworden sei, stellte ich mir in den vergangenen Monaten mehr als nur ein Mal. Insgeheim wünschte ich ihn mir zur Seite. In meiner Vorstellung sah ich mir die Tempel mit ihm gemeinsam an. Er begleitete mich auf die Ausflüge durch die griechische Mythologie, wir schlenderten quatschend durch die Museen und ich setzte ihn schweigsam zu mir vor die Staffelei, wo wir viele Stunden saßen, und er mir beim Malen zusah, wie er es getan hatte, als ich als Kind abends am Küchentisch oder vor dem Fernseher saß und zeichnete. Gewissenhaft sah er meine Hausaufgaben durch, mit Nachsicht korrigierte er meine Fehler. Geduldig unterhielt er sich mit mir, setzte mich auf seinen Schoß und beantwortete all meine Fragen, die mich zu jener Zeit beschäftigten. Die Fragen, die mich gegenwärtig beschäftigen, die ich mir selbst zu beantworten habe, würde er mir diese beantworten, sofern ich ihn suchen und meine Fragen an ihn richten würde? Ich erinnere die Bilder, die ich als Kind mit meinen Buntstiften und meiner Tusche gemalt hatte: Häuser, Blumen und Bäume. Die Geschichten, die er mir vorlas, einzelne Szenen, die mir gut gefielen, malte ich auf ein Blatt Papier. Vergleiche ich jedoch die Unbekümmertheit dieser Tage mit den Jahren und Gedanken, die später folgten, negative Einsichten, qualvolle Gefühle, meine gelbe fröhliche Sonne war einem grauen traurigen

Mond gewichen, für Freude fand ich in meiner Seele keinen Platz, wird mir etwa bewusst, wie sehr ich gelitten haben muss.

Ben genoss die Monate, die Welt mit meinen Augen zu entdecken, als er mich auf Schritt und Tritt begleitete. Das Geschenk, das er mir schließlich auf meine Reise mitgab, das letzte, das er für mich tat, war, die Voraussetzung zu schaffen, von der Möglichkeit Gebrauch machen zu können, mich zu leben, diejenige zu sein, die ich sein wollte. Nach Hamburg zurückgekehrt setzte ich, mit dem Erbe von Ben gewissenhaft umzugehen, zum Flug an. Alltäglichkeit sowie Zwang unter mir zu sehen, hob ich ab. Ich folgte meinem brennenden Bedürfnis, Entscheidungen, frei aller dem Prinzip treuer Autorität, der Einfältigkeit, die ohne Grund ich anzuerkennen nicht vermag, zu treffen, und ich begann, mein Leben neu aufzurollen, den Tag meinen Wünschen gemäß zu gestalten. Ein kümmerlicher Versuch, wie ich zu spüren bekam, sofern Schmerz und Trauer lähmend auf der Freude lasten. Täglich klopften sie von außen an die Tür. Früh am Morgen, stets nach dem Aufwachen verschafften sie sich ohne Rücksicht Gehör. Anstatt sie jedoch anzuhören, drängte ich sie zurück zur Tür hinaus, die Maria schließlich sanft aufstieß.

Maria half mir, das Tor zu meiner Trauer zu öffnen. Zunächst konnte ich mich Maria nicht mitteilen. Wie hätte ich ihr mit wenigen Worten in ihrer Muttersprache mitteilen können, was ich empfand? Wo die Worte jedoch versagen – lernte ich – genügt oftmals die Geste. Um zu begreifen, dass ich traurig war, bedurfte es keiner langen Erklärung, die Körpersprache ist hierin universell. Maria unterstützte mich, dorthin zurückzukehren, als meine Kindheit endete und die Ohnmacht Einkehr erhielt. Hilflos stand ich da im engen Flur unserer Wohnung, als mir meine Mutter an einem Nachmittag erklärte, dass ich meinen Vater nicht wiedersehen würde. Ich kam aus der Schule, meinen Ranzen trug ich noch auf dem Rücken. Der Grund, über welchen Sinn das Leben verfügt, glitt aus meinen Händen zu Boden, nackt und hilflos stand ich da. In jenem Moment ahnte ich nicht, was kommen würde, hatte die vielen darauf folgenden Jahre für mich selbst zu sorgen, ohne die helfende, mich bis dahin unterstützende Hand meines Vaters. Mich von ihm zu verabschieden, sogar das hatte meine Mutter mir nicht gestattet.

„Martin. Mach etwas, dass das aufhört!" schluchzt Johanna und greift seine Hand. Tränen in den Augen wendet sie ihm ihren Kopf zu und sieht ihn verzweifelt an. Schweigsam und gesenkten Hauptes lauschte Martin ihren Worten. Auf ihr Bitten sieht er sich einzig imstande, ihr seinen rechten Arm behutsam um die Schultern zu legen und sie zart an sich zu drücken. Ihren gesenkten Kopf drückt er nah an seine Brust und streichelt mit seiner linken Hand ihr kurzes Haar. Eine ganze Weile hält er sie eng umschlungen, bis das Zittern und Beben ihres Körpers schließlich erschöpft.

Johanna schreibt wie folgt: *Die Möglichkeit, mein Leben meinem Bedürfnis entsprechend einzurichten, gebrauche ich heute auf ganz andere Weise. Mein Alltag stimmt mich zufrieden. Und trotzdem die Trauer sich hier und da zeigt und sich meiner Seele bemächtigt, verfügt die zerstörerische Herrschaft der Trauer nicht mehr über die Macht, mich nach weit unten zu ziehen. Ich fühle mich nicht allein, ich finde Trost. Mit dem Trost aber und dem Verständnis verschwinden Trauer und Wut, dass die Bedürfnisse meines Kindes heute mehr denn zu jener Zeit auf Entsprechung stoßen.*

An jenem Abend liegen Johanna und Martin weit in die Nacht hinein wach. Sie liegen ineinander verschlungen. Fest umklammert lauschen sie aneinandergeschmiegt der Brandung, hoch über ihnen schreiten ihre Blicke Hand in Hand über die Kuppel vom Himmelszelt. Kein Versprechen dringt über ihre Lippen, kein Wenn und Aber erreicht das andere Ohr, weder die Erwartung, noch eine Bedingung knüpfen das Band. *Der Zweifel schweigt zu eins*, schrieb Johanna in ihre geheime Korrespondenz: *Still und leise tönt das Lied der Nacht, Klänge seilen sich Sprosse für Sprosse hinab, Hände greifen die Herzen, wo urwüchsig Liebe lacht.* Einige Seiten später lese ich: *Ein Leben zu leben, mich in einer Stadt zu bewegen, ein Haus ein Kind mein Mann. Der Staub im Flur bedeutet so viel und nicht mehr, als einen Tisch zu decken oder ein Brot zu backen, einen Kuchen. Der Alltag jedoch sind zu einem Teppich gewobene Fäden. Wieviel Leid birgt unsagbares Sehnen? Wünsche welcher Art säumen meines Weges Rand? Wer wird Antwort auf meine Fragen finden? Ohne Hilfe schlägt mein Herz im Takt.*

Ich bin ein Phantast, erklärt Johanna Martin. Zumindest war ich einmal voller Phantasie. Ich erfand Namen, Tiere, Länder und Städte, Geschichten von Menschen, die es nie gab. Meine Mutter aber hörte mir nicht zu. Sie zerrte mich aus meinen Tagträumen und verbot mir den Unsinn. Meinen Vater hingegen amüsierte meine Träumerei. Er lächelte, sofern ich selbstvergessen für mich allein träumte und er mir dabei zusah. Entzückt lauschte er meinen kleinen Erfindungen. Seine Erklärung, Träumen sei der kreative Teil einer Persönlichkeit, stieß auf taube Ohren. – Hätte ich auf meine Mutter hören sollen? Hätte ich nicht meinem Wunsch folgen sollen, den Traum in die Tat umzusetzen? – Kurz nachdem das Flugzeug nach Catania abgehoben war, wurde ich traurig. Mich auf diese Weise fortzuschleichen. Ich schämte mich. Ich fühlte den Verrat an dir, an deiner Treue zu mir, deiner mich stützenden Hand. Einen Weg zurück erwog ich in jenen Tagen nicht, deine Freundschaft wusste ich nicht zu schätzen. Mir war bewusst, dass mich meine Reise in die Einsamkeit führen würde. Das betrübte mich. Der Einsamkeit standzuhalten, hielt ich für eine der schwierigsten Prüfung, die das Leben dem Menschen abverlangt. Wochen später jedoch wurde mir bewusst, dass die Einsamkeit für sich mir nie eigen gewesen war. Das Dorf, Maria, die Kinder am Strand. Die Freundlichkeit sowie die Gastfreundschaft der Menschen lehrten mich, die Gesellschaft anderer Menschen zu wertschätzen. Zu jenen zu gehören, die der Einsamkeit nicht gewachsen sind, diese Niederlage mochte ich mir lange nicht eingestehen. Lange genug hatte ich in Einsamkeit gekämpft, ich wollte schließlich siegen. Die Glückseligkeit aber sowie das Gefühl angekommen zu sein, beruhen auf der Erfahrung, sich ganz zu fühlen. Zu meinem Glück in kreativer Selbstvergessenheit benötige ich Menschen in meiner Umgebung, die meinem Bedürfnis nach Geborgenheit gerecht werden, Menschen, die meine Sehnsucht nach Wärme und Nähe stillen. Mein Kämpfen entsprang der Notwendigkeit, tatsächlich einsam zu sein. Um zu überleben und um das schmerzhafte Gefühl der Einsamkeit zu besiegen, hatte ich mich notwendig zu organisieren. Freundschaft aber zu schließen, um mich zur Wehr zu setzen, um mein Leben in Freiheit und Würde zu gestalten und um hier und da für einige wenige, glückliche Momente zu sorgen, das hatte ich nicht gelernt. Die Verbote und die Strafen, die Bedrohung von außen, mein Misstrauen und die an mich gerichtete Missbilligung kultivierten meine Wahrnehmung. Trat ein Mensch in meine Nähe, klammerte ich Freundlichkeit aus. Zustimmung sowie Aufgeschlossenheit hielt ich für ausgeschlossen. Wer mag sich da selbst trauen? Viele Menschen um mich herum sah ich glücklich. Das Nagen meiner Selbstzweifel trat ein in die weit verzweigte Spirale des Labyrinths meiner Gedanken, in die ich mich fortan verirrte.

Ein Stück Zutrauen gewann ich hier schließlich zurück. Maria lud mich auf die Hochzeit ihres Cousins in ein Dorf in der Nachbarschaft ein, wahrhaft ein Fest. Nach der Kirche, die die Menschen hier für sehr bedeutsam halten, feierte das junge Paar in dem großen Garten hinter dem Haus der Brauteltern. Weit über zweihundert Gäste waren geladen. Die Verwandtschaft war anwesend, gut fünfzig Menschen, Nichten und Neffen, Eltern, Großeltern und Geschwister, sowie die Freunde, alte Schulkameraden, Handwerker, Fischer und Kaufleute. Kurzum, ich hatte den Eindruck, als seien alle Bewohner aus beiden Dörfern gekommen. Tische und Bänke standen in langen Tafeln auf dem Rasen. Ein Tanzboden und eine kleine, mit Blumenkränzen geschmückte Bühne für die Musik waren aufgebaut. Girlanden und bunt bemalte Lampions hingen über den Gästen an quer gespannten Bändern. Das Essen, die Vorspeisen, Fleisch und Fisch wurden auf großen Platten gereicht. Die Pasta, Kartoffeln und Gemüse in großen Schüsseln auf die Tische gestellt, Wein und Wasser in Flaschen und Karaffen serviert. Die Gäste feierten. Sie lachten, aßen, tranken und unterhielten sich. Der Tanz dauerte bis in die frühen Morgenstunden hinein. Die Männer forderten mich zum Tanz auf, Frauen sprachen mich an oder winkten mich zu sich an die Tische. Neugierig fragten sie mich aus, kichernd prosteten sie mir mit leuchtenden Augen zu. Die waltende Herzlichkeit weckte in mir das Glück, mich in ihrer Mitte willkommen zu fühlen. Ein wahrhaft phantastisches Ereignis, von Misstrauen oder Feindseligkeit fehlte jede Spur.

Noch vor dem Morgengrauen setzte Maria sich erschöpft schließlich zu mir. Der Tanz war beendet, die fröhliche Musik verstummt. Neben leeren Platten und den auf den Holztischen verloren stehenden ausgetrunkenen Gläsern und Flaschen hielt sich das junge Ehepaar zärtlich in den Armen, das wenig später, von vereinzelt johlenden Rufen und lauten Glückwünschen begleitet, verabschiedet und über den platt getretenen Rasen zum großen Haus hinüber geleitet wurde. Schweigsam saßen die letzten, übrig gebliebenen Gäste an ihren Plätzen, verklärt tauchten ihre Blicke in die Dunkelheit ein. Lediglich die Weise der leisen Klänge einer Gitarre erzählte von einer jungen Frau, die einst in fester Überzeugung auszog, an fernem Ort einen kostbaren Schatz zu bergen, von dem die Menschen seit Urzeiten zu berichten wissen, dieser liege hinter dem Gebirge, jenseits der großen See vergraben.

Während das Feuer allmählich herunterbrannte, und die lodernden Flammen erloschen, wehte eine kühle Brise seicht vom tosenden Meer zu uns hinüber. Andächtig lauschend, den verklärten Blick der zischenden Glut zugewandt, löste sich Melancholie. In jenem Moment kehrtest du in mein Bewusstsein ein. Lange dachte ich an dich, sah dich neben mir auf der Bank vor meiner Werkstatt sitzen, wo wir gemeinsam ein Glas Rotwein tranken und uns angeregt unterhielten. Ich fragte mich, wie es dir inzwischen in Hamburg ergangen sei. Ob du nach wie vor verschwiegen seist? Zurückhaltend und duldsam? Hatten wir überhaupt je einmal eine angeregte Unterhaltung geführt? Ich erinnerte keine. Unsicher stocherte ich in unserer Vergangenheit, bis ich schließlich auf den Abend stieß, an dem wir uns im Kommunal kennenlernten, an dem ich dir unverhohlen mein Herz ausschüttete und du mir kurzerhand meine Verletzlichkeit vor Augen führtest. Zutiefst erschrocken lief ich an jenem Abend die Schamesröte im Gesicht zu mir nach Hause zurück. Warum aber stand ich dir an jenem Abend nahe? Was löste meine Aufrichtigkeit aus? Und warum entschied ich trotz der Gefahr wenige Tage später, mich dennoch in deine Nähe zu wagen? Lagst du gleich Eros neben mir mit deinen zwei ausgerissenen Flügeln auf dem Flachdach unseres Hochhauses? Ich erzählte dir von meiner Sehnsucht, meinen Träumen. Wer aber riss dir einst beide Flügel heraus? Ich drängte dich, mir deine Geschichte anzuvertrauen. Auge um Auge, Zahn um Zahn. Als du mir jedoch erklärtest, dass du deine Vergangenheit zu den Akten gelegt hättest, und du mich fragtest, ob der Mensch eine Geschichte brauche, ob der Mensch nicht ebenso ohne seine Vergangenheit leben könne, ohne seine Erinnerungen, begriff ich enttäuscht, dass du nicht derjenige sein würdest, mit dem weit aufzuschwingen ich mir wünschte. Eine gemeinsame Zukunft stellte ich uns nicht in Aussicht. Warum aber verfuhr ich mit deiner Offenheit nicht ebenso fürsorglich, wie du mit meiner? Warum hegte ich kein Mitgefühl? Warum verließ ich dich, ohne dir die Möglichkeit einzuräumen, dich zumindest deines Irrtums zu vergewissern?

Ich wünschte mich an den Beginn zurück. Ich kehrte in die Zeit und an den Ort zurück, als wir uns kennenlernten, und erinnerte mich, was ich in jenem Moment für dich empfand. Ich sah dein Lächeln, dein verständigendes Nicken und lauschte den tiefen rauen Tönen deiner Stimme, deinen Fragen, die Tür und Tor meines Herzens öffneten, und stieg zitternd hinab in den düstren Keller meiner Seele, wo sich unser beider Traurigkeit tröstend die Hände reichten. Du standest mir nahe, gleich dem, der alle Hoffnung in sich vereint, der mich mit der Gewissheit ausstattete, dass all mein Warten nicht vergebens ausgeharrt hatte. Später jedoch begriff ich, dass auch du der Erinnerung bedurftest, dass auch du den Weg zurück in den Tag nicht kanntest, das Verlorene zu bergen, dass auch du dich der Freude abhanden mir lediglich zwei leere Hände entgegen zu strecken imstande sahst. Die Traurigkeit für sich allein genügt jedoch nicht, einander zu lieben. Dir aber den Weg aus deinem Kerker zu weisen und dich die Stufen hinauf ins Licht zu führen, sah ich mich ebenso nicht vermögend, wie du dich stets in Schweigen hülltest.

An jenem Abend wünschte ich mir einen Neuanfang. Ich stellte mir vor, dich an diesem Glück für eine Weile teilhaben zu lassen, dir den Weg aus deinem Verlies zu weisen, und sah dich der Fremde deiner Alltäglichkeit entsagen. Ich beabsichtigte, dir die Schönheit der mir hier täglich widerfahrenden Gegenwärtigkeit vor Augen zu führen, die Leichtfüßigkeit dieser Kinder unter dem Zeichen der Sonne in dein Bewusstsein zu rufen, und wünschte mir, das Wohlgefühl an der Seite der Sonnenkinder in dir wachzurütteln, tief aus der Senke zu heben und den Hauch deines Aufatmens nahe meinem Ohr kitzelnd zu spüren. Ich sehnte mich nach dir. Als ich die Herzlichkeit der Verwandten und Freunde der Familie um mich herum erblickte, wurde mir bewusst, dass es mir an Gesellschaft mangelte, an dem mir vertrauten Wort, dem Freund, mit dem gemeinsam die Weise nach ihrer Einkehr wahrhaft zu leben tief empfunden weilt. Ich sehnte mich nach einem Mann, einer Hand, dem Atem liebkosender Lippen an meinem Hals und nach zwei mich kräftig umschließenden Armen. Ich sehnte mich nach einem Gefährten an meiner Seite, der über die Fähigkeit verfügt, das tief in mir ausströmende Glück nachempfinden zu können, ein Mensch, der sich imstande sieht, meinem Drängen ohne Spott zu entsprechen, der meinem Blick begegnen und nicht einzig ins Was-weiß-ich zu lenken fähig sein würde.

Martin, trotz meiner Zurückweisung warst du mir stets ein treuer Begleiter. Deines Verständnisses war ich mir stets gewiss, in deiner Gegenwart fühlte ich mich nie allein. Meine Not war dir bewusst. Ich entschied, dich nach Sizilien einzuladen. Wie aber, fragte ich mich, sahst du dich imstande, ohne die dir anhaftende Vergangenheit leben zu können? Ohne deine Erfahrungen oder den dir wesensverwandten Wünschen und Bedürfnissen, die notwendig auf den Alltag Einfluss nehmen? Dich zu begreifen, gelang mir nicht. Ich war überzeugt, dass du nie wirklich vergessen wolltest, sondern dich wahrhaft zu erinnern beabsichtigtest, dass dir von jeher gewiss war, der Erinnerung sei eigen, dem Wesen zu Zeit und Raum Tür und Tor zu öffnen, auf dessen Schwelle der Blick der Seele nach vorn gerichtet endlos in die Ferne schweift, die Seele weit ihre Flügel spannt und sanft gleitend in die Höhe steigt. Das Herumtrampeln in der Vergangenheit, die dir eigen ist, warst du leid. Lieber schienst du in der Einöde ausharren zu wollen, anstatt deinen Blick auf deine dir mögliche Gegenwart zu richten. Nur fragte ich mich, ob die Vergangenheit tatsächlich keinen Einfluss auf das Dasein ausübt, sobald sie in Vergessenheit geraten ist. Ist die Vergangenheit uns nicht ebenso eigen wie die vor uns liegende Zukunft? Auf die Ereignisse der hinter uns liegenden Jahre vermögen wir keinen Einfluss mehr auszuüben. Mit der Kenntnis unserer Wünsche jedoch bemächtigen wir uns eines Mittels, die Gegenwart mit dem unserem Wesen wahrhaft verwandten Leben auszustatten und die Zukunft stets bedacht mit einer Vielzahl glücklicher Momente zu füllen.

In dem Moment der Erinnerung verliebte ich mich in dich für einen Augenblick. Die Zweifel aber kehrten wenig später heim. Meine Schuld, die ich dir gegenüber empfand, hätte ich mit Hilfe meiner Zuneigung abtragen können. Die Schuld aber, Mitleid oder Fürsorge sollten nicht die Säulen einer Beziehung sein. Vielmehr sollten das Dach aufrichtige Freundschaft, Freude, Bewunderung und Begehren stützen. Fröhlichkeit aber suchte ich vergebens in unseren früheren gemeinsamen Tagen. Als Maria sich zu mir gesetzt hatte, war ihr bewusst gewesen, dass ich zurückblickte. Ich erzählte ihr von meiner Absicht. Hoch erfreut stimmte sie mir zu: Ein zweites Zimmer werde sie zu gegebener Zeit hergerichtet haben. So erleichterte mich ihre Zustimmung zwar von der Last der ein oder anderen Befürchtung, Liebe aber war zu dem Zeitpunkt, als ich dir schrieb, und dich in den Süden nach Italien einlud, nicht geplant. Umso überraschter erlebte ich die Veränderungen während der vergangenen Wochen, deinen Entschluss für die Gegenwart. Dich heimlich vom Balkon hinunter, versteckt hinter meiner Staffelei im Garten zu beobachten, bereitete mir Vergnügen. War uns bis dahin die gemeinsame Trauer zu eigen, die wir mehr unbewusst als bewusst teilten, begegnete ich einer von dir nicht zu erwarten gewesenen Heiterkeit. Als hättest du den Wert deiner Vergangenheit zu schätzen gelernt, nahm ich Anteil an deinem Aufblühen. Johanna schreibt: *Und je näher ich Martin von seiner erinnerten, sich vergewisserten Seite kennenlerne, desto mehr Bewunderung hege ich für ihn. Seine Spontanität wie auch die sich entfaltende Vielseitigkeit, seine Unbekümmertheit und sein Humor, sofern er unten am Hafen mit seinen Bekannten scherzend an der Theke steht oder Billard spielt, weckten meine Liebe zu ihm. Gleich einem Strauß bunter Blumen reichte Martin mir schließlich die Zuversicht, das Vertrauen einer ewig währenden, uns gemeinsamen Zukunft.*

Johanna wagte einen Neuanfang. Sie setzte dort an, als sie viele Monate zuvor ihre Verletzlichkeit nicht ertragend aus dem Lokal lief. Und anstatt zu schweigen, entschied sie sich nunmehr für Offenheit. Ihrer Last befreit, für die Martin schließlich tröstende Worte fand, kehrte Tag für Tag Freude ein. Martin schreibt: *Ohne die Gewissheit, wo die Reise enden wird, blicke ich gelassen der Zukunft entgegen. Den Alltag gestalten wir gegenwärtig, jenseits aller den Freund seines Willens beraubender Erwartung, fern der die Möglichkeit einschränkenden Verpflichtung.*

Ende März betrat ein Mann, Mitte bis Ende Fünfzig, bekleidet mit einem grauen Mantel, grauem Anzug und karierter Krawatte, am frühen Nachmittag das Café Kommunal. Er strich über seinen dunkelblonden, kurz geschnittenen Haarkranz, setzte sich an den Tresen und stellte sich mir als Personalchef der Gartenbauabteilung vor. Er reichte mir ein Bild von Martin und fragte, ob ich den Mann auf dem Bild kenne, es handle sich um Dr. Martin Brock. Seit einigen Monaten sei er spurlos verschwunden, ohne ihm einen Grund für sein Verschwinden vorher genannt zu haben. Die Polizei habe lediglich ermitteln können, dass er mit dem Flugzeug nach Italien, Sizilien, Catania, geflogen sei. Ich stutzte. „Ja", antwortete ich überrascht nach einer kurzen Pause, „ich kenne den Mann." Mir sei allerdings neu, dass Martin Akademiker sei, er habe doch als Gärtner im Alten Botanischen Garten gearbeitet. „Wie dem auch sei", meinte der Personalchef, er mache sich Sorgen, da Herr Brock seit einigen Jahren infolge eines schweren Verkehrsunfalls an einer Amnesie leide. Außerdem sei der Vermieter der Wohnung an ihn wegen einer Räu-mungsklage herangetreten, woraufhin die Polizei sich jedoch nicht veranlasst gesehen habe, den Aufenthaltsort des Vermissten zu ermitteln. Ich erklärte, dass Martin in meinem Lokal regelmäßig als Gast verkehrt habe, ich ihm seinen Aufenthaltsort jedoch nicht nennen könne. „Schade", meinte der Chef. „Falls Sie etwas von ihm hören, so richten Sie ihm bitte aus, dass ich mich über einen Besuch freuen würde." „Das will ich tun", versicherte ich. Kurz darauf nahm der Personalchef seinen Mantel und verließ das Lokal.

Nur zwei Tage später tauchte gegen Mittag der Vermieter auf: Mietrückstände in Höhe von eintausendachthundert Euro seien zu begleichen, andernfalls sehe er sich gezwungen, die Wohnung räumen zu lassen, sagte er barsch und knapp. Ob ich die Wohnung gemietet hätte, fragte ich ihn. Erstaunt sah er mich an. „Oder meinen Sie nicht, dass es etwas merkwürdig ist, hier aufzutauchen und mich unter Druck zu setzen." Die Vorstellung jedoch, Zeuge der Räumung zu werden, behagte mir nicht. Ich wusste nicht mit Gewissheit, was Martin empfinden würde, sofern einige Männer in blauen Overalls seinen bescheidenen Besitz das enge Treppenhaus hinab in den Hof tragen und auf die Ladefläche von einem Lkw verfrachten würden, war jedoch überzeugt, dass Martin zu entscheiden hatte, wann und unter welchen Umständen er sich von seinem Besitz zu trennen beabsichtige. Aus diesen Gründen sagte ich dem Vermieter, dass ich mich mit Herrn Brock in Verbindung setzen werde, um das Problem aus der Welt zu schaffen. Ich bat ihn, mir seine Telefonnummer zu nennen, um mich mit ihm in wenigen Tagen in Verbindung zu setzen. Johanna überwies einen mittleren Geldbetrag auf ihr Konto in Hamburg und bat mich am Telefon, die Rückstände zu begleichen. Ich rief den Vermieter an, dem ich eine Woche später die Summe im Kommunal überreichte.

Schließlich setzte sich ein Kommissar vom Landeskriminalamt zu mir an den Tresen. Dem erklärte ich, dass es Martin gut gehe, fragte aber im gleichen Atemzug, ob es im Grunde nicht seine Aufgabe sei,

Martin zu finden, woraufhin dieser sogleich beleidigt abzog.

Anfang Juni kehrten Johanna und Martin überraschend nach Hamburg zurück. Kurz nachdem ich die Tische und Stühle vor das Kommunal auf den Gehweg gestellt hatte und ich hinten in der Küche das Geschirr aus der Spülmaschine nahm, schnellte Ben jaulend von seiner Decke auf. Ich hörte, wie sich die Tür zum Lokal öffnete, und vernahm ein Zischen sowie die leise kichernde Stimme von Johanna. Als ich vorsichtig um die Ecke sah, stand sie mit einem fröhlichen, erwartungsvollem Blick vor dem Tresen. Martin bückte sich wenige Meter von ihr entfernt und streichelte den freudig japsenden, sich quirlig um sich selbst drehenden Hund. – „Da wären wir wieder", meinte Johanna. Mir fehlten die Worte. „Schön, dass ihr wieder zurück seid", sagte ich, nachdem ich mich gefasst hatte, „ich freue mich", und schloss beide in meine Arme. – Sie setzten sich. Ich wischte über den Tresen, stellte ihnen einen Aschenbecher hin und machte ihnen einen Milchkaffee. Abwechselnd berichteten sie mir von ihrem Aufenthalt, gespannt folgte ich dem, das sich in den vergangenen Wochen ereignet hatte und rief Franziska an, die sich am Abend zu den beiden setzte. Bis spät in die Nacht reihte sich eine Geschichte an die nächste. In ausgelassener Stimmung leerten wir einige Flaschen Wein. Wir lachten und neckten uns, ein wahrhaft schöner Abend, wie ich fand.

Einige Tage später lud uns Johanna zu einem Abendessen in ihr Atelier ein. Tisch und Stühle hatte sie vor das Atelier auf den Gehweg gestellt. Martin verteilte das Geschirr und öffnete den Wein, während Johanna hinten in der Küche mit den Töpfen klapperte und kochte. Ich beobachtete Martin, der Johanna ausgewechselt liebevoll und mit viel Respekt behandelte. Sanft strich er ihr über Kopf und Rücken, küsste ihren Nacken und kniff ihr ab und an in die Seite, dass sie hell aufjuchzte. Franziska und ich lächelten einander an. Nach dem Essen sahen wir uns Fotos an. Stunden später schließlich holte Johanna eine Papprolle aus dem Atelier und breitete einige Aquarelle vor uns auf dem Tisch aus, die ihr wirklich gelungen waren. Die sperrigen Gegenstände hatten die beiden in der Pension zurück und Maria überlassen. Das Mikroskop aber, die Steine und Bücher sowie die aufwendig großflächigen Acrylbilder ließen sie sich als Luftfracht nach Hamburg liefern.

Franziska und mir waren in den vergangenen Monaten gelegentlich Passanten aufgefallen, die vor dem Atelier für einen kurzen Moment stehen geblieben, einige neugierige Blicke durch die Fensterscheiben geworfen und die Bilder betrachtet hatten, die an den Wänden hingen. Seinerzeit dachten wir darüber nach, das ein oder andere Bild, das auch uns gefiel, im Kommunal oder in der Schneiderei aufzuhängen, entschieden jedoch, von diesem Vorhaben Abstand zu nehmen, da wir meinten, ohne dem Einverständnis der

Künstlerin nicht über ihr Werk verfügen zu dürfen. Als Franziska neugierig in der aufgebrochenen Kommode zu kramen begann, – Ich bemerkte sie, als sie mich zu sich winkte. – hielt sie ein Fotoalbum in der Hand. Die Fotos zeigten Johanna im Kindergarten: Sie saß lachend hinter einem kleinen Tisch, trug einen Pullover, auf den ein Teddy gestickt war, und hielt einen Buntstift in der rechten Hand. Ich sah sie während ihrer ersten Versuche Fahrrad zu fahren, an ihrem ersten Schultag hielt sie stolz ihre Schultüte im Arm. Aufgeweckt und fröhlich sprang sie vom Beckenrand ins Schwimmerbecken im Freibad und formte am Strand an der Nordsee Kuchen aus nassem Sand. Johanna vor dem Weihnachtsbaum, Johanna das Geburtstagskind, Johanna mit einem kleinen Rucksack auf dem Rücken auf dem Weg in die Schule zum Wandertag, Johanna: Als griechische Prinzessin verkleidet feierte sie Rosenmontag. Die Fotos vom Vater waren überwiegend fröhlicher, manche wenige ernster Natur. Ganz besonders niedlich fand ich die Bilder der ersten Schwimmversuche. Lächelnd bückt sich Konstantin über seine Tochter, dem vor Kälte schlotternden Mädchen zwei Schwimmflügel über die dünnen Arme zu streifen. In dem Gesicht vom Kind erkenne ich die Ungeduld, sofort loszurennen und ohne Umschweife vom Beckenrand ins Wasser zu springen. Von der Mutter hatte Johanna lediglich ein Bild in das Album geklebt: ein Passfoto. Mit steinerner Miene blickt Hanna in die Kamera. Ernst und unnachgiebig könnte die Tochter ihre Mutter in ihrer Erinnerung verwahren.

Johanna und ich vereinbarten, einige ihrer Bilder im Kommunal aufzuhängen, um ein wenig Schwung in das Lokal zu bringen, um aber auch die Resonanz zu testen. Franziska erklärte, dass in ihrer Schneiderei für ein Bild Platz sei. Johanna freute sich über unser Angebot und sagte, dass sie gespannt sei, wie uns die Acrylbilder der präparierten Pflanzenzellen gefallen würden, die mit jedem Tag in Hamburg eintreffen müssten. So vergingen wenige Wochen, während denen Johanna das Atelier aufräumte, die Bilder auswählte und ihre Unterlagen sortierte. Martin hingegen entschied, seine Wohnung zu kündigen, da er bei Johanna wohnte. Er ging ins Gartenbauamt, wo er sich seinem Vorgesetzten erklärte, und anschließend zur Polizei, die daraufhin die Akte schloss. Ich besuchte ihn in seiner kleinen Wohnung, als er die wenigen Sachen aussortierte, die er zu behalten beabsichtigte. Seinen übrigen Besitz verkaufte er. Er inserierte im Wochenblatt und bezahlte die Standgebühr für einen Platz auf dem Flohmarkt vor dem Audimax. Seine Bücher, Schallplatten und CDs trug er in verschiedene Antiquariate und Secondhandshops, seinen Unterhalt verdiente er sich mit Gelegenheitsarbeiten als Gärtner oder beim Messebau. Ende Juni erklärte er mir, Johanna und er hätten in Hamburg lediglich einen Zwischenstopp geplant. Johanna wünsche, sich mit ihrem Vater auszusöhnen, bevor sie ihr gemeinsamer Weg für eine unbestimmte Dauer nach Südostasien führen werde. Mit Johanna besprach ich den weiteren Verlauf. Ich würde mich auch in Zukunft um das Werkstattatelier und um ihre Wohnung kümmern, die Ausstellung der Bilder verwalten und den Erlös aus dem Verkauf jeweils auf ihr Konto einzahlen. Wir lachten. Johanna rechnete nicht ernsthaft damit, mit ihrer Kunst einen Profit zu erwirtschaften, insgeheim aber wünschte sie sich schon, dass das ein oder andere Bild einen Käufer finden würde.

Die Aussöhnung: Begegnung mit dem Vater. Eine Woche später bereits fuhr Johanna mit der Bahn nach Göttingen. Martin begleitete sie. Ob er ebenso die Konfrontation mit seiner Vergangenheit suchte, hatte er mir gegenüber nicht erwähnt. Johanna trug ihren kleinen roten Koffer. Auf dem Bahnsteig nahm ich sie in beide Arme und drückte sie. Johanna schien beklemmt. – „Viel Glück", wünschte ich ihr, Martin und ich sahen uns mit Nachdruck in die Augen: „Mach's gut Alter, passt auf euch auf!" – Der Zug setzte sich langsam in Bewegung. Ich winkte den beiden durch die verspiegelten Scheiben zu und sah ihnen nach, bis der Zug außer Sicht war.

Franziska und ich saßen am Abend vorm Kommunal und hielten einander die Hand. Ich wünschte, Johannas Absicht, sich mit ihrem Vater auszusöhnen, möge gelingen. Ich wünschte: Fröhlich und gelöst kehrt Johanna nach Hamburg zurück. Angst und Sorge sind aus ihrem Gesicht gewichen. Beide begleite ich zum Flughafen, wo sie ausgelassen ihr Gepäck aufgeben und in dem Flugzeug Platz nehmen, das sie nach Bangkok fliegen wird. Ich stelle mir vor: Hamburg Hauptbahnhof, der Zug nach Göttingen fährt ab. Johanna setzt sich ans Fenster und sieht hinaus. An den Deichtorhallen links vorbei, über die Elbbrücken gen Süden, rast der Zug ab Hannover über die Schnellzugtrasse nach Göttingen.

Johanna recherchierte im Internet, dass ihr Vater in diesem Semester den zweiten Teil seiner Einführungsvorlesung in die Kunstgeschichte der griechischen Antike las. Sie erklärte, dass sie seine Vorlesung besuchen werde. Zwei Wochen später erzählt Johanna nach Hamburg zurückgekehrt: Martin und ich suchten uns in Göttingen ein Zimmer in einem kleinen Hotel in der Innenstadt. Da Martin die Stadt kannte, hatten wir keine Orientierungsprobleme. Er nahm mich an die Hand und zeigte mir einige wenige Sehenswürdigkeiten, wie auch die Stationen seiner Vergangenheit. Wir sahen uns den Campus an, den kleinen Botanischen Garten, der etwas versteckt am Stadtwall liegt, und gingen eine weite Strecke durch den Wald zu den Instituten der Naturwissenschaften, die sich etwas außerhalb der Stadt befinden. Er zeigte mir das Studentenwohnheim, in dem er gewohnt hatte, zeigte mir die Kneipen, wo er gefeiert hatte, und erzählte mir aus seiner Studentenzeit. Er erzählte lebhaft, wirkte nüchtern, sofern er von seinem Ausstieg

288

berichtete, von Reue aber war da keine Spur. Er rüttelte weder an seiner Entscheidung, noch hegte er Zweifel, sein Entschluss stand felsenfest. Er berichtete von fröhlichen Momenten und guten Freunden, er erwähnte mir gegenüber aber auch die trostlosen und zutiefst traurigen Augenblicke, die ihn schließlich dazu bewegten, die Stadt und seinen Beruf hinter sich zu lassen. Seine Offenheit rührte mich.

Am Dienstagmorgen frühstücken Johanna und Martin in aller Ruhe, bevor Johanna ihren kleinen schwarzen Rucksack auf den Rücken schnallt und sich zum Institut für Kunstgeschichte aufmacht. Sie geht zu Fuß durch die Innenstadt. Der Himmel ist klar, die Luft ist frisch, in der Fußgängerzone herrscht bereits Betrieb, die Vorlesung beginnt um zehn. Johanna betritt das mehrstöckige graue Gebäude aus der Kaiserzeit, dessen Eingang hohe Säulen zieren. Sie steigt die wenigen Stufen zur Tür hinauf und schlüpft durch den offen stehenden rechten Flügel des schweren braunen Tores in das Gebäude hinein. Über die Eingangshalle wölbt sich eine lichtdurchflutete Kuppel, zwei breite Treppen schlängeln sich zu beiden Seiten in die erste Etage hinauf. Den Hörsaal betritt sie durch die Tür ihr gegenüber am Ende der Halle unterhalb der Treppe im Erdgeschoss und setzt sich in die erste Reihe.

Wie sich Johanna das Zusammentreffen vorstelle? fragte ich sie im Kommunal. Johanna sitzt mir gegenüber am Tresen, lehnt sich zurück und schließt die Augen. Ein Szenario ihrer Wut: Erwartungsvoll sitze ich in der ersten Reihe und warte auf meinen Vater. Hochgewachsen, mit kurzem schwarzen Haar, in einen grauen Anzug gekleidet, betritt er den Hörsaal und geht zielstrebig zum Katheder, auf das er seine braune Aktentasche legt. Mit heller klarer Stimme begrüßt er seine Studenten und sieht sich die Gesichter an. Als er mich in der ersten Reihe sitzen sieht, bleibt sein Blick für einen kurzen Moment auf meinem Gesicht etwas irritiert haften. Sein Atem stockt, als sei eine sonderbare Ahnung, eine von ihm seit langem, jedoch nie für möglich gehaltene Befürchtung eingetreten, verwirft seine Vermutung jedoch umgehend, da er sie für zutiefst unwahrscheinlich erachtet und beginnt unbeirrt mit seiner Vorlesung. Trotzdem scheint er die Stunde über ungewohnt nervös, verliert ab und an den Faden, als weile er mit seinen Gedanken an anderen Orten, und wirft einige flüchtige, prüfende Blicke auf die Studentin, die vor ihm in der ersten Reihe sitzt und die er in seiner Vorlesung zum ersten Mal erblickte. In der Pause schließlich fasst er sich ein Herz und spricht die junge Frau an, die auf ihrem Platz sitzen blieb. – Wie heißen Sie? fragt er mich. Sie müssen entschuldigen, fährt er fort, aber sie sind mir in meiner Vorlesung bisher nicht aufgefallen. Mein Name ist Johanna, antworte ich, meine Worte im Voraus wohl gewählt und durchdacht, Johanna Philomela. Er stockt. Philomela? fragt er mich und stutzt, ein seltener Name. Er entstammt dem Griechischen, den attischen Erzählungen, belehre ich ihn schnippisch und fürchte die Fassung zu verlieren, denke zugleich: Der kann was erleben. Ein weiblicher Vorname griechischen Ursprungs, fahre ich fort, die Nachtigall, Freundin des Gesangs. Sie war die Tochter des attischen Königs Pandion und Schwester der Prokne. Tereus, der Ehemann der Schwester Prokne, verliebte sich leidenschaftlich in Philomela. Unklar ist, ob Tereus sie verführte oder raubte. Schließlich aber schnitt er der Geliebten die Zunge ab, damit diese der Schwester die Tat nicht schildern konnte. Der griechischen Sage nach verwandelte sich Prokne in eine Nachtigall, während Philomela sich in eine Schwalbe verwandelte. Ich aber bevorzuge die römische Fassung. Dort nämlich verwandelt Prokne sich in eine Schwalbe, während Philomela ihr weiteres Dasein als Nachtigall fristet. Trauer und Klage sind mir verwandt, fröhlich zu zwitschern steht mir nicht der Sinn. Meine Geschichte anderen Menschen anzuvertrauen, fällt mir nicht leicht, von einer Anklage in der Öffentlichkeit bei Tage aber sehe ich ab. – Prüfend sieht mein Vater mich an, er schluckt. – Möchtest du im Anschluss der Vorlesung mit mir in Ruhe über alles sprechen, fragt er mit ruhiger Stimme, die ich sofort wiedererkenne. Der Klang, der mich durch meine Kindheit begleitete, die Geduld, der ich vertraute, die mich besänftigte, sofern ich wütend war. Ich muss in wenigen Minuten mit meiner Vorlesung fortfahren, sagt er, lass uns bitte im Anschluss der Vorlesung in mein Arbeitszimmer gehen.

„Und?" fragte ich Johanna. „Wie geht die Geschichte weiter?" „Keine Ahnung", antwortete sie, sah mich an und zuckte mit den Schultern. „Ich fürchte, die Fassung zu verlieren. Ich weiß nicht, was mich in Göttingen erwarten wird."

Die Wirklichkeit. In Hamburg wieder eingetroffen, erzählt Johanna: Wie geplant setzte ich mich in die erste Reihe. Ich stellte meinen Rucksack ab, legte Block und Stift vor mir auf das Pult und wartete. Meine Angst schnürte mir die trockene Kehle zu, mir war heiß, ich hatte weiche Knie und zitterte. Ich sah ihn um die Ecke biegen und zum Katheder gehen. Sein Haar war grau geworden. Geradlinig und stolz trug ich ihn in meiner Erinnerung. Er ging leicht nach vorn gebeugt, trug eine braune Cordhose und ein kariertes Flanellhemd. Ich sah ihm an, dass er deutlich mehr als zehn Jahre gealtert war. Leidenschaftslos begann er seinen Vortrag, ohne Anteilnahme. Als er mich nach einigen Minuten in der ersten Reihe sitzen sah, erkannte er mich sofort. Er stockte, und sein Blick blieb auf mir haften. Er löste sich vom Katheder, kam auf wackligen Beinen die wenigen Meter zu mir hinüber, blieb vor meinem Pult stehen und sah mich gleich einem Geist völlig verstört an. Er stotterte: Johanna! Kind! Was machst du hier? Tränen sammelten sich in seinen Augen. – Nichts geschah, wie ich es mir vorgestellt hatte. Die Vorlesung brach er ab. Er bat seine vollkommen überraschten Studenten zutiefst um ihr Verständnis, stammelte etwas von Unvorhergesehenheit und vergaß ganz offenbar, was um ihn herum geschah. Gebannt stand er vor mir und sah mich unentwegt an. Die Studenten in den hinteren Reihen tuschelten laut. Ich hörte die Stühle und die Türen klappen, bis wir in dem Hörsaal schließlich ganz alleine waren. Etwa eine halbe Stunde zuvor hatte ich noch befürchtet, ihn vor dem Plenum laut zu beschimpfen oder mit Vorwürfen zuzudecken, warum er sich nicht gemeldet habe, warum er sich nicht das Recht erzwungen habe, mich regelmäßig zu besuchen, wie er mich verraten und mich mir selbst habe überlassen können. Ich aber fühlte mich wie gelähmt, taub. Zum ersten Mal ahnte ich, wie auch er in den vergangenen Jahren gelitten haben musste. Ich stand auf, kletterte über das Pult und stellte mich vor ihn auf gleiche Augenhöhe. Er zögerte, mich zu berühren. Ich griff seine Hand und schluchzte. Plötzlich zog er mich sanft an sich, schloss mich zärtlich in beide Arme und streichelte mein Haar. Leise begann er zu weinen.

Nach einer Weile lösten wir uns voneinander. Lass uns an die frische Luft in den Garten gehen, bat er, er müsse sich sammeln. Auf meinen Besuch sei er nicht vorbereitet gewesen. Wir gingen hinter das Haus und setzten uns dort etwas abseits auf eine Bank unter eine alte, hohe Kastanie. Ich atmete durch und beruhigte mich allmählich, er saß schweigsam neben mir, hielt meine Hand und dachte nach. Mir die Umstände und die Gründe der Trennung zu nennen, fiel ihm auch später nicht leicht, von seinen eigenen Leiden zu sprechen, fand er offensichtlich für unangemessen. – Und jetzt? fragte er und sah mich an. Ich hatte ihn überrumpelt. Ich musste lachen. Ich lachte, da ich ihn hilflos sah. Ihn, der ansonsten immer und für alles eine mich überzeugende Antwort parat gehalten hatte. Ich begriff, dass auch die erwachsenen Menschen nicht immer für alles sofort eine Erklärung bereit halten, dass auch sie im Leben mit Situationen konfrontiert werden, die ihnen neu sind, und mit denen umzugehen sie erst zu lernen haben. Ja, hätte ich ernsthaft erwarten können, dass er mir eine Erklärung liefern würde, die er seit Jahren wie in einer Schublade verwahrt habe, die er lediglich aufzuziehen und mir mit wenigen Worten zu schildern gebraucht hätte? Ich bemerkte, wie er nach Worten rang, wie er einen Gedanken nach dem nächsten verwarf, und sah ein, dass es ihm nicht möglich sein würde, mir in jenem Moment den Ansatz einer Erklärung zu nennen. Der Professor benötigte noch etwas Zeit. – Komm, sagte ich nach einer Weile, zumindest möchte ich wissen, wie du lebst. Wie du arbeitest. Später könntest du mich zu einem großen Eis einladen. Das bist du mir schuldig. Zudem wäre das ein Anfang. Oder etwa nicht? – Er nickte. Ohne Johanna zu widersprechen, trug er seine Schuld ab.

Ich folgte ihm durch die kühlen Gänge, in die erste Etage des Instituts. Dort bat er mich, in seinem Arbeitszimmer vor seinem schweren großen Schreibtisch in einem Ledersessel Platz zu nehmen. Ich sah mich um. Die Regale reichten bis unter die Decke. Sie waren mit Büchern vollgestellt, mit Büsten, Krügen und Tellern aus der Antike. Auf dem Schreibtisch stapelten sich seine Notizen, Aufsätze, aufgeschlagene Bücher sowie die Hausarbeiten seiner Studenten. Als ich die Regale langsam abschritt und die Titel der Bücher überflog – Kunstgeschichte, die römische und griechische Geschichte, Herodot, griechische und römische Sagen, Politik und natürlich griechische Philosophie, Platon, Aristoteles –, zweifelte er: Was soll ich sagen? Du kannst sie alle lesen. Mit Eifer und Interesse. Mir hat das immer viel Freude bereitet. Viel lesen und eine Unmenge wissen. In schwierigen Momenten aber wirst du in ihren Schriften vergeblich nach einer Antwort suchen. Sobald der Schmerz über den Verlust eines geliebten Menschen überwiegt, die Sinne betäubt und das Herz in Stücke bricht, wirst du sie vergeblich um Hilfe ersuchen, dein Leben mit neuem Sinn zu füllen. Die lebhafte Neugier versiegt, viele Jahre fand ich keinen Trost. Nach der Trennung suchte ich den Kontakt zu dir, rechtfertigte er sein Versagen, er klang resigniert. Ich verzehrte mich nach deiner Nähe, deine Mutter aber verbot mir den Umgang. Die Karten und Geschenke, die ich dir schickte, fing sie mit der Post ab, während du in der Schule warst. Ich verfügte nicht über die Kraft, mir das Recht dich zu besuchen einzuklagen, um dich zu kämpfen, später schämte ich mich für meine Schwäche, für meine Feigheit. – Verraten hast du mich, antwortete ich ihm.

In feindlicher Atmosphäre hast du mich vollkommen mir selbst überlassen, und das wusstest du. Auch mein Herz brach in Stücke. – Ich sah ihn an: Klein saß er in seinem Sessel, zusammengesunken, eingeschüchtert. Ich meinte auf ein Häuflein Elend zu blicken, das nach ihm verzeihenden Worten rang, und fühlte mich plötzlich unglaublich mächtig. Ich aber besann mich darauf, mich mit ihm nicht zu streiten, sondern mich mit ihm aussöhnen zu wollen. In jenem Moment war mir bewusst, dass auch er viele Jahre gelitten hatte. – Wirst du mir verzeihen können? fragte er zögernd. Er tat mir leid. Und mit den entschuldigenden Worten, die er während der folgenden Stunden beim Eisessen fand, versiegten meine Wut und die Verzweiflung, die ich zuvor empfunden hatte. Ich nahm seine Entschuldigung an. Später versprach er, mich nie wieder in Einsamkeit zurückzulassen.

In den folgenden Tagen fassten wir Vertrauen zueinander. Mein Vater weihte mich in seine Arbeit ein, wir aßen gemeinsam zu Mittag und erzählten uns gegenseitig, was sich jeweils in den vergangenen Jahren ereignet hatte. Einige Male sah ich ihn tief schlucken, das aber hatte er zu ertragen. Am dritten Tag schließlich lernte ich seine Frau kennen, die er vier Jahre nach der Trennung geheiratet hatte. Kinder hatten sie keine. Konstantin lud Martin und mich zum Essen zu sich in seine Wohnung ein. Zu meiner Freude trug er an diesem Abend Anzug und Krawatte. Marianne hätte darauf bestanden, sich angemessen zu kleiden, bemerkte mein Vater und lachte. Gesträubt hast du dich, fiel sie ihm ins Wort. Du kannst dir nicht vorstellen, sagte sie zu mir gewandt, wie dein Vater manchmal herumläuft. Martin sprach während dem Essen kaum ein Wort. Amüsiert hörte er unserer Unterhaltung zu. Ich saß Marianne gegenüber, die mich freundlich und offenherzig empfing. Eine mehr zurückhaltende Frau, die, wie ich meinte, an jenem Abend Mut fasste, und wie alle anderen aufatmete. Später in der Küche bedankte sie sich zumindest bei mir, dass ich den Schritt gewagt habe, auf meinen Vater zuzugehen. Nun könne sie wieder hoffen, und mein Vater werde mit Sicherheit wieder neue Kraft schöpfen können und sich seinen Mitmenschen auf die Weise zuwenden, wie sie ihn vor einigen Jahren kennengelernt hätte.

„Und wie wird es nun weitergehen?" fragte ich. „Mein Vater und ich werden den Kontakt aufrecht erhalten", erklärte mir Johanna. „Gemeinsame Pläne haben wir zwar nicht endgültig geschmiedet, er und Marianne jedoch schlugen vor, die Weihnachtszeit gemeinsam zu verbringen. Seit einigen Jahren fahren sie über Weihnachten und Neujahr zum Skifahren in die Schweiz. Das wäre auch mir eine Freude. Martin und ich werden zunächst aber die nächsten Monate nach Südostasien reisen. Die größte Hürde ist damit genommen. In den vergangenen Monaten ist eine ganze Menge Ballast von mir abgefallen. Meine Seele fühlt sich gereinigt an. Ich genieße die Leere, die mich gegenwärtig füllt, und die sich in mir ausgebreitete Gelassenheit, die den Raum geöffnet hält, aufmerksam und neugierig mit Vergnügen in die Zukunft zu blicken.

Hamburg, 04. September 2007

Jens Hanisch
Lena van de Velde

Das Eine ist Alles
Alles in Einem
Dies begriffen
Wozu sich um Vollendung
sorgen?   *(Seng-Ts'an)*

Hamburg. Mit dem Rüstzeug seiner Eltern ausgestattet, begegnet Jan während seiner ersten Schritte
in Unabhängigkeit Lena, der Tochter eines wohl-
habenden hanseatischen Kaufmanns. Eine einzige
Nacht mit ihr genügt, sein Selbstvertrauen auf
mysteriöse Weise zu erschüttern. Schutzlos wähnt
er sich seiner Besucherin gegenüber ausgeliefert.
Rückblickend sucht er nach einer Erklärung und
beschreibt die unterschiedliche Wahl von drei jungen Menschen und ihrem Aufbruch in die Eigen-
ständigkeit.

Roman, 119 Seiten
ISBN: 978-3-7431-2733-3
www.eudämonis.de